U0125120

中华经典名著
全本全注全译丛书

陈玉兰◎译注

二十四诗品
续　诗　品

中華書局

图书在版编目(CIP)数据

二十四诗品 续诗品/陈玉兰译注. —北京:中华书局,2024.3
(中华经典名著全本全注全译丛书)
ISBN 978-7-101-16568-5

Ⅰ.二… Ⅱ.陈… Ⅲ.①《二十四诗品》-译文②《二十四诗品》-注释③古典诗歌-诗歌理论-中国 Ⅳ.I207.22

中国国家版本馆 CIP 数据核字(2024)第 052017 号

书　　名	二十四诗品　续诗品	
译 注 者	陈玉兰	
丛 书 名	中华经典名著全本全注全译丛书	
责任编辑	宋凤娣	
责任印制	陈丽娜	
出版发行	中华书局	
	（北京市丰台区太平桥西里 38 号　100073）	
	http://www.zhbc.com.cn	
	E-mail:zhbc@zhbc.com.cn	
印　　刷	北京中科印刷有限公司	
版　　次	2024 年 3 月第 1 版	
	2024 年 3 月第 1 次印刷	
规　　格	开本/880×1230 毫米　1/32	
	印张 9⅜　字数 220 千字	
印　　数	1—8000 册	
国际书号	ISBN 978-7-101-16568-5	
定　　价	29.00 元	

目录

二十四诗品

续诗品

二十四诗品

前言

　　南朝梁钟嵘《诗品》,是继《毛诗序》之后重要的诗论著作。此后,诗歌专体批评著作代兴,而直接沿用"诗品"命题的,则以署唐司空图所作的《诗品》为肇始。该书将中国古典诗歌的意境和风格分为二十四品,故又称《二十四诗品》。《二十四诗品》历经元、明、清数朝众多文人的转述、刊印、书写、阐释,影响广泛,确立了在中国传统诗学中不可移易的经典地位和核心价值,从而被深深植入人们对传统诗艺的认知结构中。围绕这一经典,通过模仿、续补,又产生了许多衍生性文本。其一是仿《二十四诗品》的象数思维,而有清代黄钺《二十四画品》、魏谦升《二十四赋品》、杨景曾《书品》(二十四首)和现代于永森《诸二十四诗品》(含《新二十四诗品》《后二十四诗品》《续二十四诗品》《补二十四诗品》《终二十四诗品》《赘二十四诗品》)之类著作;其二是仿其以诗论诗的形式而加以续补,其中较著名的有清代顾翰《补诗品》、曾纪泽《演诗品》等,而声名最为藉藉者,乃清代袁枚的《续诗品》。今合署名司空图《二十四诗品》和袁枚《续诗品》两种极具特色的《诗品》续著加以译注和评析,以广流传。

　　受魏晋臧否人物之风的影响,齐梁时期文艺品评也成一时风气,产生了钟嵘《诗品》、庾肩吾《书品》、谢赫《画品》一类著作。钟嵘针对当时文论之著"皆就谈文体,而不显优劣",诗文编集"逢诗辄取""逢文即

书""随其嗜欲""准的无依""曾无品第"等弊端，而将"九品论人"之法
应用于诗歌批评，以"辨章清浊，掎摭利病"为目的，将自古以来诗作者
分别等第，各加品评，而著《诗品》，又称《诗评》。因而《诗品》之"品"，
兼有品类、品第、品评、品味之意。因乎此，《二十四诗品》甄别二十四类
诗歌意境风格并加以描画，《续诗品》区分三十二种创作途径、方法并加
以论列，可谓既渊源有自，又推陈出新、各具千秋。虽然两者都不是有严
格系统性的理论著作，但因为都深刻触及了审美境界与创作艺术的本质
特征，故而向来颇受重视。兹专论《二十四诗品》。

一

　　《二十四诗品》将诗的风格境界分为雄浑、冲淡、纤秾、沉着、高古、
典雅、洗炼、劲健、绮丽、自然、含蓄、豪放、精神、缜密、疏野、清奇、委曲、
实境、悲慨、形容、超诣、飘逸、旷达、流动二十四品，每品各用十二个四字
句的韵语，通过意象及意象组合，进行形象鲜明的意境描绘和风格喻托，
比如用"雾余水畔，红杏在林"来呈现"绮丽"；用"巫峡千寻，走云连风"
来比拟"劲健"；用"晴雪满汀，隔溪渔舟"来展示"清奇"；用"壮士拂
剑，浩然弥哀"来象征"悲慨"等等。再如"荒荒油云，寥寥长风""采采
流水，蓬蓬远春""落花无言，人淡如菊"等等，也莫不以情景交融的玄妙
诗境，意示着天长、地茂、人和的美的境界。《二十四诗品》正是以类此的
感性化的意象流动，形成极具感兴功能的诗意境界，让读者在意境的感
悟中，体悟诗歌多样化的风格特征和审美特质，并从中领会相应的创作
技巧。所以，这是一种以境悟理的诗歌风格研究。

　　正因为如此，不同于一般谈论诗风、诗法的抽象理论著作，《二十四
诗品》在诗歌创作理路上金针度人并不是直截了当的，而全是通过充分
形象化的意象组合体的象喻功能兴发出来，因而显得托意遥深，不易索
解，以致宋代苏轼对司空图诗句就已有"恨当时不识其妙"之叹，直到当
代钱锺书仍直言该系列作品"理不胜辞，藻采洵应接不暇，意旨多梗塞

难通，只宜视为佳诗，不求甚解而吟赏之"。但不管《二十四诗品》如何意旨难通、见仁见智，有一点读者的感觉是共通的，那就是，作者所论虽"诸体毕备，不主一格"，然显而易见，其中最为作者偏尚的是一种超然物外的境界，一种冲淡、自然之美。这种美往往濡染着一层禅宗道流的清空、冷寂、苍凉的色彩，带有隐遁避世的性质，透现出作者虽眷怀儒家理想，却遭遇现实困境，从而逃禅慕道的矛盾心理和感伤意绪。

而《二十四诗品》的作者究竟为何人，目前尚有争议，迄无定论。大体而言，其著作权有司空图说、怀悦说、虞集说等等。

二

就经见文献及相关研究成果看，《二十四诗品》最早见于元人所编诗法类杂纂中，作为杂纂的一部分，并未署作者名姓。直到晚明，才单独析出，题唐司空图作，极受明清人爱重，钱谦益、贺复徵、毛晋、龚鼎孳、王夫之、王士禛、袁枚以及康熙帝、乾隆帝等都曾论及或征引，影响极为广泛。如清初贺复徵《文章辨体汇选》在前人文体分类的基础上，新增的文体类型就有"品"，明确以钟嵘《诗品》和题为"唐司空图"的《二十四诗品》来辨明该体类。王士禛认为"晚唐诗以表圣为冠"，并以《二十四诗品》系于司空图名下，且取其中"采采流水，蓬蓬远春""不着一字，尽得风流"二语，以为诗家之极则。康熙御定《全唐诗》亦将《二十四诗品》属之。《四库全书总目提要》更是肯定地说："唐人诗格传于世者，王昌龄、杜甫、贾岛诸书，率皆依托，即皎然《杼山诗式》，亦在疑似之间。惟此一编，真出图手。"并举其《与李生论诗书》中语"噫！近而不浮，远而不尽，然后可以言韵外之致耳"与《二十四诗品》相参证。清人著作如孙联奎《诗品臆说》、杨廷芝《廿四诗品浅解》、杨振纲《诗品解》以及无名氏《皋兰课业本原解》、无名氏《诗品注释》等，虽止于考释词义、分析义理，然无不将该作品著作权归之于司空图。

司空图（837—908）系晚唐诗人、诗论家。字表圣，河中虞乡（今山西永济）人。咸通十年（869）进士，于僖宗时知制诰，为中书舍人，旋解职去，避居中条山王官谷，建休休亭，栖遁山林二十余载。有"侬家自有麒麟阁，第一功名只赏诗"之句，可见其为人。晚自号知非子、耐辱居士。朱全忠篡位，召司空图为礼部尚书，不赴，绝食而死，年七十二岁。所著有诗文集《一鸣集》三十卷，今散佚不全，流行者仅《司空表圣文集》十卷、《诗集》五卷，有《四部丛刊》本。司空图"遇则以身行道，穷则见志于言"，治世则出、乱世则隐、国亡身殉，被称为"晚唐完人"。他曾仿照"昭明妙选"，以"振起斯文"为目的，编选《擢英集》以反映晚唐的审美趣味和流行风尚。《御定全唐诗录》谓"司空图辈，伤时思古，退已避祸，清音泠然，如世外道人"。纪昀《田侯松岩诗序》亦曰："司空图分为二十四品，乃辨别蹊径，判若鸿沟。虽无美不收，而大旨所归，则在清微妙远之一派，自陶、谢以下，逮乎王、孟、韦、柳者是也。"的确，司空图晚年避世栖遁，体悟道境、了悟诗意、感悟诗美，一意于诗，与《二十四诗品》所透露的抒情主体的闲逸净静之气及对天人合一的诗意宇宙的向往追慕之情恰相兼融。其本人诗作之常用意象和意境所体现的审美敏感区，亦与《二十四诗品》的诗美追求颇为吻合。

三

然陈尚君、汪涌豪于1994年发表《司空图〈二十四诗品〉辨伪》一文（《唐代文学研究》第六辑），对《二十四诗品》的著作人提出异议，在学术界引起广泛讨论。陈、汪之文认为，《二十四诗品》最早见于明代景泰年间嘉兴人怀悦所编《诗家一指》，明末始有人将之从中单独析出。苏轼《书黄子思诗集后》说："唐末司空图崎岖兵乱之间，而诗文高雅，犹有承平之遗风……盖自列其诗之有得于文字之表者二十四韵，恨当时不识其妙。"受此说的误导，故署以唐司空图之名行世。陈、汪之文主要提出以下几个重要观点：一是《二十四诗品》的审美取向与司空图本人的创作大相径庭；二是从司空图去世后七百年间，从未有人提及或引录过此著；三是唐宋人习称近体诗一联为一韵，苏轼所谓司空图"自列其诗之有得于文学之表者二十四韵"，当指司空图在《与李生论诗书》中列举的其本人得意诗作二十四联，而非《二十四诗品》；四是《二十四诗品》为明末人从《诗家一指》中析出后伪托司空图之作以行世，而《诗家一指》的作者是明代景泰间的嘉兴人怀悦，故《二十四诗品》自然出于怀悦之手。

陈、汪之文一出，在学术界引起轩然大波。此后论者纷起，各执一端。如张健《〈诗家一指〉的产生时代与作者——兼论〈二十四诗品〉作者问题》（《北京大学学报》1995年第5期）就同意陈尚君、汪涌豪所提出的《二十四诗品》非司空图所作而出自《诗家一指》的观点，但认为所谓明代怀悦创作包括《二十四诗品》在内的《诗家一指》的观点是错误的。理由是明初赵㧑谦《学范》已引用过《诗家一指》，较怀悦的时代早七十余年，故怀悦不可能是《诗家一指》的作者。张健之文还考察了《诗家一指》的不同版本系统，认为史潜刊《新编名贤诗法》下卷载有题名为虞集（1272—1348）的《虞侍书诗法》，更接近《诗家一指》原貌，从而认为《诗家一指》可能改编自《虞侍书诗法》，故《二十四诗品》的作者有可能是元代的虞集。而蒋寅所撰《关于〈诗家一指〉与〈二十四诗品〉》（《中国诗学》第5辑），虽赞成张健的考证，但认为所谓《虞侍书诗法》的作者虞集也可能是伪托的。赵福坛撰《司空图〈二十四诗品〉研究及其作者辨伪综析》（《广州师院学报》2000年第12期），赞成《诗家一指》出元人之手，但认为那是元人编辑的以供诗学启蒙用的诗法类著作，内容杂采前人之说，故并不能因此而否定其中的《二十四诗品》出司空图之手。查屏球《〈二十四诗品〉的另一传本——〈枝指生书宋人品诗韵语集〉考辨》（《南京师范大学学报》2004年第4期）则认为，清初卞永誉《式古堂书画汇考》中所录的《枝指生书宋人品诗韵语集》是《二十四诗品》的又一重要传本，其中有祝允明与冯梦祯跋语，一则表明所谓司空图作《二十四诗品》之说在当时（万历三十一年，即1603年）尚不流行；

二则从文献标题说明《二十四诗品》是由宋代流传下来的;查氏认为以王士禛为代表的清初诗家多认定司空图作《二十四诗品》之说,与他们维护钦定《全唐诗》的权威性相关。王步高《司空图评传》(南京大学出版社2004年版)据《司空表圣文集》中《擢英集述》一文,认为《二十四诗品》当为司空图所编分类唐诗选集之赞词或引语。这一观点由于《擢英集》未见著录或称引,故目前并无足资佐证的文献依据。面对种种质疑、驳难和新论,陈尚君又有《〈二十四诗品〉伪书说再证——兼答祖保泉、张少康、王步高三教授之质疑》一文(《上海大学学报》2011年第6期),重申其观点。

总而言之,陈、汪之文发表后,赞成者、推助者、质疑者、辩驳者、别加考证另出新说者络绎,所论都不无道理,然亦多有推测之词。在论争各方相持不下,而至今仍无新的第一手文献可以直接否定司空图著作权的情况下,笔者只能赞成邵盈午在《诗品解说》中所谓《二十四诗品》"最有可能的作者是司空图"的观点,更赞成宇文所安所谓"如果此书确实是伪书,那它肯定是中国文学史上最不朽、最有影响和最成功的伪作之一"的论断。故而在此只介绍相关论争之大端,不再展开讨论。

四

由于《二十四诗品》作者之争尚无定论,笔者在题解该著作时,只能尽量避免使用传统的知人论世、言为心声、文如其人等"作者论"的解读方式,而更多地把它当成是一个自足的文本系统,注重文本内部挖掘,从语言、结构、形式入手,通过对其以境悟理的言说途径的推演,掘发出隐含于文本深层结构的意蕴。

本书主体内容曾收入2019年中华书局版"中华经典诗话"丛书中。此番译注,除对原字句注释、单篇评析按"中华经典名著全本全注全译丛书"的体例要求加以调整、修订外,又根据对等原则,以诗歌的体式,用现代白话与浅近文言相结合的语言,对原文本进行了今译,以便读者能跳脱字句训释的繁琐支离，而对隐微幽曲、温雅蕴藉的原文本有一个尽可能平易圆融的诗化把握。为此今译时对诗句作了必要的稀释，原一句对等地译成一句，而原四字短句译成现代汉语十字句；偶数句押韵，尽可能用原韵；原本对偶的句子，译作也相应地移植对偶的形式。在句法的选择上，是用线性陈述型句式，还是用点面结合的意象化描述语言，也尽可能仍原诗之旧。在每品的评析后，各附上数首符合该品风格特点的古诗词经典名篇作为例证，以供读者深入体会和感悟此品风格。

历代研究《二十四诗品》，对之进行释解者不少，其中清人著作如孙联奎《诗品臆说》、杨廷芝《廿四诗品浅解》、杨振纲《诗品解》以及无名氏《皋兰课业本原解》、无名氏《诗品注释》等，而现当代有关研究成果更是不少，主要有：郭绍虞《诗品集解·续诗品注》（人民文学出版社1963年版），乔力《二十四诗品探微》（齐鲁书社1983年版），詹幼馨《司空图〈诗品〉衍绎》（香港华风书局1983年版），祖保泉《司空图诗品解说》（安徽人民出版社1980年版），赵福坛《诗品新释》（花城出版社1986年版），曹冷泉《诗品通释》（三秦出版社1989年版），王润华《司空图新论》（台北东大图书股份有限公司1989年版），刘禹昌《司空图〈诗品〉义证及其它》（武汉大学出版社1993年版），张国庆《〈二十四诗品〉诗歌美学》（中央编译出版社2008年版），罗仲鼎、蔡乃中注《二十四诗品》（浙江古籍出版社2013年版）等。笔者的译注，《二十四诗品》文本以文渊阁《四库全书》本《文章辨体汇选》所录《二十四诗品》为底本，以文渊阁《四库全书》本《说郛》所收《二十四诗品》、文渊阁《四库全书》本《式古堂书画汇考》所收《枝指生书宋人品诗韵语卷》相参校。笔者在解读《二十四诗品》的过程中，对上述前人成果多有参考引用，限于体例，也为免繁琐，恕不一一注明具体篇次页码，在此谨致谢忱。另外，在本书补充修订的过程中，中华书局宋凤娣编审提供了许多很有价值的建议和切实的帮助，在此也深表感谢！

由于《二十四诗品》特重言外之意、味外之味，托意遥深，人言言殊，

不易确解,限于本人的感悟能力和认知水平,所作译注和评析,难免有失
当之处,敬请读者批评指正。

陈玉兰

于浙江师范大学江南文化研究中心

2023年11月10日

雄浑

【题解】

雄浑，是一种气势磅礴、境界宏阔的诗歌风格，在"二十四诗品"中名列第一。这不仅反映着在中国诗学传统中，"雄浑"从来就属于至高至上的诗歌风格，并且也体现着纵使作者在自己的诗歌创作中并不以"雄浑"见长，却也不得不承认这一类风格是具有至尊地位而不可轻易取代的。

大用外腓，真体内充①。返虚入浑②，积健为雄③。
具备万物，横绝太空。荒荒油云，寥寥长风④。
超以象外，得其环中⑤。持之非强⑥，来之无穷。

【注释】

① 大用外腓（féi），真体内充：此论体（本体）、用（表象）之关系，谓本体真实的意蕴丰厚充实，外在呈现出来的表象就浑浩辽阔。大用，语出《庄子·人间世》："匠石之齐，至于曲辕，见栎社树。其大蔽数千牛，絜之百围，其高临山十仞而后有枝，其可以为舟者旁十数。观者如市，匠伯不顾，遂行不辍。弟子厌观之，走及匠石，曰：'自吾执斧斤以随夫子，未尝见材如此其美也。先生不肯视，

行不辍,何邪?'曰:'已矣,勿言之矣! 散木也。以为舟则沉,以为棺椁则速腐,以为器则速毁,以为门户则液樠,以为柱则蠹,是不材之木也。无所可用,故能若是之寿。'匠石归,栎社见梦曰:'女将恶乎比予哉? 若将比予于文木邪? 夫柤、梨、橘、柚,果蓏之属,实熟则剥,剥则辱;大枝折,小枝泄。此以其能苦其生者也。故不终其天年而中道夭,自掊击于世俗者也。物莫不若是。且予求无所可用久矣! 几死,乃今得之,为予大用。使予也而有用,且得有此大也邪? 且也,若与予也皆物也,奈何哉其相物也? 而几死之散人,又恶知散木!'匠石觉而诊其梦。弟子曰:'趣取无用,则为社何邪?'曰:'密! 若无言! 彼亦直寄焉! 以为不知己者诟厉也。不为社者,且几有翦乎? 且也,彼其所保与众异,而以义誉之,不亦远乎?'"此处用《庄子·人间世》中大栎树"无所可用"实乃大用之典。腓,原指小腿肚,以其壮实且善于屈伸,喻指健美且富于变化。真体,合乎自然之道的本真之体。这两句谓诗歌外在丰盈有赖于内在充实。

②返虚入浑:指由抽象虚空的想象世界到浑成具象的艺术构思。虚,辽远无际的虚空。《庄子·人间世》有云:"气也者,虚而待物者也。唯道集虚。虚者,心斋也。"浑,含蕴万有的混沌,也即"集虚"而成的"道"。《老子》第二十五章有曰:"有物浑成,先天地生。寂兮寥兮,独立不改,周行而不殆,可以为天下母。"

③积健为雄:意指自强不息的生命聚合成道劲雄壮的力量。健,指《周易·乾》"天行健,君子以自强不息"之意。唐代孔颖达《周易正义》云:"'天行健'者,谓天体之行,昼夜不息,周而复始。"

④荒荒油云,寥寥长风:荒荒,苍茫辽阔貌。油云,指浓云。《孟子·梁惠王上》:"天油然作云,沛然下雨。"寥寥,雄劲壮阔貌。长风,远风。宋玉《高唐赋》:"长风至而波起兮,若丽山之孤亩。"

⑤超以象外,得其环中:喻空灵超脱的境界。象,表象,迹象。环,原

指承受门枢的圆环,此处喻指关键、本质。《庄子·齐物论》:"枢
始得其环中,以应无穷。"

⑥非强(qiǎng):不勉强,不造作。

【译文】

景壮阔为何能显现神功?

因本体有丰盈意蕴内充。

让事物返回原始的混沌,

发散原生力凸显出沉雄。

这就使万类进入了宇宙,

永恒的时空中共享大同。

像一团来自莽苍的积云,

像一阵飞涌天穹的长风。

而一旦超越了相对存在,

就能在绝对世界里运动。

追求这境界勉强不得啊,

来了就无穷,雄浑品诗风。

【评析】

此品前四句论述"雄浑"风格应具备的质素。"大用外腓,真体内
充"涉及"体"(本体)和"用"(表象)的关系。所谓"大用"指看似无
所适用的浑浩辽阔的表象;"外腓"指外在的强有力的呈现。此句指"雄
浑"质素需以强大的艺术功能来对浑浩辽阔的表象进行审美的呈现。不
过,这外在的呈现是需要依靠"真体"的。"真体"即本体的真实意蕴。
所以第二句指的是若想"大用外腓",还非得以本体的真实意蕴来丰厚
充实不可。那么这真实意蕴又指的是什么呢?于是第三四句"返虚入
浑,积健为雄"就来对"真体内充"的实际内涵进行明确说明。"虚",如
同叶朗在《中国美学史大纲》中所说:"指那个作为宇宙的本体与生命
的'道'。"故可把"虚"看成宇宙物质生命的无限广阔的原始状态,或

原生态。"浑"是指产生和构成大地万物的原生态物质,还表现出未曾分离的混沌状态。"返虚入浑"乃指宇宙本体的真实意蕴——或"内充"了的"真体",其作为宇宙原生态的存在,实属既浩瀚无边又混沌一团,呈现为一种阔大得莽莽苍苍的境界。同时,作为宇宙物质生命的原生态存在,在其呈现过程中相伴而生的,是原始生命强力的聚合。于是,又有了"积健为雄"。"健"即刚健,是遒劲的自强不息的力量,"积健"而成的"雄"因而内蕴了一种巨大到无限的力量,以致我们可以说:非健无以成雄,无雄不必取健,雄是健的积累,又是健的本质。从这样的认识出发,对这四句可以做出如下的概括:"雄浑"作为诗歌的主要风格之一,是由本体丰厚的意蕴充实着的,其阔大浑茫且积聚着巨量原生力的表象呈示的审美境界蕴含的内在质素,大都能在浩阔浑茫的空间中显示出力的无限。

第五句至第八句进一步把这种在浩阔浑茫的空间作原生力展示的雄浑内质做了极生动的形象表现。"具备万物,横绝太空",系指囊括众生万物,作太空无涯际的飞越。这可是通过点面极度增量而合为载体,然后来展开一场原生力宏阔的发散。不过,这还只是偏于认知性的表现,"荒荒油云,寥寥长风"则以生动形象的描画,让人具体地看到了莽苍阔大的天穹上,无数云团让长风吹拥着铺排而过,那种蕴蓄着伟力飞动的气势该是何等磅礴。而这样一场浑茫宏阔的原生力的发散,对雄浑的内在表现而言,可是极具兴发感动功能的了。至此,"雄浑"这一风格也就既具体鲜明又生动可感了。

但这种风格何以能求得呢?这就有了第九至第十二句的进一步言说。值得指出的是:作者如此重视"返虚入浑",似乎表明他已注意到这种风格的形成同诗人在运思过程中对审美对象进行宇宙物质生命的原生态把握有密切关系。唯其如此,才使他提出"超以象外,得其环中"这条艺术思路。这里的"象"指审美对象。它作为物质生命是纳入了人际存在系统,被人以社会目光所限定的,因而对它的认知、把握也只能是相对的。可是主观性很强的诗人往往会按自己的联想思路对此类相对性存在着的对象作表象超越，以求达到述此而言他的人事象征效果。所以，在《二十四诗品》中，类似"超以象外"的说法，在其他一些品中也能见到，如"象外之象，景外之景"等。自古迄今诸多学者都把"象外"之"象"看成只是诗人凭自己的联想路子而得的另一个相对应存在的对象。对一般风格来说，这样的理解还是合理的，但独独对"雄浑"风格中的"象外之象"，这样理解就并不合理了。因为"雄浑"品中论及的"超以象外"是有限定的，那就是要能"返虚入浑"，从而求得"积健为雄"。这环环相扣的双层限定，使"超以象外"之"象"成了超越相对性存在——人工认知网络中的表象而进入绝对性存在——宇宙本体的物质生命，于是也就能"得其环中"矣！"环"，原系承受门枢之圆环，枢纳于环，意示人掌握了关键也就可以使门户旋转自如，故"超以象外，得其环中"其实意示着：诗人若能以原始目光去看待身边的事物，也就能超越相对存在的表象而透射到内里，把握到各种事物的原生态了，并进而感应到这原生态事物中蓄积着、涌动着和发散着的生命强力，而当诗人把由此得来的意绪形诸文字时，也就能求得雄浑的风格了。不过，以原始的目光去看身边的各种事物，使它们能"超以象外"，实系一场出现在潜创作中的直觉活动。由于直觉毕竟是任随自然而来的，故"持之非强"，若勉强操持则不成。不过，唯其是直觉，倒也"来之无穷"——追求"超以象外"的神秘之举一旦发生，也就会源源而来，不可遏止。

综上所述，可见作者心目中的"雄浑"风格是对浩瀚无边、浑茫一团而又有强力发散的原始物质生命所做的感兴呈现，并具现为境界宏阔、气势磅礴。但由于这是顺随自然而来的直觉活动的产物，所以审美对象往往能超越艺术表象的原生态化，并使这种风格的诗歌因此能营造出一种精神象征的氛围和境界。

在中国诗歌史上，具有雄浑风格的作品并不鲜见。这种风格的作品是我们民族心胸阔大、视阈高远的精神结晶，值得珍视。屈原的奇诗《天问》实为民族诗歌此类风格开了先河，而步其后尘者不可计数，如刘邦的《大风歌》,曹操的《步出夏门行·观沧海》,陈子昂的《登幽州台歌》,王维的《汉江临泛》《使至塞上》,孟浩然的《临洞庭湖赠张丞相》,李白的《关山月》,杜甫的《登岳阳楼》等,均属此类风格的典型文本。

【附例】

大风歌

刘邦

大风起兮云飞扬。

威加海内兮归故乡。

安得猛士兮守四方!

步出夏门行·观沧海

曹操

东临碣石,以观沧海。

水何澹澹,山岛竦峙。

树木丛生,百草丰茂。

秋风萧瑟,洪波涌起。

日月之行,若出其中;

星汉灿烂,若出其里。

幸甚至哉,歌以咏志。

汉江临泛

王维

楚塞三湘接,荆门九派通。

江流天地外,山色有无中。

郡邑浮前浦,波澜动远空。

襄阳好风日,留醉与山翁。

使至塞上

王维

单车欲问边,属国过居延。

征蓬出汉塞,归雁入胡天。

大漠孤烟直,长河落日圆。

萧关逢候骑,都护在燕然。

临洞庭湖赠张丞相

孟浩然

八月湖水平,涵虚混太清。

气蒸云梦泽,波撼岳阳城。

欲济无舟楫,端居耻圣明。

坐观垂钓者,徒有羡鱼情。

关山月

李白

明月出天山,苍茫云海间。

长风几万里,吹度玉门关。

汉下白登道,胡窥青海湾。

由来征战地,不见有人还。

戍客望边邑,思归多苦颜。

高楼当此夜,叹息未应闲。

登岳阳楼

杜甫

昔闻洞庭水,今上岳阳楼。

吴楚东南坼,乾坤日夜浮。

亲朋无一字，老病有孤舟。

戎马关山北，凭轩涕泗流。

冲淡

冲淡与雄浑相对应,是一种平和淡远的艺术风格。

素处以默^①,妙机其微^②。饮之太和,独鹤与飞^③。
犹之惠风,荏苒在衣^④。阅音修篁^⑤,美曰载归^⑥。
遇之匪深,即之愈稀^⑦。脱有形似,握手已违^⑧。

【注释】

① 素处以默:指平日居处中素淡无欲、虚静以待的淡泊心态。《庄子·马蹄》曰:"同乎无欲,是谓素朴。"《庄子·在宥》:"至道之极,昏昏默默。"

② 妙机其微:意为因为"素处以默",故而进入一种虚静的状态,自然而然地洞察宇宙间一切微妙的变化。机,触及,契合。

③ 饮(yìn)之太和,独鹤与飞:指胸蓄和柔之气,淡逸如鹤,思与俱飞。饮,与之饮。太和,天地间阴阳冲和之气。

④ 犹之惠风,荏苒在衣:譬如和风飘飘拂衣。惠风,和缓温煦、似有还无的春风。荏苒,柔和微弱的样子。

⑤ 阅音修篁:指和风吹过幽静的竹林,发出美妙的乐音。阅,经历,

　　观赏。修篁，修竹。

⑥美曰载归：即载美而归。曰，语助词。

⑦遇之匪深，即之愈稀：意为自然遇合，非以强求。

⑧脱有形似，握手已违：指冲淡是一种高远萧散的状态，只可意领神
　　会，若追求形迹，则刚一把手相握，便觉太过执着。

【译文】

守得住寂寞、淡泊的心态，

使自我能与大自然神会。

深深地呼吸着冲和之气，

心与一只鹤在云天飘飞。

这正像三月的阵阵熏风，

吹拂着衣衫，我陌上徘徊。

这正像飘忽的声声瑶琴，

竹园里传来，我翩然而归。

那意趣可不能探究过度，

那情味欲深品反而稀微。

如果执着于外在的真实，

一接触也就与默契脱开。

【评析】

　　"冲淡"这种风格被作者说成是"素处以默"的产物，也就是说一个
诗人能乐于自守简陋的居所，甘于身处寂寥的环境，写出来的诗也就会
显得平和淡远。为什么这样说呢？因为在这样的居所、如此的环境里，
人会脱却浮躁，变得宁静。而宁静以致远——心得以超尘脱俗而"妙机
其微"，即由灵敏得玄妙的感觉带引，去和宇宙神会，更精微细致地领悟
人与自然的关系。据此而言，要想获得冲淡这一风格的关键应是具有这
种深入领悟人与自然关系的玄妙感觉能力。那么这种感觉能力如何培
养呢？作者接着提出"饮之太和，独鹤与飞"。"太和"系形容阴阳二气

既矛盾又统一的状态。在此处,"太和"是个省略词,指"太和之气",即
天地阴阳相互推宕的会合处所呈现出来的一股最和淡的气。张载《正
蒙·太和》认为:气的变化呈现为浮沉、升降、动静相感,这就是万类共
融、物我同一的"道"的体现。可见"太和"即"道"。由此说来,天地阴
阳会合实在是集中地呈现为众生万物与宇宙——包括人与自然之间的
大契合,而人若能吸饮此中散发出来的那股最显和柔淡远之气,也就会
顿生一种与自然神异地默契的玄妙感觉,于是"饮之太和"者也就恍兮
惚兮起来,自身不能自持而化为幽鹤,展羽而翩翩然悠游于宇宙了。所
以这一品的前四句具有质的规定性意义,已为"冲淡"做了这样的概说:
此类风格的培养要求诗人固守淡泊、安于寂寞,在宁静致远的氛围境界
中接受玄妙的感觉来带引自己去与自然达成默契,让自己能在极平凡的
生活事象上悠游于宇宙,充分领悟生命的存在之美。如此这般发而为
诗,风格也就平和淡远了。

　　从前四句这样的概说看,在"冲淡"风格的形成过程中,"妙机其微"
的玄妙感觉与"饮之太和"的"道"的观念互为因果关系固然是关键,
不可漠视,"素处以默"则是逻辑起点,也不容忽略。"素处以默"系现世
人生之事,能带引出诗人以玄妙的感觉去和自然默契,以致能使诗人在
"饮之太和"后恍有"独鹤与飞"的梦幻感。这场因人与自然默契而得的
梦幻感,也就丰富了现世人生之美。不过,对伴随"素处以默"而来的平
和淡远风格而言,把握生命之美,也就会淡化了张扬、夸饰之习,而更偏
重于选择现世人生极平凡的生活事象进行形象化的渲染。因此,以"素
处以默"为逻辑起点,去让诗人与自然达成默契后,此品对"独鹤与飞"
渲染生存美感倒也没有进一步发展,而是转向了现世。这就引出了第五
句至第八句。

　　第五句至第八句,这四句实是一个喻象,喻示人与自然默契后获得
的现世人生美感。此处写的是暮春三月江南草长时节,二三友人漫步陌
上的事儿。这时和风徐来,拂我薄薄的衣衫,而竹林深处则传来隐隐的

琴声。身处此境，人陡然有飘浮起来的感觉，和那渔舟过处的欸乃桨声、艳阳光里的柳浪闻莺、万绿丛中的蝶迷繁花融成一体，竟不知这春野是我抑或我是春野了，有的只是淡淡的感觉、脉脉的相思、迢遥得说不清的期待，似醉非醉、似梦非梦的精神徜徉。在这样一片现实人生的感兴氛围中，冲淡风格的追求也就满载美而可见了。这可是一片只有潜意识才能把握到的平和淡远境界。人一旦进入就顿生与自然默契的美感。这样的存在是出之于现世而非超现世的。由于《二十四诗品》写作有个特点：第五至八句往往采用意象组合体来喻示关键性的理论，所以这四句还涉及如下一点：它们作为喻象是现实人生之事象的有机组合，并无超凡的神幻。这也表明"冲淡"风格用意象组合体显示，也得偏重于采用现实人生的事象作平易而顺畅的组合才是。

　　人蓦然间感到与大千世界融为一体的精神现象，纯粹是一种自然发生的事儿。因此，这场默契虽神奇，却也是可遇而不可勉强求得的，于是也就推出了一个如何对"冲淡"的把握做进一步思考的议题。而第九至第十二句就对此展开了论析。"遇之匪深，即之愈稀"中的两个"之"都是指"冲淡"的境界。由于这种境界可遇而不可求，所以忽而有一个机会，自己竟能与自然默契了，却不能忘记这不过是一场精神邂逅，和宇宙的一次悠然心会，求之过深而较真起来，那就会以现实的目光去怀疑这种默契、心会的可能性，并且过深寻求往往适得其反，对人与自然想求得默契，其认识的可能因素会更少，因为这样做会强化认知，而认知必然会排斥这场心会之可能性的。唯其如此，作者进一步说："脱有形似，握手已违。"这可是一个警告：倘若对人与自然间达成默契那事儿偶尔较真起来，从黏着于现实表象出发看待那事儿，那么一经瞬间接触，不但人与自然悠然心会成空，平和淡远的"冲淡"风格也就脱离此品之审美视野了。

　　综上所述，我们发现用十二句来言说"冲淡"风格其实并不全面，作者只谈了一些冲淡风格对诗人在潜创作中的要求，而几乎没有涉及显创作方面的,诸如抒情方式、谋篇布局、语言策略,特别是语言采用口语的不事雕琢来使意象语言化的策略,顺随生活事象的本然状态进行谋篇布局以及重白描和主体叙事来作感兴象征抒情等等,都未提及,而这些正是冲淡风格重要的标志。作者似乎是把重心定位在"妙机其微"的玄妙感觉上和"饮之太和"的万类默契上。这样的重心定位和属逻辑起点的"素处以默"相呼应,形成平和淡远的风格,固然极有见地,但只凸现这一方面,使人不免有谈艺术风格只重精神而淡化实体之感。猜度作者的心意,他大概是以陶渊明其人其诗为样本推出这一品来的。的确,历代评者大多偏于从陶渊明的人格精神、生活处境、题材选择、感应方式上论析他为人、为诗的平和淡远,而鲜有涉及显创作上对"冲淡"风格之探讨的。但就陶诗"冲淡"之典型文本《饮酒》之五而言,给人留下深刻印象的当然有诗人随顺自然、追求平和淡远精神境界的一面,但我们更为这首诗情景自然流现的构思、抒情叙事随意交替的表达、语言不事夸饰的倾诉所吸引,这些显创作特色也是和那一场与大宇宙悠然心会的本体象征境界相应合而不可或缺的。

作者提倡的"冲淡"风格,实在是在追求自然流现的情韵美。陶渊明的诗属于这种美学品格,唐诗,尤其是王维、孟浩然、韦应物等人的诗,从总体看也如此。宋诗重理,有意造平淡以显理意的淡远,缺乏自然流现的情韵美,和作者所提倡的并不完全一致。

【附例】

饮酒(二十首之五)

陶渊明

结庐在人境,而无车马喧。

问君何能尔?心远地自偏。

采菊东篱下,悠然见南山。

山气日夕佳,飞鸟相与还。

此中有真意,欲辩已忘言。

宿建德江

孟浩然

移舟泊烟渚,日暮客愁新。
野旷天低树,江清月近人。

耶溪泛舟

孟浩然

落景余清辉,轻桡弄溪渚。
澄明爱水物,临泛何容与。
白首垂钓翁,新妆浣纱女。
相看似相识,脉脉不得语。

鸟鸣涧

王维

人闲桂花落,夜静春山空。
月出惊山鸟,时鸣春涧中。

辛夷坞

王维

木末芙蓉花,山中发红萼。
涧户寂无人,纷纷开且落。

竹里馆

王维

独坐幽篁里,弹琴复长啸。
深林人不知,明月来相照。

寄全椒山中道士

韦应物

今朝郡斋冷，忽念山中客。

涧底束荆薪，归来煮白石。

欲持一瓢酒，远慰风雨夕。

落叶满空山，何处寻行迹。

纤秾

"纤秾"作为一种艺术风格的称谓,其命词乃一对矛盾组合。"纤"原指丝帛纹理的细腻精巧,"秾"原指草树花木的丰茂繁盛,它们组合成词,始于曹植。这位多情诗人写有《洛神赋》,用"秾纤得衷,修短合度"来赞美宓妃的美姿。"秾纤得衷"指这位洛水女神体态之丰盈与身材之苗条配合得恰到好处,显然这是对立统一的和谐表现。这个词汇日后延伸成"纤秾",进入《二十四诗品》作者的风格表述系统后,原词义也顺理成章地延伸为纤秀秾郁相谐,称谓一种让精致逸秀与丰盈繁茂有机结合的风格特征。由此说来,"纤"与"秾"的组合是建立在一层辩证互补关系之上:"纤"而极致成枯槁,"秾"而极致成臃肿,两者互补才能集逸秀与丰盈于一体,显示出富丽身态与绰约风姿最佳的组合。

此品正是在这样的认识基础上确立起来的。

采采流水①,蓬蓬远春②。窈窕深谷③,时见美人。
碧桃满树,风日水滨。柳阴路曲,流莺比邻。
乘之愈往,识之愈真。如将不尽,与古为新④。

【注释】

①采采流水：指流水波纹活泼鲜明的样子。谢灵运《缓歌行》："习
　习和风起，采采彤云浮。"

②蓬蓬：草木茂盛、生机蓬勃的样子。《诗经·小雅·采菽》："维柞
　之枝，其叶蓬蓬。"

③窈窕深谷：指山谷蜿蜒幽深的样子。

④如将不尽，与古为新：虽永久不尽，却光景常新。

【译文】

让溪水流淌吧，淙淙歌吟，

让远芳泛滥吧，勃勃生春。

在那曲折深邃的山谷里，

时见有丽人出没的身影。

让碧桃盛开吧，繁花如锦，

让风日梦幻吧，在河之滨。

在那蜿蜒幽渺的柳荫中，

常传来比邻流莺的啼鸣。

若愈去体察自然的美丽，

就愈能领略纤秾的真醇。

只要不断作心灵的猎艳，

就能从古韵中唱出新声。

【评析】

品诗可以有多种方式，西方有一种印象批评，它还有一套理论。威
廉·赫兹利特在《论天才和常识》中要求批评家"根据感觉而不是根据
理性来判断，即根据一些事在你心中的印象判断"，福勒说印象批评"属
于那类局限于个人瞬间效应和判断范围之内的批评方法"，而这"必然
是主观的"。根据这些理论，我们来看《二十四诗品》，可以说作者实是
印象批评的先行者。他的多篇诗歌风格研究之作都是根据自己对特定

诗人、诗作的感觉印象来对风格特征进行判断和概括的,并且也总是借用一些能充分感发自己感觉印象的意象组合体来表述自己对特定风格的特定见解的。"纤秾"一品就是作者用印象批评的方式来对"纤秾"风格作感兴阐释的典型文本。在这一品中,阐释"纤秾"风格的具体特征的是前面八句,但它们没有一句属于分析演绎的理性言说,而只是提供给接受者两个意象组合体,让他们通过感兴把握自己对"纤秾"风格的特定感觉印象,再对此做出理性抽象和明晰的理论概括。那么这八句分别包括哪两个意象组合体呢? 大致说来第一句至第四句是一个意象组合体,第五句至第八句又是一个意象组合体,兹分别论析如下。

第一句至第四句是一个具有动美的意象组合体。"采采流水,蓬蓬远春",写春水亮丽地流过翠冈,春草迢遥地绿遍芳郊,而在这一片蓬勃成长着的繁茂景象里,又推出了一个"窈窕幽谷,时见美人"的特写镜头。她们徜徉在野谷里干什么呢? 这并不重要,重要的是因她们的出没而使这片繁茂春色平添了一分朝气、一脉向幽深展开的纤秀美感,从而使繁茂不至于秾稠得化不开,而能于色彩斑斓中逸出绰约俏丽的风姿神态。这就是说艺术上有一种爱秾稠的做派,却不能一味秾稠,须以纤秀来点化,使秾稠化开,显示富丽堂皇中有绰约多姿的逸气,于是也就有了"纤秾"的艺术风格之美,美得丰盈而玲珑。

第五句至第八句是一个具有静美的意象组合体。"碧桃满树,风日水滨",写艳阳泛滥得迷离恍惚、薰风荡动得令人沉醉,而荇藻间波光闪闪烁烁的春天野河边,桃花盛开着,满树的彩色浮在大气里,掩映在碧水中……这一片生命的春天凝定了的美,是美得秾稠的。为免秾稠得有臃肿感,接着别开生面,又推出了一个镜头:"柳阴路曲,流莺比邻。"这"水滨"可是杨柳岸一条曲折幽渺的柳荫路,小黄莺鸟儿则成双成对比邻而栖于柳梢头,发出露珠样圆润流转而又晶莹剔透的鸣啭声,这个设计是精微细致的,一下子使生命的春天凝定的美荡动了,凝固得臃肿的秾稠化开了,于是我们也就把握到一种秾稠到精致、精致到俏丽的纤秀美自此中逸出,而"纤秾"的艺术风格也就生成,正像洛神之美,在于体态之丰盈与身材之苗条搭配得恰到好处。

通过对以上八句包含的两个意象组合体提供的审美感觉印象的理性提纯和理论概括,我们可以明白作者所阐释的"纤秾"风格,确是一个以丰盈与玲珑的有机组合为标志的秾稠与纤秀的对立统一体。在这里值得提一提两个感兴意味一致却分设在两个意象组合体的语言系统中的语词:"窈窕"与"路曲",都是指曲折幽深,只不过一是指"谷"("窈窕幽谷"),一是指"路"("柳阴路曲")。为什么两个意象组合体都凸现出向曲折幽深的途径延展呢?这里蕴含着审美创造的奥秘。一般而言,这是让秾稠得化不开而用纤秀来点化的中介,也就是说,点化秾稠只有另辟新路:以曲径通幽来引人入胜。进而言之,这是让广度上展开的秾稠能和深度上突进的纤秀相结合的中介,有了这曲折幽深的布局,"纤秾"的艺术风格也就能使人的认知获得立体感。但更进一层且是最重要的一点则是对这类艺术风格的形成提个醒,起一种启示作用,那就是第九、十两句所言的:"乘之愈往,识之愈真。"这意思就是趁曲折幽深的途径诱引而愈深入体察大自然丰茂繁富与绰约多姿对立统一的存在美景,也就愈能领悟"纤秾"风格的艺术审美真髓。这倒确实是朴朴实实地显示着的一条诗美创造规律。既然如此,那也就可以预期:"如将不尽,与古为新。"的确,倘若能按此行事,持续不断追求下去,即使古人已经这样千遍万遍地写过,也还是"终古常见,却又不陈陈相因",而是"光景常新"的——如同郭绍虞在《诗品集解》中所说的。

总之,"纤秾"是一种对立统一的复合型艺术风格,它要求钟情于此者让纤秀与秾稠时刻进行双向交流,也对爱富丽而耽于堂皇身态或讲精微而唯求绰约风姿的风格偏至者发出警示:"纤秾"才是他们最佳的定位。

在中国诗歌史上,"纤秾"风格之作可说是层出不穷。杜甫在成都草堂写的一些诗,如组诗《江畔独步寻花》最与此类风格相符。白居易的七律《钱塘湖春行》、李商隐的七律《二月二日》，也都是此类风格的佳作。杜牧的绝句《江南春》："千里莺啼绿映红，水村山郭酒旗风。南朝四百八十寺，多少楼台烟雨中。"前二句繁富丰茂，大有不胜稊稠之感，但后二句曲径通幽，点上深化，另辟纤秀绰约之境，这种和谐组合最能显出"纤秾"风格。但这类风格的诗人中最有代表性的应推温庭筠，他的一些近体诗和词中小令如五律《春日野行》、小令《菩萨蛮·玉楼明月长相忆》《更漏子·玉炉香》最显此类风格。

【附例】

江畔独步寻花（其五）

杜甫

黄师塔前江水东，春光懒困倚微风。

桃花一簇开无主，可爱深红爱浅红？

钱塘湖春行

白居易

孤山寺北贾亭西，水面初平云脚低。

几处早莺争暖树，谁家新燕啄春泥。

乱花渐欲迷人眼，浅草才能没马蹄。

最爱湖东行不足，绿杨阴里白沙堤。

二月二日

李商隐

二月二日江上行，东风日暖闻吹笙。

花须柳眼各无赖，紫蝶黄蜂俱有情。

万里忆归元亮井，三年从事亚夫营。

新滩莫悟游人意，更作风檐夜雨声。

春日野行

温庭筠

骑马踏烟莎，青春奈怨何。

蝶翎朝粉尽，鸦背夕阳多。

柳艳欺芳带，山愁萦翠蛾。

别情无处说，方寸是星河。

菩萨蛮·玉楼明月长相忆

温庭筠

玉楼明月长相忆，柳丝袅娜春无力。门外草萋萋，送君闻马嘶。

画罗金翡翠，香烛销成泪。花落子规啼，绿窗残梦迷。

更漏子·玉炉香

温庭筠

玉炉香，红蜡泪，偏照画堂秋思。眉翠薄，鬓云残，夜长衾枕寒。

梧桐树，三更雨，不道离情正苦。一叶叶，一声声，空阶滴到明。

沉着

"沉着"是一种深沉、稳健、执着的风格。

此品比"纤秾"品更进一步,全用意象组合体来搭成构架,总体看是一场以象喻为主的言说,所以印象批评的特色也更显著。

绿林野屋,落日气清。脱巾独步①,时闻鸟声。

鸿雁不来②,之子远行③。所思不远,若为平生④。

海风碧云,夜渚月明⑤。如有佳语,大河前横⑥。

【注释】

①脱巾独步:脱巾而行,以纯任自然喻指精神沉着。巾,古人戴在头
　上用以装饰的绢帕。

②鸿雁:一种候鸟,传说能传递书信。此处喻指信使。

③之子:此人。《诗经·周南·桃夭》:"桃之夭夭,灼灼其华。之子
　于归,宜其室家。"

④若为平生:仿佛与平素相处时一样。

⑤渚:水中陆地。

⑥大河前横：以大河奔流比喻沉着诗境在思想情感、语言表达等方面深沉执着、畅流无碍的特征。

【译文】

野屋衬映着树林的绿荫，
夕阳衔山了，正天高气清。
你脱掉头巾在门前散步，
不时地传来噪晚的鸟鸣。
却没见有鸿雁把信捎来，
那人儿已经是悄然远行。
可你又觉得她还在近处，
以天涯为咫尺聊慰平生。
这大海、长风、浮云的生涯，
这洲渚、月明、远夜的盼等。
灵思化隽语已凝聚笔端，
乃有大河般沉着的歌吟。

【评析】

　　大致说来，此品第一句至第八句是一个大意象组合体，第九句至第十二句是又一个意象组合体，它们所呈示的是一场怀念远人的事儿，意义有承续，又有所区别，下面就分头进行阐释。

　　说第一句至第八句是一个大的意象组合体，表明它还可以细分。"绿林野屋，落日气清。脱巾独步，时闻鸟声"，是这个大意象组合体展开怀人表现的序曲：这里是一间由绿树林荫翳着的山野茅屋，夕阳的余光也已隐入冈后，浮荡的暮霭中空气分外清明，此时此境中茅屋主人的心魂似乎轻松了一点，脱下在白天奔波中裹着的头巾，一个人在院门外默默漫步，可是头顶不时传来飞鸟的啼鸣声，那焦急的情状就使这位孤独的漫步者也勾起日暮怀远的愁绪来了。随即是正戏开始："鸿雁不来，之子远行。所思不远，若为平生。"古人云：日出而作，日入而息。这是一条生存规律，人懂，鸟同样懂，所以一等夜幕降临，众鸟就会相互啼唤着纷纷归林。那么鸿雁也得归林了吧？鸿雁能传书，远方的人儿托它捎的书信，也该传到绿树林中的茅屋里来了吧?! 可是那么多噪晚而归的鸟儿中却没有鸿雁，也没有鸿雁传来的书信，漂泊远方的人儿还在远方漂泊着! 茅屋的主人就这样顺着"时闻鸟声"而展开痴痴的联想，换来的却是无穷的失望;孤独的漫步者就这样石阶空伫立，望断云山，而展开如梦似的幻感，心里那人似乎离自己并不遥远，正向自己走来，来到了自己身边，那亲昵的声音、那妩媚的笑颜就在眼前，可是转瞬间幻象全消失了，此处依旧是暮霭，迷离恍惚的山野、绿树林，归鸟中没有鸿雁的传书，茅屋前只有孤独的人影……"所思不远"吗？幻感中那人儿的确就在眼前;"所思不远"吗？现实中那人儿离开自己已远到时间的尽头了。于是在这场曲折的、冲突激烈的心理戏剧正面展开中，茅屋的主人日暮怀远的愁绪剪不断、理还乱，更其深沉了。

但说茅屋主人怀远的愁绪单只是深沉是不全面的。如果这场心理戏剧表现只有一时三刻的深沉，纵使深沉得极真实，较之于"平生"皆如此，哪堪匹敌! 重要的是深沉还须执着。

这就使此品转入第九句至第十二句那个意象组合体的象喻表现："海风碧云，夜渚月明。如有佳语，大河前横。"应该实事求是地说，这几句的象喻表述，由于语言的极度浓缩，使意象组合中的一些联络关系全被省略，导致象喻之所指暧昧难明，所以从来对此四句的索解大有众说纷纭趋势，可庆幸者是众意象的感兴功能极强，组合在一起若凭对等原则，让人通过兴发感动，以在对等关系中求得的审美印象去领会一些象喻的实际所指，还是有可能的。"海风碧云，夜渚月明"，由于能指的新颖巧妙，所以特别能给人兴发感动，显得很美，美得意境壮阔，但若进一步问所指者何，就只是扑朔迷离，讲不出个所以然来了。不过，只要从感兴所得处进入，还是能把握到一些意味的。的确，这两句的意象组合体以极强的感兴功能让人在潜意识中感受到一种阔长的、和谐优美的境界。从这片境界提供给我们潜意识的先入之见中当会发现，这两句作为意象化语言所营构的，并不如一般论者所谓是"海风""碧云""夜渚""月明"四个意象，而其实是八个意象："海""风""碧""云""夜""渚""月""明"，也不是"碧云被于海风，月明亮出夜渚"这样的组合关系，而是出于一种根本打乱词序关系的组合，正像杜甫的诗句"香稻啄余鹦鹉粒，碧梧栖老凤凰枝"，原是"鹦鹉啄余香稻粒，凤凰栖老碧梧枝"那样，这"海风碧云，夜渚月明"，实是"海碧云风，夜月明渚"，即"海碧云被于风，夜月明亮了渚"之意。再具体点说，就是"碧蓝的大海风披着云，远夜的月亮渚耀着光"的意思，这较之于分成四个意象的组合关系"海风披着碧云，夜渚耀着月明"，其境界显然要阔大得多。而更重要的是这八个意象形成的两个意象组合体，各自凸现的是"海"与"月"，而这两个意象组合体相互间的组合，也就凸现了"海"与"月"之间的关系，这就会令人想起这里具有一种"碧海青天夜夜心"的执着，也会令人想起如同"五四"初期刘半农在《教我如何不想她》一诗中的那个诗节那样：

> 月光恋爱着海洋，
>
> 海洋恋爱着月光。
>
> 啊！
>
> 这般蜜也似的银夜，
>
> 教我如何不想她？

这种执着可以说已进入了永恒的境界。但作者似乎要为具有空间的时间化性能的执着性作加倍的强化，所以又推出了如下两句意象组合体："如有佳语，大河前横。"这是承"海风碧云，夜渚月明"而来的。茅屋的主人——孤独的漫步者蓦然而生如同"碧海青天夜夜心"一般的执着，于是灵感突发，诗句迭出，一首诗情澎湃、诗力无穷的诗也就像横在他前面的那条大河一样奔腾而出了。或问，作者写的这最后两句，正是出于这样的意图，那么，这意图又意味着什么呢？我以为这意味着一点：深沉执着的艺术风格就因此形成了。当然，无可否认，此品的十二句全是形象化的表现，"沉着"风格的特征全是通过这些充分形象化的意象组合体所特具的感兴象喻功能兴发出来的，所以这是一场诗的言说，不过，作为一个"诗品"文本，它又毕竟不能看成是一首抒情诗。唯其如此，我们才不能不注意到，作者写的这最后两句非得从茅屋主人孤独漫步怀念远人的愁绪氛围中跳出来，从而转向有关"沉着"风格内容的言说不可。这正是我们要如此阐释最后两句的立足点。

综上所述，可以说作者心目中属于"沉着"的风格有如下几个特点：一、诗情内敛而深沉，激情澎湃与它无缘，而其美的特质也因此是含蓄而阴柔的。而在这场递进中体现着某种力的意味，给人以一定的力度感。二、诗情从空间感应推向时间感应，因此也由深沉递进为执着。三、深沉的执着的诗情总是通过心理的戏剧冲突来展现，这种冲突以曲折以及推宕向绝望中的期望以求解决。所憾的是作者谈这类艺术风格，同样不谈艺术表达的特殊性。有学者认为此品第九句至第十二句是论述沉着风格的表达方式，恐怕未必如此。

大致说来，"沉着"风格多为悲悯型诗人所拥有。在中国诗歌史上，杜甫是悲悯诗人的杰出代表，他的《梦李白》《春望》等作品是此类风格的典型体现。

【附例】

梦李白（其一）

杜甫

死别已吞声，生别常恻恻。

江南瘴疠地，逐客无消息。

故人入我梦，明我长相忆。

君今在罗网，何以有羽翼？

恐非平生魂，路远不可测。

魂来枫林青，魂返关塞黑。

落月满屋梁，犹疑照颜色。

水深波浪阔，无使蛟龙得。

春望

杜甫

国破山河在，城春草木深。

感时花溅泪，恨别鸟惊心。

烽火连三月，家书抵万金。

白头搔更短，浑欲不胜簪。

高古

【题解】

　　"高古"的真实精神是追求超凡脱俗、神往清心寡欲的抒情境界,对作者来说,"高"不是指诗非得表现高天云山不可,而是指超越现实社会的题材;"古"不是指诗非得赞颂三皇五帝不可,而是指去写远离现世人生的生活。所以"高"与"古"是二而一的词汇,"高"即"古","古"即"高",大可不必在探讨此品时拘泥于"高而古""古而高"的问题。当然,此品的写法显示着作者一贯的做派,即以象喻来言说属于"高古"的风格特征,其喻象可能显示为高,也可能呈现为古,但都一样喻示"高古"。这是在对此品进行现代阐释前特别需要明确的。

　　　畸人乘真①,手把芙蓉②。泛彼浩劫③,窅然空踪④。
　　　月出东斗⑤,好风相从。太华夜碧⑥,人闻清钟。
　　　虚伫神素⑦,脱然畦封⑧。黄唐在独⑨,落落玄宗⑩。

【注释】

①畸人乘真:得道之人吸纳自然之真气。畸人,无心机事、超尘脱俗的得道真人、仙人。《庄子·大宗师》云:"畸人者,畸于人而侔于

天。"乘真，指乘天地自然之真气而上升天界、度越浩空。《说文》云："真，仙人变形而登天也。"

②手把芙蓉：手持莲花。把，持，握。芙蓉，指莲花。李白《古风》有云："西上莲花山，迢迢见明星。素手把芙蓉，虚步蹑太清。"司空图《送道者二首》之一："洞天真侣昔曾逢，西岳今居第几峰？峰顶他时教我认，相招须把碧芙蓉。"

③泛彼浩劫：渡越久远的时空。泛，浮行，渡过。浩劫，佛家称天地从形成到毁灭再到重生为一劫，因此过程历时久远，故称浩劫。

④窅（yǎo）然空踪：深藏隐晦，难觅踪迹。《庄子·知北游》："夫道，窅然难言哉！"

⑤东斗："斗"本为二十八星宿之一，道教称夜空的东方为"东斗"。苏轼《前赤壁赋》："少焉，月出于东山之上，徘徊于斗牛之间。"

⑥太华：指西岳华山。

⑦虚伫神素：以虚静之心来涵养素朴纯洁的精神。伫，通"贮"。积存。神素，不染俗氛、质朴无华的精神。

⑧脱然畦封：不受世俗约束。脱然，超脱无累。畦封，界限，引申为约束。

⑨黄唐在独：语本陶渊明《时运》："黄唐莫逮，慨独在余。"意为唯独我之精神如处黄唐之世那样高古。黄唐，黄帝与唐尧的并称。独，唯独。

⑩落落玄宗：指内心孤高，与世俗寡合，而与玄妙之理相通。落落，孤高寡合。玄宗，玄妙宗旨，亦指有玄识的师宗。魏晋玄学合《周易》《老子》《庄子》为"三玄"。

【译文】

得道者驭逸气升入天穹，
手执着白莲花翩然西东。
一场场劫波终于渡尽了，

飘渺地消融进九天鸿蒙。

东斗间月华儿已经出现，

有阵阵和煦风吹来相从。

夜的太华山清碧得幽玄，

万籁俱寂里听远寺祷钟。

虚心地积贮起超凡质素，

毅然地摆脱了世俗平庸。

帝尧的标格已卓然独存，

乃游心于玄远超越时空。

【评析】

此品前八句是以写"高"的情景来象喻"高古"这一艺术风格的。不过，这八句写"高"又可分为两场。"畸人乘真，手把芙蓉。泛彼浩劫，窅然空踪"是第一场，写一个有道之人手执一枝盛开的芙蓉，乘真气飞升逍遥，可谓之"高"矣！在这样高的境界中，他"泛彼浩劫"，可真是摆脱了你争我夺的欲念世界，而随之是"窅然空踪"，超越了九天鸿蒙飘然它去。可见诗人如此神幻地表现"高"，为的是喻示对世俗社会的超脱。再说第二场："月出东斗，好风相从。太华夜碧，人闻清钟。"如果说第一场"畸人乘真"所写的"高"是动态的显示，那么这一场"人闻清钟"所写的"高"是静态的显示。在这里让我们看到高山上的景：月儿从东天的星斗间出来了，幽谷里令人沉醉的清风也立即习习相随而来，而高高的太华山上，夜是青碧得神秘的，而人在松林间、山道上听着莫名的地方飘来的这钟声……这可真是高得超尘脱俗，我们读至此，心灵也定会发出一个声音："别了，尘寰！"可见诗人如此幽幻地表现"高"也是为了喻示他对世俗社会的超脱。总之，这里用了八句两个场面表现"高"的情景，实是用了两个意象组合体来对超凡脱俗的审美境界作感兴象征式喻示，无论"芙蓉""太华"是否是实有所指，都无关紧要，重要的是它们作为意象的感兴功能强不强，将它们纳入意象组合体，对表现"高"有多少作用。

此品的第九句至第十二句是以写"古"的情景来象喻"高古"这一艺术风格的。"虚伫神素，脱然畦封"中的"虚"是虚心，"伫"是积贮，"神素"的"素"是素质，"神"呢？郭绍虞在《诗品集解》中说："心之灵谓之神。"据此，应该把"神素"看成心灵素质或精神素质。由此说来，人必须虚心地把心灵素质积贮起来，只有这样才能使自己鄙视出于物欲追求的功名利禄之心与禁锢精神自由的世俗规范。那么这种具有关键意义的心灵素质又是什么呢？作者猛地推出如下两句作结："黄唐在独，落落玄宗。"这里凸现的正是"古"的情景，用来象喻"高古"这一艺术风格。"黄唐"是指黄帝与唐尧——这两位中华民族传说中远古的贤人，其神圣地位该是"在独"——独一无二的，因此"落落玄宗"——落落然成为了令人玄思远想的百代师宗。其实，这里所写"古"的情景并不具体，所以"黄唐"象喻那种神圣到独一无二的心灵素质也不显著，只是起到一个意念印证的作用：怀着鄙视世俗欲念之心，去写远离现世人生的生活，才能具有"高古"的艺术风格。严羽在《沧浪诗话》中指出："阮籍《咏怀》之作，极为高古。"这大概就是指《咏怀》诗有怀古避世的一面吧！所以作者在这里张扬以"黄唐在独"为象喻的"古"的情景，其实是对"远"——纳入历史的那种已成隔代的遥远感的张扬。

综合此品的十二句品语，可以这样说：前八句表现"高"是从空间上展开的；后四句表现"古"是从时间上展开的。空间的"高"和时间的"古"一旦结合，也就让超凡脱俗与远离现世融为一体，那么一种堪称超越向往的风格全出矣。但必须看到：从空间上展开对"高"的表现，必然会涉及仙人，以致神往游仙的玄觉；从时间上展开对"古"的表现，必然会涉及前朝，以致追慕古人的幽思。所以这十二句品语也以独特的意象——"畸人乘真，手把芙蓉"和"黄唐在独，落落玄宗"的双向交流而感发出一片玄觉幽思的境界，而这也正是作者在言说此品中没有说出却可以使我们体味到的一种"高古"的外在风貌。

　　"高古"这一类风格在古典诗词中有广泛的体现。刘禹昌在《司空图〈诗品〉义证及其它》中曾说:高古"这种艺术风格多见于游仙诗,其思想多见于道家的出世思想,其人物形象多取材于道教传说故事……其表现方法则多为浪漫主义艺术,富于想象、虚构和夸张。唐代大诗人李白诗中多有这一类作品。前此,如汉乐府、魏晋六朝诗中也多有这一类诗,以萧统《文选》选诗为例,如陆机乐府诗《前缓声歌》、何劭《游仙诗》、郭璞的《游仙诗》等皆属之。"这是很明确的,说得也颇得体。但有一点他没有注意到,也没有提及,这就是"高古"风格盛行于汉魏六朝的诗中,到唐诗中,除了李白等人有所追求,总体说来这类风格已显衰落之势。宋以后,特别在词中就很少见了。

【附例】

咏怀（八十二首之三十八）

阮籍

炎光延万里,洪川荡湍濑。
弯弓挂扶桑,长剑倚天外。
泰山成砥砺,黄河为裳带。
视彼庄周子,荣枯何足赖。
捐身弃中野,乌鸢作患害。
岂若雄杰士,功名从此大。

前缓声歌

陆机

游仙聚灵族,高会层城阿。
长风万里举,庆云郁嵯峨。
宓妃兴洛浦,王韩起太华。
北征瑶台女,南要湘川娥。
肃肃霄驾动,翩翩翠盖罗。

羽旗栖琼鸾,玉衡吐鸣和。

太容挥高弦,洪崖发清歌。

献酬既已周,轻举乘紫霞。

总辔扶桑枝,濯足汤谷波。

清辉溢天门,垂庆惠皇家。

游仙诗

何劭

青青陵上松,亭亭高山柏。

光色冬夏茂,根柢无凋落。

吉士怀真心,悟物思远托。

扬志玄云际,流目瞩岩石。

羡昔王子乔,友道发伊洛。

迢递陵峻岳,连翮御飞鹤。

抗迹遗万里,岂恋生民乐。

长怀慕仙类,眇然心绵邈。

游仙诗（十四首之一）

郭璞

京华游侠窟,山林隐遁栖。

朱门何足荣? 未若托蓬莱。

临源挹清波,陵冈掇丹荑。

灵溪可潜盘,安事登云梯。

漆园有傲吏,莱氏有逸妻。

进则保龙见,退为触藩羝。

高蹈风尘外,长揖谢夷齐。

古风（五十九首之十九）

李白

西上莲花山，迢迢见明星。

素手把芙蓉，虚步蹑太清。

霓裳曳广带，飘拂升天行。

邀我登云台，高揖卫叔卿。

恍恍与之去，驾鸿凌紫冥。

俯视洛阳川，茫茫走胡兵。

流血涂野草，豺狼尽冠缨。

典雅

【题解】

"典雅"中，"典"是符合古训的理性原则，"雅"是不显粗俗的优雅格调。"典雅"作为艺术风格，是一种有节制的优雅情趣追求。

> 玉壶买春①，赏雨茅屋。坐中佳士②，左右修竹③。
> 白云初晴，幽鸟相逐。眠琴绿阴④，上有飞瀑。
> 落花无言，人淡如菊。书之岁华，其曰可读⑤。

【注释】

①玉壶买春：洁净光润的玉壶里装着沽买来的春醪。玉壶，古代酒器的美称。买春，沽酒。《诗经·豳风·七月》："以此春酒，以介眉寿。"春，原指春天酿的酒，后用为酒的泛称。

②佳士：有才学、有情操的士人。

③修竹：美好的竹林。

④眠琴绿阴：抱琴酣卧于绿树荫下。

⑤书之岁华，其曰可读：意为将"落花无言，人淡如菊"的涵养与态度表现在四时景物的描写中，这样的诗才值得把玩诵读。书，写。

之,指代上文的"落花无言,人淡如菊"等。岁华,岁时,此指一年
四季的幽雅景色。

【译文】

暮春的日子,沽来了新酒,
茅舍里赏一场风狂雨骤。
二三个友人围坐方桌边,
新绿的秀竹掩映在左右……
一忽儿放晴了,白云飘流,
人散去,众鸟聒噪着悠游。
我也抱鸣琴卧在绿荫里,
听崖上飞泉喷泻的节奏。
于是残花无言地掉落时,
我顿生人淡如菊的感觉。
把这些全写进诗篇里吧,
有意趣会让人玩味久久。

【评析】

全品十二句,四句为一个单元,先分别对这三个单元作一阐释。

第一单元写的是春天时分,一批志趣高雅的"佳士",坐在绿竹掩映
的"茅屋"中,以"玉壶"斟酒,边醉饮随意清聊,边欣赏春雨飘瓦的那
种生活情趣。值得注意的是,这个单元中的"左右修竹"置于最后,显得
颇为突兀。本来这个单元所写的情景,前三句也就足矣,现在放上这一
句,并且还加以凸现,不说是画蛇添足,也会有人说是浪费笔墨吧? 其
实不然!"左右修竹"是有出典的。《晋书·王徽之传》云:"(徽之)尝寄
居空宅中,便令种竹。或问其故,徽之但啸咏,指竹曰:'何可一日无此
君邪!'"而"宁可食无肉,不可居无竹"更是千百年传承下来的生态文
化类古训。所以一座标准的宜居堂院非得有竹绕宅不可,这是符合古训
的一个理性原则。这个单元所描绘的一批"佳士"相聚于"茅屋"而把

酒赏雨,具有非同一般的高洁雅致,因为这合于理性原则。或者说因为有合于生态文化传统的"左右修竹"这个古训遥控着,这高洁雅致也就合典了。由此说来,这个单元的第四句不可省,它的存在像是一块标牌,标明"茅屋"中把酒赏雨的"佳士"们的生活情趣不是一般的优雅,而是由合典的义项——理性原则所内控的。所以这个单元四个句子组合成的一个意象组合体象喻着:凡具有这样一种艺术风格特点的,就叫典雅。需顺带一提的是:受理性准则内控的风格呈现时大都很讲究秩序,这一个单元作为一个意象组合系统中的四个子意象(玉壶、茅屋、佳士、修竹)之间的关系,就具有讲究秩序的有机组合的特点。

第二个单元写夏天室外的情景,用来表现典雅情趣。"白云初晴,幽鸟相逐"中以"初晴"表明这是一场夏雨过后的事,蓝天白云而阳光朗照,众鸟出林而扑翅相逐,一派生意欣欣然活跃在天地之间。于是有幽人趁此好风徐来之际,"眠琴绿阴"——在绿树荫之下,一曲高山流水过后,抱琴而酣然入梦,而斯时斯处则"上有飞瀑"——突兀地在这片动境的末了,推出了一泓飞瀑,在绿树荫外、山崖上,真实的"高山流水"倾泻而下,为幽人之幽梦而伴奏一曲。这是自然世界中的自然景象,不足为奇,但置于"眠琴绿阴"之后,也不能不使人产生贴上去的感觉。是的,这是人为地贴上去的,让这位幽人在"上有飞瀑"的环境里,若无其事,不受干扰而"眠琴绿阴",不能不使我们对幽人这种随遇而安的高雅情趣肃然起敬。这肃然起敬针对的是这位追求雅趣的人儿竟然让依顺自然为表征的老庄文化情怀——一种已成为古训的独特理性准则在潜意识里扎下了根,并受此种文化情怀内控而形成了这种随遇而安的高雅情趣。所以"上有飞瀑"也是一块标牌,它的不自然的外贴却有极自然的象喻性言说:雅趣必须守典,才能避免矫揉造作的世俗格调,而这样一种艺术风格也才配称为典雅。需要提示的是,这个单元包括的四个子意象"白云""幽鸟""眠琴绿阴""飞瀑",由于也是受了理性准则的遥控而组合在一起的,因此而形成的意象组合系统,也相当有机,有环环相扣的秩序感。

　　第三个单元以"落花无言,人淡如菊"再一次象喻了受古训内控的那种生态格调。在这里以落花纷纷总是悄悄来临来喻示一种生态文化准则:如同"花自飘零水自流"那样,在时间的长河奔流中,生命匆匆而来又匆匆而去,原是合于自然运行律的,原本就无须为之动容。正是这个古训式的准则,在幽人的潜意识中存在着,也遥控着他的人生,就如同菊花一般,从不作大红大紫的张扬,而只是淡泊地开,无言地谢,洒脱,自如。于是这一单元生动的象喻表现也就进一步喻示着:这场合于生态文化准则的优雅情趣表现,也正是一种"典雅"风格的体现。这样一种艺术风格则触动我们有"书之岁华,其曰可读"的感慨了。郭绍虞在《诗品集解》中说:"书之岁华云者,亦即'一年好景君须记'之意。"是的,这样典雅地度着人生岁华,是值得写成诗篇而让人久久吟赏的。这一单元不像上两个单元那样纯粹以意象组合体作感兴象喻来达到言说"典雅"风格内涵的目的,而是先用意象符号对"典雅"概念作印证,再用直白式的言说加以赞赏,由于也始终以理性准则来遥控,所以意象印证以及进而推出的直白式的赞赏,也是很有逻辑秩序地渐次展示出来的。

　　通过对以上三个单元的阐释,我们可以明确"典雅"的几点实际内涵:一、这种风格是受特定文化准则制约的一种超脱卑俗的优雅情趣表现;二、这种风格追求的情趣具有适度的自然和适度的自由,因此是一种属于常态化的人生情趣;三、这种风格遵循准则,守信常态,由此决定了它的呈现总是合秩序、讲分寸的心灵自然流露、生存自由表现。一般说来超脱社会、倾心自然、钟情于与自然界作心灵交流的情趣,是一种合于浪漫主义的追求,但这种情趣受理性准则制约,又讲究常态人生和合于秩序,则又有点合于古典主义的追求了。由此说来,"典雅"是有其复杂性的,它既可以说是一种讲究心灵自由的古典主义风格,也可以说是一种合于常态秩序的浪漫主义风格。世界上许多事物从现象上看总是对立的,但从实质上看又总可以统一成一体。"典雅"这一艺术风格实是浪漫主义与古典主义的统一体。这两类貌似相对待的创作原则是可以成为统一体的。朱光潜在《什么是古典主义》一文中就说过"古典主义也是浪漫主义中一个重要的成分",就表明这二者可以辩证地统一,而"典雅"风格的提倡就是这场统一的中介。

　　有学者认为:"作者之所谓典雅,是有闲阶级的美学观点最集中之体现。"(曹冷泉《诗品通释》)这不无道理。这一风格的诗人,大多有知己友朋,悠然林间,受山水之感兴,发生命之慨叹。有愁无愁常饮酒唱和,尽消心底郁结,于是录之笔墨,典雅之诗乃得确立。在中国诗歌史上,唐孟浩然可以说是典雅风格的集大成者,他的《秋登万山寄张五》《游凤林寺西岭》《晚泊浔阳望香炉峰》都是这一风格的经典之作。

【附例】

秋登万山寄张五

孟浩然

北山白云里,隐者自怡悦。
相望试登高,心随雁飞灭。
愁因薄暮起,兴是清秋发。
时见归村人,沙行渡头歇。
天边树若荠,江畔舟如月。
何当载酒来,共醉重阳节。

游凤林寺西岭

孟浩然

共喜年华好,来游水石间。
烟容开远树,春色满幽山。
壶酒朋情洽,琴歌野兴闲。
莫愁归路暝,招月伴人还。

见京兆韦参军量移东阳（二首之二）

李白

闻说金华渡，东连五百滩。

全胜若耶好，莫道此行难。

猿啸千溪合，松风五月寒。

他年一携手，摇艇入新安。

洗炼

【题解】

"洗炼"是一种经淘洗炼冶而达简洁明净的艺术风格。

就文学（包括诗歌）创作而言,淘洗炼冶这一门功夫所及的对象是三个:作为艺术媒介的语言,作为生活概括的运思,和作为创作实现的主体。简洁明了的艺术风格也大都是在语言、运思和主体三方面进行淘洗炼冶形成的。此品正是以言说语言、运思和主体如何进行淘洗炼冶作为理论构架的。

　　如矿出金,如铅出银①。超心炼冶②,绝爱淄磷③。
　　空潭泻春④,古镜照神⑤。体素储洁⑥,乘月返真⑦。
　　载瞻星气⑧,载歌幽人⑨。流水今日,明月前身⑩。

【注释】

①如矿出金,如铅出银:此以从矿石中提炼金银,比拟诗歌创作的选
　题、炼意、造句、锻字等。

②超心炼冶:此指精心锤炼文句。

③绝爱淄磷:意指对杂质也不放过,加以冶炼。绝爱,非常喜爱。淄

磷,原指矿石中的杂质,此指粗鄙浅陋之物。淄,通"缁"。黑色。《论语·阳货》:"不曰坚乎?磨而不磷;不曰白乎?涅而不缁。"何晏集解:"喻君子虽在浊乱,浊乱不能污。"又,一说意指弃绝杂质。绝爱,不爱,弃绝。

④空潭泻春:春水流泻在清澈空明的潭中。空潭,指潭水清澈空明,一望见底。泻春,春水流泻。

⑤神:神色,神态,神情。

⑥体素储洁:本体纯净,修养高洁。

⑦返真:超尘脱俗,羽化登仙。

⑧载瞻星气:瞻望皎洁的星辰。载,句首语助词,无实义。

⑨幽人:幽隐绝俗之人。此为诗人自况清操。

⑩流水今日,明月前身:此以月出水中,借喻"洗炼"。唐诗谓"春江潮水连海平,海上明月共潮生",又谓"海上生明月,天涯共此时"。

【译文】

像在矿砂中淘洗出黄金,
像在铅块中提纯出白银。
超越了常限作精心冶炼,
弃绝了杂质则留下纯精。
像在空潭里泻进了春意,
像在古镜中映现出神情。
素净的外形贮内在高洁,
乘月而返归自然的本真。
像步虚的高人瞻望星星,
像寻幽的隐者歌吟声声。
他赞赏今日的流水清澈,
莫忘了前身的皎洁月明。

【评析】

此品的前四句是谈诗歌语言的淘洗炼冶。孙联奎在《诗品臆说》的"洗炼"题下这样说:"不洗不净,不炼不纯,唯陈言之务去,独戛戛而生新。"他是把"洗炼"全品所言说的全看成是诗歌语言的淘洗锻炼、除旧生新的问题,但笔者认为此品主要是这前四句集中谈语言的洗炼。"如矿出金,如铅出银"这两句,作为两个比喻——从金矿中提取纯金,从铅中提炼出纯银(古代炼丹术士认为银是铅的精华),已喻示着诗家语必须从大量日常使用的、十分芜杂的语句中提炼出来。但这还不够,还得提倡"超心炼冶"——一种不囿于常格的、化腐朽为神奇的提炼思路,那就是"绝爱淄磷"。这里的"绝"是非常之意,"淄磷"是指杂质,意思是连看来不过是杂质的东西也不放过,爱它,下功夫"超心炼冶",那些芜杂得上不了台面的下里巴人用语中也还是会有惊人的收获的,因为诗歌来自生活,也就决定了诗家语也是来自于大量的日常用语。原生态生活丰富而芜杂,诗意就在此中提取;日常用语也是原生态,也丰富而芜杂,一样能提取到闪光的诗家语——只要"超心炼冶"。这可真是个有关诗创造的朴朴实实的真理。

赵福坛在《诗品新释》中谈到"洗炼"时说:"本品既谈诗的洗炼风格,也谈诗歌创作中的洗炼问题。"的确,作者也注意到了诗歌创作中的洗炼,这就是第五句至第八句所写的。"空潭泻春,古镜照神"生动地象喻了诗创作中的内在运思,作为一种功能,为文本形成较高的审美境界起了这样的作用:正像空澄的深潭须配一汪春水活泼流泻一样,诗人在为营造明静的诗歌境界而展开运思时,必须"超心炼冶",让灵光隐泛,于纤尘不染里彻照万物;正像晶亮的古镜能映一帧人影风采毕现一样,诗人在为构筑感兴的诗歌意象而展开运思时,必须"超心炼冶",让气韵生动,于氛围氤氲中神会众生。但创作中的这场"超心炼冶"不只是有关运思的事儿,也还有"体素储洁,乘月返真"。"体"是实体,"素"是纯净。"储"指内涵,"洁"示明洁。"返真"指超脱尘俗,回归自然状态。《庄子·刻意》有云："故素也者，谓其无所与杂也；纯也者，谓其不亏其神也。能体纯素，谓之真人。"作者套用了它，化成"体素储洁，乘月返真"，意思是身体是白净的，内心是明洁的，表里如一，内容与形式在"超心炼冶"中有了高度统一。这样的作品会使人读了像已超脱尘俗而羽化在月光里，进入缥缈的仙境一样。由此看来，这四句所涉及的的确会是创作中的事儿：从对生活素材与纷繁感受进行运思概括的提炼，也还延及使形式与内容能辩证地统一起来的提炼。如此"超心炼冶"的结果，必然会使文本具有极高的、回归宇宙真纯境界的审美功能。

　　再看第九句至第十二句。《皋兰课业本原解》中对"洗炼"有一种说法："此言诗乐同源。所以荡涤邪秽，消融滓渣。后人出言腐杂，所以少此段工夫。苟非洗涤心源，独立物表，储精太素，游刃于虚，孰能几此？"这里的本意还是谈如何避免诗歌中"出言腐杂"的问题。但这个问题求取解决的途径却归之于诗人自我的修养，即"洗涤心源，独立物表，储精太素，游刃于虚"的主体炼冶功夫，这是颇有见地的。不过笔者认为这场对主体的要求只集中在此品最后的这四句。"载瞻星气，载歌幽人"这两句推出了一个经受过"超心炼冶"、用来象征诗人自我的"幽人"——隐逸高人形象，他一面歌吟着，一面瞻望着远天的星辰，以此来表征自己能荡涤邪秽、超越尘世而对宇宙境界怀有高瞻远瞩之心性。唯其如此，也就顺势有了最后两句："流水今日，明月前身。"这里的"流水"有学者认为是"对时光的一个比喻，即喻指时光如流水，前后接续，无或间断"，而"今日"，则是"流水中的今日，即此接续无间的时光之流中的当下"，因此"流水今日"是"指时光之流中那幽隐高士的经过了'超心炼冶'之后的素洁而高引的当下存在状态或精神状态（张国庆《〈二十四诗品〉诗歌美学》）。此说较勉强，言说得也有点别扭。其实完全可以把"流水"解为生命之流，"流水今日"解为"今日如此迢遥奔腾的生命之流"。这样解，同上面"幽人"之"瞻星气"那种高瞻远瞩的心性可是很合拍的。不过，作者对单作如此言说还不满足，又补了一句"明月前身"，这"明月"

喻指作为"幽人"的主体在"瞻星气"前就已具有决心作自我炼冶的内在美质，经炼冶后这"幽人"又成为"流水今日"的一位朝气蓬勃者矣，如是这一条今日奔腾着向前的生命之流，无疑是"明月前身"了。据此而言，作为主体的"幽人"原本就是具有"明月"式的美质的，经"瞻星气"而作了第一次"超心炼冶"，到"流水今日"则已是第二次作"超心炼冶"。所以他的自我精神的提炼真够到家的了。于是具现为"流水今日"的诗人把自我付之于诗歌创造后，一场经淘洗炼冶而达简洁明净的艺术风格也就充分地形成了。不过这里值得一提的是，作者似乎对诗人自我修养的问题在提倡"洗炼"风格中更见重视一些，笔者认为，这是具有某种针对性。黄子云在《野鸿诗的》中说："晚唐后专尚镂镌字句，语虽工，适足彰其小智小慧，终非浩然盛德之君子也。"从这则诗话中可以看出，晚唐诗比较重视语言上的"超心炼冶"，对主体心性的炼冶功夫下得不多。正是出于这种纠偏的动机，他才把"幽人"之"瞻星气"而拥有"流水今日"的心性，置于"洗炼"之最后，以示诗人的精神视野更需要"超心炼冶"。这样的认识，显然是值得珍视的。

　　强调"超心炼冶"，追求"洗炼"风格，在中国诗歌传统中是一项重要内容。王昌龄诗歌熔千里于尺幅，以洗炼的风格为其赢得"诗家天子""七绝圣手"称号。杜甫"语不惊人死不休"的精神也正是这种"超心炼冶"精神最好的体现。王昌龄的《出塞》、杜甫的《望岳》和祖咏的《终南望余雪》等，都是经千锤百炼而成的，是具有"洗炼"风格的最佳文本。

　　【附例】

出塞（二首之一）

王昌龄

秦时明月汉时关，万里长征人未还。

但使龙城飞将在，不教胡马度阴山。

从军行七首（之一）

王昌龄

烽火城西百尺楼，黄昏独上海风秋。

更吹羌笛关山月，无那金闺万里愁。

望岳

杜甫

岱宗夫如何？齐鲁青未了。

造化钟神秀，阴阳割昏晓。

荡胸生层云，决眦入归鸟。

会当凌绝顶，一览众山小。

终南望余雪

祖咏

终南阴岭秀，积雪浮云端。

林表明霁色，城中增暮寒。

劲健

【题解】

"劲健"是具有遒劲之气、刚健之力的艺术风格。

"劲健"与"雄浑"是近亲,它们具有同一个阳刚的血统,不过也有侧重点的不同:"雄浑"重境界壮阔浑成,而"劲健"则重力的强劲发散,因此二者是可以互补的。

行神如空^①,行气如虹^②。巫峡千寻,走云连风^③。
饮真茹强^④,蓄素守中^⑤。喻彼行健,是谓存雄^⑥。
天地与立,神化攸同^⑦。期之以实,御之以终^⑧。

【注释】

①行神如空:精神飞扬如天马行空,略无障碍。

②行气如虹:气势运行如贯日长虹,一往无前。

③巫峡千寻,走云连风:巫峡的千寻峭壁间有风卷云涛,飞涌奔驰。

④饮真茹强:饱吸真元之气,摄取生命强力。饮,吸取。茹,食用。
　皆摄取意。

⑤蓄素守中:蓄积心地的纯净,守持内中的本真。素,超功利欲念的

纯净心地。中,本真的内在修养。

⑥喻彼行健,是谓存雄:感悟了以上道理,诗中自然流荡起刚劲之
　气,从而形成沉雄的艺术风格。喻,理解,领略。行健,运行壮健,
　《周易·乾》:"象曰:天行健,君子以自强不息。"存雄,怀有雄心。
　《庄子·天下》:"然惠施之口谈,自以为最贤,曰:'天地其壮乎!'
　施存雄而无术。"

⑦天地与立,神化攸同:和天地共存,与造化同在。立、同,指并立共
　存。神化,神明造化。攸,语助词。

⑧期之以实,御之以终:指力之强、气之盛必须充实而不虚矫,并且
　一以贯之。期,期望。实,真实。御,驾驭,即贯彻。终,最终。

【译文】

心神的驰驱如天马行空,
豪气的吐纳如贯日长虹。
巫峡高耸千寻百折千回,
如疾风挟云涛漫空飞涌。
这劲势来自于吸饮真元,
能顺应宇宙的法则律动。
这健力则在作一场喻示,
循环的运行靠内贮浑雄。
那就是人得与天地并立,
劲健也须能和造化同功。
我盼这风格在诗中实现,
创作中又能够贯彻始终。

【评析】

此品十二句,也以四句为一个单元,分别从风格特色、形成条件和美
学价值三个方面来对"劲健"作总体言说。

第一句至第四句使用了三个意象来对"劲健"作形象化表现。"行

神如空"是一个明喻意象,其"神"指人的心神,或诗中透现出来的一股
精神;"空",可作无阻隔解。清人杨廷芝《廿四诗品浅解》云:"如空,言
神之行,劲气直达,无阻隔也。"也可作无迹解,孙联奎《诗品臆说》云:
"神行无迹,故曰如空。"把无阻、无迹连起来,"如空"可解作天马行空。
如是则"行神如空"可解作精神的飞扬如天马行空,来往无阻隔,又无迹
可求。"行气如虹"也是一个意象。"气"指"气势";"虹"即长虹,孙联奎
《诗品臆说》中说是"气之有象者也"。如是则"行气如虹"可解作气势
的运行如贯日长虹,一往无前而充盈持久。"巫峡千寻,走云连风"是隐
喻性意象,说的是巫峡的千寻峭壁间有风卷云涛奔驰。这三个意象作为
对"劲健"的隐喻性表现,喻示了这类艺术风格的总体特色就是心神飞
扬、气势磅礴和巨力发散综合而成的那种"力拔山兮气盖世"的壮伟境
界。《二十四诗品》很少一开头就对风格作形象化表现,"劲健"是个例
外,并且形象化得气势不凡,尤其是"巫峡千寻,走云连风",真说得上是
阳刚气势十足的诗句。作者之所以一开头就对这一风格作如此惊心的
形象化表现,乃在于"劲健"本身有一种让人蓦然为之震动魂魄的巨力
发散,言说它也就非得用先声夺人的惊人之语不可。

　　第五句至第八句进入了理性的言说,谈"劲健"形成的实质性条
件。先看"饮真茹强,蓄素守中"这两句。"饮"和"茹"是一个意思:摄
取。"真"是元气,"强"是强力,所以"饮真茹强"是说饱吸真元之气,摄
取生命强力。"蓄"是积聚,"守"是把握;"素"是超功利欲念的纯净质
地,"中"是环中,内在修养。所以"蓄素守中"是说积聚心地纯净,坚守
一己本真。这两句连起来是说"劲健"形成的本质性条件是强化生命内
力、恪守自我意志。再说"喻彼行健,是谓存雄"。"喻彼"指试看大千世
界,"行健"指运行循环不息,"是谓"即"这样的表现意味着"之意,"雄"
指雄强。所以这两句是说不妨看一看大千世界周而复始运行不息的这
种现象,不就意味着其自身有雄强之力蕴蓄着吗?所以这四句的前两句
是对"劲健"形成之实质性条件的一番言说,而后两句是个借喻,喻示大

宇宙尚且因了坚守自我意志、不断积聚和发散内力而使自身"行健"不息,我们诗人只要"饮真茹强,蓄素守中",也定能在作品中有遒劲之气、刚强之力的艺术风格形成。综合这四句对"劲健"形成之实质性条件的言说,我们可以发现作者超常地看重主体的内在修养,即对内在生命力的积聚和浩然之气的培养,这是相当可贵的一种艺术思路。对此,提供给这位诗学理论家的认识依据只能是他对大宇宙意志的把握和宇宙生命强力的领悟。《周易·乾》有云:"天行健,君子以自强不息。""大哉乾乎! 刚健中正,纯粹精也"。这是在赞颂宇宙的伟大,认为大宇宙刚强劲健,居中守正,通体不杂而至为精纯。作者正是在这种传统文化氛围中领悟到如同孟子所认为的那样必须"善养吾浩然之气",效法大宇宙的运行而自强不息,那么付之于诗,也就必然会把握到"劲健"的艺术风格了。

那么,这种显现出力拔山兮的气势、受之于宇宙意志助推的劲健风格,呈示在诗歌作品中,又具有怎样一种美学价值呢? 在第九句至第十二句中有着深层的发挥。"天地与立,神化攸同"两句的意思是,这种艺术风格所含的遒劲气势会和天地共存而磅礴,所蓄的刚健之力能与造化同强而雄放。把这种艺术风格的美学价值看得可以和天地神明的造化之功一样高,这可是把"劲健"捧上了天。不过,要让这种风格真实而又久远地保持下去可不是一件容易的事。因此,在高度评价其美学价值之余,又留一笔——补上了最后两句:"期之以实,御之以终",这两句的重心是"实",照应前面"行神如空,行气如虹"的真实,说简单点就是要实实在在,而两句的总体意思则是力之强、气之盛必须充实而不虚矫,并且还得一以贯之,不可半途而废。提出这一点来,似乎也只是一般的告诫,说不上有什么惊人的新意。但不可忽视《二十四诗品》中一些风格论主张实系有感于晚唐诗坛某些盛行的诗风而发,具有很强的针对性。这两句就正是针对晚唐诗坛虚有其表、装腔作势、前有余而后不足的那些所谓的劲健风格说的,唯其如此,也才使"期之以实,御之以终"这样极普通的见解成了保持"劲健"之美学价值历久弥新的根本手段而被强调地提了出来。

值得一提的是:从系统论的角度看,"劲健"的更大价值似乎还在于对"雄浑"风格的充实。"雄浑"侧重于追求境界的开阔与浑成,但如果没有在这片境界中闪发出一股道劲之气、刚健之力,恐怕会使雄浑流于大而无当、徒有其表,因此,作者在"雄浑"品中提出"返虚入浑"后,紧接着又要求"积健为雄",让开阔而原始浑成的境界以力大气盛的"劲健"精神来充实、支撑。当然,"劲健"还是具有自身存在的尊严与风格上的独立价值的,反倒是"雄浑"不可以对"积健为雄"漠视。

在中国诗歌史上,诗人们拥有"劲健"这一艺术风格较为普遍,王维的《观猎》、杜甫的《房兵曹胡马》、卢纶的《和张仆射塞下曲》等都是这一风格的典型之作,而李白、韩愈则是拥有劲健风格的代表性诗人,李白的《早发白帝城》《望庐山瀑布》《梦游天姥吟留别》《宣州谢朓楼饯别校书叔云》可说是一批劲健诗风的绝唱。韩愈的《卢郎中云夫寄示送盘谷子诗两章歌以和之》《贞女峡》也是具有劲健风格的成功之作,被当今学者评为"极似李白"。

【附例】

观猎

王维

风劲角弓鸣,将军猎渭城。

草枯鹰眼疾,雪尽马蹄轻。

忽过新丰市,还归细柳营。

回看射雕处,千里暮云平。

早发白帝城

李白

朝辞白帝彩云间,千里江陵一日还。

两岸猿声啼不住,轻舟已过万重山。

望庐山瀑布（二首其二）

李白

日照香炉生紫烟，遥看瀑布挂前川。

飞流直下三千尺，疑是银河落九天。

宣州谢朓楼饯别校书叔云

李白

弃我去者，昨日之日不可留；

乱我心者，今日之日多烦忧。

长风万里送秋雁，对此可以酣高楼。

蓬莱文章建安骨，中间小谢又清发。

俱怀逸兴壮思飞，欲上青天揽明月。

抽刀断水水更流，举杯销愁愁更愁。

人生在世不称意，明朝散发弄扁舟。

房兵曹胡马

杜甫

胡马大宛名，锋棱瘦骨成。

竹批双耳峻，风入四蹄轻。

所向无空阔，真堪托死生。

骁腾有如此，万里可横行。

和张仆射塞下曲（六首之二）

卢纶

林暗草惊风，将军夜引弓。

平明寻白羽，没在石棱中。

和张仆射塞下曲（六首之三）

卢纶

月黑雁飞高，单于夜遁逃。

欲将轻骑逐，大雪满弓刀。

贞女峡

韩愈

江盘峡束春湍豪，雷风战斗鱼龙逃。

悬流轰轰射水府，一泻百里翻云涛。

漂船摆石万瓦裂，咫尺性命轻鸿毛。

卢郎中云夫寄示送盘谷子诗两章歌以和之

韩愈

昔寻李愿向盘谷，正见高崖巨壁争开张。

是时新晴天井溢，谁把长剑倚太行？

冲风吹破落天外，飞雨白日洒洛阳。

东蹈燕川入旷野，有馈木蕨芽满筐。

马头溪深不可厉，借车载过水入箱。

平沙绿浪榜方口，雁鸭飞起穿垂杨。

穷探极览颇恣横，物外日月本不忙。

归来辛苦欲谁为，坐令再往之计堕眇芒。

闭门长安三日雪，推书扑笔歌慨慷。

旁无壮士遣属和，远忆卢老诗颠狂。

开缄忽睹送归作，字向纸上皆轩昂。

又知李侯竟不顾，方冬独入崔嵬藏。

我今进退几时决，十年蠢蠢随朝行。

家请官供不报答，何无雀鼠偷太仓？

行抽手版付丞相，不待弹劾归耕桑。

绮丽

"绮丽"是一种清丽明艳的艺术风格。

对"绮丽",李白有"自从建安来,绮丽不足珍"之说,"不足珍"的判断也就使"绮丽"的声誉不佳了。李白这个"绮丽"似乎出于《文心雕龙·情采篇》:"艳采辩说,谓绮丽也,绮丽以艳说。"刘勰把它和"艳采"挂钩似乎已不妙,后来钟嵘更用之以批评"妍冶"和"轻绮"之风,而这样的诗风正是六朝和初唐那种讲究声色华词而内容空虚无聊的宫体诗美学趣味的体现,所以李白要做出"不足珍"的判断来了。但作者的风格论却属于博采众长的立说,所以"绮丽"并不是以"不足珍"的定位进入他的风格研究视野的,而是以清丽明艳为标志来看待它、阐释它。

神存富贵,始轻黄金①。浓尽必枯,淡者屡深②。
雾余水畔,红杏在林③。月明华屋,画桥碧阴④。
金樽酒满⑤,伴客弹琴。取之自足,良殚美襟⑥。

【注释】

①神存富贵,始轻黄金:精神上的富贵尊崇者,不会在乎物质上的黄

金绮罗。意指"绮丽"诗风并非需要镂金错彩，而是相反。

②浓尽必枯，淡者屡深：意为浓到极致，必至枯黯；以淡衬之，方显光彩。淡，此处为使变淡之意。

③雾余水畔，红杏在林：迷雾渐散，水光淡远；岸边平林，红杏明艳。

④月明华屋，画桥碧阴：金碧辉煌的华屋在明月清辉的朗照下方显精致华美，彩绘镂饰的画桥在青碧树荫的映衬下方显高雅别致。

⑤金樽：华美的酒杯。

⑥良殚美襟：语出陶渊明《诸人共游周家墓柏下》："清歌散新声，绿酒开芳颜。未知明日事，余襟良已殚。"良，确实。殚，尽。美襟，美好的情怀。

【译文】

精神的富有者值得称颂，
他不屑汲汲于万贯缠身。
浓艳的极致必然是枯萎，
平淡处反能够见出深沉。
雾散了，山水间一片青碧，
斜坡的杏林中腾跃红艳。
月升了，屋宇上一片透明，
柳岸的浓荫里浮荡桥影。
今夕是何夕啊，杯中酒满，
伴友人我还弹拨起瑶琴。
这情景人还能不满足吗？
绮丽的美感已流遍胸心。

【评析】

此品第一句至第四句对"绮丽"提出一个总体认识的态度：欲"浓"须以"淡"得之。"神存富贵，始轻黄金"，一般可以解作精神生活富贵，方能轻物质生活的富贵。用这两句开头，其实是用来比喻下两句"浓尽必枯，淡者屡深"的，意即"浓"到极致而化不开，浓艳之美也就失却鲜亮而变得枯暗，以淡衬之往往会使浓艳显出审美意蕴的深沉；这正如做人一样，要想真正富贵，只有轻视黄金才能求得。所以综合这四句可以意会到这么两点："富贵"须以轻富贵得之，"浓"须以淡得之。这里既有人生规律，又有艺术规律，而以人生规律来喻艺术规律。

　　那么何以见得"浓"须以"淡"得之呢？这就有了第五句至第八句来形象化地进行阐释。"雾余水畔，红杏在林"中，写缭绕的迷雾渐渐消散，显出了淡远的水面和青碧的山岳，漠漠山林中腾地浮出了一团如烈火般红艳的杏花，让人眼睛为之一亮。这两句的两串意象一经组合，就显示出山更其淡远而红杏更其鲜艳，而从这两句意象流动的视角看，我们先是见到"雾余水畔"的远景，随后见到"红杏在林"的近景，以此凸现的是"红杏在林"。"雾余水畔"在这里作为映衬之用的背景，起的是意象和弦的作用，于是也就"淡者屡深"，这"红杏"虽大红一片，也就不会浓得化不开，而显出红得鲜亮艳美来了。"月明华屋，画桥碧阴"，同样起这种形象解释的作用，不过这种作用在这里是各起一次。"华屋"指豪华房子，既然是豪华，也就是一种"浓"，"明"是朗照。在淡远而透明的月光照耀下，那豪华就不再浓得化不开，"华屋"也不再俗艳了。"画桥"，彩绘于桥，也颇显豪华，给人以艳美得很浓的印象；"碧阴"是绿荫，这"画桥"在绿荫掩映下，也就淡化了俗艳，变得高雅起来。这都是印证"浓"以"淡"得的道理。这样一种审美风格，若说"丽"是清丽，若说"艳"是明艳，而作者认为这就是绮丽。

　　第九句至第十二句则进一步通过形象表现来阐释绮丽风格。同上面第五句至第八句以写物象、景象作形象来印证浓须以淡得不同，这四句写的是人事。"金樽酒满，伴客弹琴"中"金樽酒满"这个意象，隐喻的是一场丰盛的宴饮，无疑是"浓"色调的，但作者没有把这"浓"色调推向极致，随之相接的意象是"伴客弹琴"，这就没有一点儿胡姬歌舞琵琶曲的闹猛，而显得清寥恬淡，由此可见这两句也是对浓以淡得这种绮丽风格颇确切的印证。但这还不够，作者又添上末两句："取之自足，良殚美襟。"如此两句可是对此情境作了直白式的感喟：酒逢知己，琴遇知音，同声相应，同气相求，人生于此，淡淡然之高情逸韵，实乃最具有清丽明艳的一种审美享受。无名氏《诗品注释》对此的阐释"言抚斯境也，取之于内，无不自足而有余，良足以殚一己之美襟而舒畅于怀抱也。"斯言诚然。

在谈论绮丽这一风格时，学界有个较流行的看法：作者此品的言说指明了字句上的绮丽远不及内涵绮丽重要，这样讲是存在一些问题的。首先是把华美（或浓艳）的风格追求同主体内在精神修养本是辩证地一致的关系割裂了开来；其次是强调内涵绮丽远为重要等于是因果关系颠倒，我们承认内于精神上的绮丽才有诗歌创造风格那种辞藻文采表现的绮丽，这对于风格研究来说，岂不是以因代果；其三，由于存在着以因代果的思维定势，也就会无形中淡化绮丽风格实质内容的考察。唯其如此，才使得阐释这一品的前四句时，把作为譬比用的"神存富贵，始轻黄金"捧上了天，奢谈作者的诗歌风格研究实系人生风格研究的话题，而漠视了另一个真正谈绮丽风格的浓以淡得话题，结果对这以后的品文——特别是第五句至第八句形象地阐释浓以淡得那些可以深挖绮丽风格理论建构的内容一笔带过。这种精神拜物在艺术风格研究中以喧宾夺主之势存在，对这一类研究走向具体化和理论与创作实践结合之路，都不很有利，因为对艺术风格——特别是对诗歌艺术风格的研究来说，毕竟是实实在在的事，考察的重点应该是并且必须是如何形成绮丽风格的实际途径。

这里有必要提一提"纤秾"与"绮丽"的关系。这两种风格都属于阴柔类之风格范畴。就阴柔而言，当然可以包括"典雅""清奇"与前已论及的"冲淡"三品，但"纤秾"与"绮丽"都可归属光彩照人的艳美一类，所以特别要搞清楚两者的异同。大致说，"纤秾"品是繁盛与逸柔、丰盈与绰约对立统一的那种艳美，氛围浓郁，但大有肥而不腻之感，光彩照人得俊爽;"绮丽"品是华丽衬潇洒,稠密衬淡远的那一种艳美,氛围清疏,且大有繁茂而空灵之感,光彩照人得脱俗。这两种艳美风格,只要比较一下温庭筠与杜牧即可见出。前者那种丰盈绰约与后者那种华丽潇洒虽都属于阴柔中的艳美,但给人在鉴赏过程中获得的审美情味,却是颇不一致的。

在中国诗歌史上,绮丽风格之作可谓多矣。陶渊明的部分田园诗,冲淡中也显绮丽的风格。王维的《田园乐七首》之六:"桃红复含宿雨,柳绿更带朝烟。花落家童未扫,莺啼山客犹眠。"前二句华彩毕现,但后二句以淡宕衬之,也就显出清丽明艳的绮丽风格来了。李白的《访戴天山道士不遇》、杜牧的《商山麻涧》等也极显此类风格。而"绮丽"风格最具代表性的,莫过于张若虚的抒情长诗《春江花月夜》了:海上明月,春江潮水,空里流霜,汀上白沙,青枫浦,明月楼,妆镜台,捣衣砧,鸿雁鱼龙,闲潭落花,碣石潇湘,落月江树,真是一片繁富,却在"人生代代无穷已,江月年年只相似"的淡远境界烘托下,显出一片明艳之美来。

【附例】

拟古九首(其三)

陶渊明

仲春遘时雨,始雷发东隅。

众蛰各潜骇,草木纵横舒。

翩翩新来燕,双双入我庐。

先巢故尚在,相将还旧居。

自从分别来,门庭日荒芜。

我心固匪石,君情定何如?

访戴天山道士不遇

李白

犬吠水声中,桃花带露浓。

树深时见鹿，溪午不闻钟。

野竹分青霭，飞泉挂碧峰。

无人知所去，愁倚两三松。

商山麻涧

杜牧

云光岚彩四面合，柔柔垂柳十余家。

雉飞鹿过芳草远，牛巷鸡埘春日斜。

秀眉老父对樽酒，茜袖女儿簪野花。

征车自念尘土计，惆怅溪边书细沙。

自然

【题解】

"自然"是顺应天然本性的自在本真风格。

作为一种审美理想,"自然"这一风格的形成,源头在老庄哲学。老庄尊道,把它视为大千世界的本原、宇宙存在的总规律,世间众生万物的静态凝定、动态运行,都以"道"为准绳。可是"道"的造化之功虽被奉为至尊,却又是以"自然"为法的。"人法地,地法天,天法道,道法自然"——《老子》第二十五章中所强调的"自然",其实指的是自然而然,而"道"的一切造化,也并非有意为之,而是出于纯粹的自然而然。庄子崇尚自然的重心在尊重万物原初的自然本性,或天然本性,在《庄子·秋水篇》中竭力主张保持万物天真的本性,不能让人为破坏天然。老庄以后一些理论家则把老庄那套以自然为法则的主张引入艺术美学,从而确立起崇奉"自然"的诗美理想,钟嵘和刘勰曾分别提出过"自然英旨""自然妙会"的口号。虽然他们的出发点是对六朝矫揉造作的形式主义颓风进行纠偏,却也为注重"自然"之美起了引领的作用,而《二十四诗品》"自然"这一品,则可以说已为"自然"的诗美理想体系建设开了先河。

俯拾即是,不取诸邻①。俱道适往②,着手成春③。

如逢花开,如瞻岁新④。真与不夺,强得易贫⑤。

幽人空山,过水采蘋。薄言情悟,悠悠天钧⑥。

【注释】

①俯拾即是,不取诸邻:意谓诗意遍地,无须别寻。

②俱道适往:随道而往。俱,伴随。道,自然天性、宇宙法则。适往,
　往,到。

③着手成春:一着手就转成春天,意谓一落笔就写出自然清新的佳
　作。春,形容诗文意境、形象的生动、美好。

④岁新:旧岁去、新岁来,日月更替之意。

⑤真与不夺,强得易贫:自然天成之得无可移易,非分勉强之得则
　易失去。真,真意,指自然、规律等。与,赐予。夺,变易,消除。
　强,勉强。贫,因失去而贫乏。

⑥薄言情悟,悠悠天钧:悠悠然飘来天上的音乐,与诗人的情感相遇
　合了。指创作的灵思自然而然地出现。情悟,情感忽有所悟。天
　钧,天乐。

【译文】

想找诗料呀? 俯拾即是,

不必上特殊的地方搜寻。

就随自然的驱使前去吧,

落笔就会有阳春的诗境。

好像碰上了花开的时刻,

好像看到了季节的更新。

真意既赐予,是夺不走的,

若勉强造作则灵思易贫。

不如让诗人悠游于空山,

涉涧水随手采一朵白蘋。

蓦然间也许会萌生情悟，

仿佛有天上的仙乐飘临……

【评析】

这一品十二句，也以四句为一个单元，可分三个单元来阐释。

第一句至第四句，作为第一单元，表达的是这样一层意思：顺应自然天性，随处皆能存诗。"俯拾即是，不取诸邻"是说诗意遍地都有，只要弯下身子去采拾就行了，无须到别处去寻。这话倒是今天也有人说的。二十世纪二十年代初，新诗刚出现时，宗白华写有一首小诗《诗》，就说：

啊，诗从何处寻？

在细雨下，点碎落花声！

在微风里，飘来流水音！

在蓝空天末，摇摇欲坠的孤星！

到二十世纪四十年代，胡风更妙，有"生活在哪里？就在你的脚下"之说。而今天我们也都会说：哪里有生活，哪里就会有诗。问题是这种"俯拾即是"对诗人来说该具备一些什么条件呢？作者倒是说了："俱道适往，着手成春。"这里的"道"就是以"自然"为法则的老子之"道"，宇宙物质存在的法则。诗人是人，作为一种物质形态存在于宇宙中。他和众生万物间的感应互通关系，是按特定的存在法则建立起来的，这就是以直觉本能显示的自然天性，也就是"道"。"适往"就是往，"着手"是落笔。所以这两句是说：只要顺应自然天性，那么对脚下的事事物物，就都能把美妙的诗歌境界开拓出来。宗白华也好，胡风也好，都感觉到大千世界处处有诗，却忽视了一个中介，即通过什么途径才能得到它。《二十四诗品》作者理论的周密就在于他没有忽略这个中介，其思维的过人之处则在于，他敏锐快捷地抓住了"道"：人之以直觉本能显示的自然天性。唯其如此，也才使他在对"自然"风格作言说中，一下子找到了这场言说的切入点：灵感把握要依赖人的直觉本能，而直觉本能是自然天性的赐予。这一来，"自然"风格的心灵性本质特性也就凸现了出来。可见,"俱道适往"这一句的分量是多么重!

　　第五句至第八句是第二单元,表达的意思是:体察自然规律,获取真意真诗。在这里,"如逢花开,如瞻岁新"是以大千世界花开花落、冬去春来,对万象更替的自然现象作形象概括,并通过这些现象,对枯荣循环的宇宙规律作意象印证。可见这里两个在对等原则下并列地组合在一起的意象,绝非等闲说说而已,而是"此中有真意"的。因此,紧接着出现如下两句:"真与不夺,强得易贫。""真"就是"真意",天地自然,宇宙规律;"真与",也就是"真意"的赐予,或宇宙规律的启迪。谁若有此荣幸得到了这份赐予,他人那就休想夺走。为什么这样说呢?作者没有说,但有个潜语境存在,让接受者从空白逻辑中推断出:从"如逢花开,如瞻岁新"中把握到宇宙规律,并潜化为"真意"而赐予接受者——诗人的心灵,可不是那么容易的,必须对"如逢花开,如瞻岁新"的自然现象进行体察。由于这场体察是引发自然天性、生出直觉本能之举,所以可称为会心的体察。由此看来,这一系列潜在活动全是心灵化的。既然如此,那倒也的确是"真与不夺"的事。唯其如此,也才会有"强得易贫"的提醒。"强得",勉强求取;"贫",枯槁。也就是说,从自然现象上去进行会心的体察,以获得对"真意"的领会,他人夺不走,自身也勉强不得。若并没有体察到,或纵使体察而未到会心的地步,强装有那么回事,赋之于诗,也只能是枯槁而没有一点儿新鲜感的,只能是假诗而不会是真诗。这倒也道出了一个诗歌创作合于艺术规律的道理:光有生活而没有对生活进行会心的体察,欲得"真意"真诗就不可能。如若强求,只能给读者以枯槁,给自身以枯窘——因为这种会心的体察来自于天性的直觉导致的一场自然而然的事儿,真勉强不得。

　　那么,这场自然而然的事儿究竟指什么呢?此品于是又推出了第三个单元——第九句至第十二句。这个单元所表达的是这样一层意思:把握自然机遇,灵思神遇天乐。在这里,"幽人空山,过水采蘋"也是理论的形象化言说。"幽人"即诗人,"过水"指涉水。这两句是说有诗人信步空山,忽遇涧阻,就涉水而过,此时偶见水中白蘋花开,乃随手采得了一朵。凸现采蘋之举当然有其寓意,表明诗人在幽山涉水的无意间有了一次收获。是什么呢? 于是紧接着有如下两句:"薄言情悟,悠悠天钧。"这就是收获。"情悟",与诗人的情感相遇合。"天钧"指天上的音乐,即天乐。所以这两句的意思是:悠悠然飘来天上的音乐,与诗人的情感相遇合了。这可是一场纯属自然而然出现的事儿。毋庸置疑,这事儿就是可以让人写出真意真诗来的灵思。就这样,作者把"自然"推到了极品的地位。要想获得灵思吗? 凭你天性中的直觉能力,去生活中守候那可遇不可求的心灵闪光自然而然地闪亮吧!

综上所述,我们可以说:作者谈"自然"风格虽分三个层面,即顺应自然本能、体察自然规律、把握自然机遇,但其实此品所涉"自然"只包括两个方面:第一单元和第三单元是随任自然,"自然"在这里是副词或形容词;第二单元是妙悟自然,"自然"在这里是名词。从中可以见出:作者心目中的"自然"是多层次、多侧面的。

在中国诗歌中,"自然"风格的作品很多,最典型的莫过于李白的《静夜思》《赠汪伦》一类作品,还有孟浩然的《过故人庄》、孟郊的《游子吟》、黄景仁的《别老母》等,笔调十分朴素,所取皆眼前普通景物入诗,真有点"俯拾即是"的意味。

【附例】

春晓

孟浩然

春眠不觉晓,处处闻啼鸟。

夜来风雨声,花落知多少。

过故人庄

孟浩然

故人具鸡黍,邀我至田家。

绿树村边合,青山郭外斜。

开轩面场圃,把酒话桑麻。

待到重阳日,还来就菊花。

静夜思

李白

床前明月光,疑是地上霜。

举头望明月,低头思故乡。

赠汪伦

李白

李白乘舟将欲行,忽闻岸上踏歌声。

桃花潭水深千尺,不及汪伦送我情。

游子吟

孟郊

慈母手中线,游子身上衣。

临行密密缝,意恐迟迟归。

谁言寸草心,报得三春晖。

别老母

黄景仁

搴帷别母河梁去,白发愁看泪眼枯。

惨惨柴门风雪夜,此时有子不如无。

含蓄

【题解】

含蓄是一种意在象外、含而不露的风格。

一般人所说的含蓄，总是指表达意思语涉双关的言说方式，这是把"含蓄"归结到语言上，所以才会出现"言有尽而意无穷""意在言外"等说法。但作者此品却有点不同，他是和意象拉上关系来谈含蓄的，也就是说在他看来，"含蓄"是个意象表达方式的问题。因此，这也就成了作者论"含蓄"风格的基点。而这可是真懂诗者选择的基点。

不着一字，尽得风流[①]。语不涉己，若不堪忧[②]。

是有真宰，与之沉浮[③]。如渌满酒，花时返秋[④]。

悠悠空尘[⑤]，忽忽海沤[⑥]。浅深聚散，万取一收[⑦]。

【注释】

①不着一字，尽得风流：意为不必用一个字来点破意思，情致韵味就全都能把握住了。着，附着。风流，指情致韵味。

②语不涉己，若不堪忧：意指所言不露痕迹，看似与己无关，却令人不胜忧愁。《四库全书·式古堂书画汇考》所录《枝指生书宋人

品诗韵语卷》此两句作"语不涉难,已不堪忧",意指没有一句话
牵涉到苦难,却已使人产生难以忍受的忧愁。涉难,指牵涉到苦
难。不堪,不能忍受。

③是有真宰,与之沉浮:意指此中似乎有一个天然的主宰,虽不显山
露水,但诗人却与之沉浮。真宰,指造物者或自然法则、宇宙规律。

④如渌满酒,花时返秋:如同从酒醅中过滤美酒,如同在花季已酝酿
薄寒清秋。此指诗意欲露还藏、含蕴丰厚。渌,同"漉"。过滤。
花时,花开的季节,春天。返秋,秋气忽近。

⑤空尘:天空中的尘埃。

⑥海沤:海面上的泡沫。

⑦万取一收:取一于万,收万于一,即"不着一字,尽得风流"。

【译文】

没让一个字把意思透漏,
却能够尽显出神采风流。
言语不涉及丁点儿苦难,
竟能使其他人不堪殷忧。
含蓄就这样让真实意图,
深埋于文辞里沉沉浮浮。
就像是酒醅里满蓄着酒啊,
开花的季节竟感到霜秋。
悠悠的空中飘忽着尘埃,
茫茫的海上流荡着浮沤。
万象在浅浅深深地聚散,
合众而取一,一中含蕴宇宙。

【评析】

先来看此品第一句至第四句。这一个单元是对含蓄的性能进行定
位。其中"不着一字"和"语不涉己"值得注意,它们代作者强调了一

点：欲传达之意哪怕只用一点点直白的话透露一下也不必，就完全能让接受者懂得了。由此可见，此品欲言说的"含蓄"，和话说半句、语涉双关的言说方式没有关系。既然无须依靠语言传达上巧妙的技巧，靠什么让接受者"尽得风流""若不堪忧"呢？只能用具体的事事物物，来述此而言他，也就是说借意象的暗示，才能达到感兴化的或印证式的接受效果。这样的效果，才是意在象外、含而不露的"含蓄"。借意象以暗示在此品中具有核心的意义，它把诗歌中属于"含蓄"才具有的根本性能在此品的一开头就点明了。所以这一单元具有开门见山的价值。见的是什么"山"呢？是指诗歌中的含蓄是个意象表现方式的问题。但历来诗学论家始终纠缠在语言文字上。有学者认为"含蓄"是有其内涵义蕴的，诗人们是"通过诗歌语言文字的'不涉'之'涉'"使得"此内涵义蕴"能"得到了非直接的但却是充分而精彩的表达"（张国庆《〈二十四诗品〉诗歌美学》）。在这里，"诗歌语言文字的'不涉'之'涉'"究竟是怎么回事呢？却没有讲，有点玄奥，似乎是在追求理论言说的"含蓄"。

　　第五句至第八句是又一个单元。这部分是对含蓄的情状作象喻意示。"是有真宰，与之沉浮"，意思是：用以作暗示之"象"（意象）作为宇宙一种物质形态，也内含着自然法则，在大宇宙的生存规律系统中，浮现在外而能让人一眼望见的只是冰山之一小尖顶，更多部分是藏在水下深处而看不见的，所以任何形态的物质（象、意象）总是浮浮沉沉地存在着的，而诗歌若要表现某一物质形态，也必须懂得：这如同从酒醅中过滤美酒，滤出了一部分，但尚有更多的满藏在酒醅中；也如同花季时分将来秋气轻寒，让春花刚开了一点复又闭起来那样。由此可见"是有真宰，与之沉浮"，是以欲露犹藏之自然法则来昭示"含蓄"发生的物质内在依据，为"含蓄"的情状展示起铺垫作用，而"如渌满酒，花时返秋"则进一步用具体生动的"象"（形象或意象）来表现欲露犹藏的"含蓄"情状。正因为有了前两句的铺垫，才使后两句有关文学作品——诗的"含蓄"情状提升为与物质之"真宰"相应合的艺术规律。陆时雍在《诗镜总论》

中说:"善言情者,吞吐深浅,欲露还藏,便觉此衷无限。"是深懂"是有真宰,与之沉浮"之理,怀着物质生态的自然法则目光去认识诗歌中"含蓄"之艺术规律,因此才会发出"便觉此中无限"之惊叹!宋张戒《岁寒堂诗话》中批评白居易的诗"景物失于太露"而"遂成浅近,略无余蕴",也该是针对只看到冰山露出的一小角,而不懂水下更大部分内涵的正法眼式批评。

　　第九句至第十二句是第三单元,是为"含蓄"之实现寻觅途径。此品的言说至此已进入对含蓄功能营造策略的探求。如果说第一单元把含蓄性能定位在具象暗示,第二单元把含蓄的情状作了内蕴自然法则的宇宙物质形态的演示,那么这具象也好,宇宙物质形态也好,其实进入诗歌审美构成系统,都成了意象。如此说来,含蓄功能的营造和实现,也一定和意象脱不了干系。事实确实如此,作为实现含蓄的策略途径,就是对大千世界的事事物物进行一场典型化的意象选择。"悠悠空尘,忽忽海沤",指悠悠青空中那些纷杂的尘埃,淼淼海面上那些飘忽的泡沫,也都"是有真宰"——内蕴着自然法则的,因此诗人在进行典型化的意象选择时,首先就得拥有大千世界整个儿的事事物物,或者说要怀有"博采"的态度,把"悠悠空尘,忽忽海沤"都首先纳入心胸。这是第一个策略。随后是"浅深聚散,万取一收","浅深聚散"即浅浅深深、聚聚散散,意指"空尘"的繁杂、"浮沤"的飘忽,或者就说是指大千世界事事物物众多而飘忽、瞬息而万变的存在景象。"万取"是取于一万,"一收"是收万于一,这是博采精收的做法。这两句合起来的意思是说:在聚而复散、浅而复深的万象万变中,为含蓄功能作出意象表现的精选,由此看来,含蓄功能的确立则须具有取一于万、收万于一的辩证意识,而这也就成了含蓄实现的第二个策略途径。

　　根据以上三个单元言说"含蓄"风格的情况,我们已可以完全肯定:作者心目中的含蓄风格是个意象表现而非语言表现的问题,是"意在象外"而不是"意在言外"的问题。"不着一字,尽得风流"也正如同皎然在《诗式》中说"但见性情,不睹文字"一样,是撇开语言文字而通过意象的暗示来对"含蓄"之正意与深意作了别具新意的表达。

　　"含蓄"风格之作在中国诗歌中可谓多矣!李白的《玉阶怨》、王昌龄的《长信秋词》、刘禹锡的《乌衣巷》、朱庆馀的《宫中词》、金昌绪的《春怨》、黄景仁的《癸巳除夕偶成》都是这方面的代表作。杜牧的《秋夕》:"银烛秋光冷画屏,轻罗小扇扑流萤。天阶夜色凉如水,坐看牵牛织女星。"曾季貍《艇斋诗话》云:"小杜'银烛秋光冷画屏'云云,含蓄有思致。星象甚多,独言牛女,此所以见其为宫词也。"说明是极典型的含蓄风格。

　　【附例】

长信秋词（五首之三）

王昌龄

奉帚平明金殿开,暂将团扇共徘徊。

玉颜不及寒鸦色,犹带昭阳日影来。

玉阶怨

李白

玉阶生白露,夜久侵罗袜。

却下水晶帘,玲珑望秋月。

乌衣巷

刘禹锡

朱雀桥边野草花,乌衣巷口夕阳斜。

旧时王谢堂前燕,飞入寻常百姓家。

宫中词

朱庆馀

寂寂花时闭院门，美人相并立琼轩。
含情欲说宫中事，鹦鹉前头不敢言。

春怨

金昌绪

打起黄莺儿，莫教枝上啼。
啼时惊妾梦，不得到辽西。

癸巳除夕偶成（二首其一）

黄景仁

千家笑语漏迟迟，忧患潜从物外知。
悄立市桥人不识，一星如月看多时。

豪放

【题解】

　　"豪放"体现为气势豪迈、情感纵放、想象瑰丽奇伟的艺术精神,和"雄浑""劲健"一起,可同归属于阳刚型的壮美风格。

　　此品"豪放"是由"豪"与"放"并列组合而成的词汇,二者各有涵义。杨廷芝《廿四诗品浅解》云:"豪以内言,放以外言。豪,则我有可盖乎世;放,则物无可羁乎我!"其实"放"不仅是"物无",即不为物所累,更是不为自我之心即欲望、利害、是非所累,应该说是"物我俱无"的。所以此品既涉及主体内在充盈、浩荡的元气——"豪"的不竭源泉,也因此而蓄满"真力",即原生力,乃至深信自我而狂,而这也就进一步推出一个能"吞吐大荒"的心胸,这个"物我俱无"而原生力充沛的心胸必然不羁于外在境遇而显出由狂而"放",由"放"而显精神吸附之功能,以致万象纷呈而生瑰丽奇伟之想象,如是"狂"与"放"合而显示出"豪放"风格的内在统一性。这统一的功能使主体能"吞吐大荒"而"真力弥满"。从这个意义上说,"豪放"或可说是"雄浑"与"劲健"双向交流而成的兼容体风格。

　　观化匪禁,吞吐大荒①。由道返气②,处得以狂③。

天风浪浪，海山苍苍④。真力弥满，万象在旁⑤。
前招三辰，后引凤凰。晓策六鳌，濯足扶桑⑥。

【注释】

①观化匪禁，吞吐大荒：化，原作"花"，孙联奎《诗品臆说》谓"花"
当作"化"，今从之。意指观察万物变化、自然运化的规律，明白
委运任化的道理，就能去除外物的拘禁、心灵的羁绊，使精神彻底
解放，胸襟变得阔远，从而让心灵遨游于广远之境，吐纳宇宙，挥
洒万有，与天地精神自由往来。观化，观察自然的运行变化。化，
即大化、造化、运化。匪禁，即无所羁绊，放得开、放得下。大荒，
极广远之地。

②由道返气：意指"道"是"气"不竭的源泉。语出《老子》第四十
二章："道生一，一生二，二生三，三生万物。万物负阴而抱阳，冲
气以为和。"意思是"道"生"气"，"气"有阴阳，阴阳和合，而生
万物。道，即宇宙本体、本原。气，此指诗人充盈于胸的精神元
气，特指淳厚饱满的阳刚之气。

③处得以狂：意指"得道""得气"就能真力充满，焕发出昂然向上
的狂放之气。处得，处于"得道""得气"的状态。狂，狂放。

④天风浪浪，海山苍苍：意为天外劲风吹来，浪浪不止；海上高山耸
立，莽莽苍苍。此喻格调高远、内力充盈、景象莽苍的雄阔之境。
天风，天外来风。浪浪，流动不止的样子。

⑤真力弥满，万象在旁：意为浩荡的真元之气弥漫于诗人心胸，激扬
起其极强的情绪感受力和想象力，宇宙万象就能奔赴笔底，供其
任意挥洒。真力，真元之气。万象，大千世界中的各类现象。

⑥前招三辰，后引凤凰。晓策六鳌，濯足扶桑：这四句是对上文"万
象在旁"的创造性想象的具体化。三辰，指日、月、星。《左传·桓
公二年》："三辰旂旗，昭其明也。"凤凰，确切地说是鸾凤。六鳌，

即神话中负载五仙山的六只大龟,典出《列子·汤问》:"而龙伯
之国有大人,举足不盈数步而暨五山之所,一钓而连六鳌,合负而
趣。"濯足,洗脚。扶桑,神树,日出之所。《山海经·海外东经》
云:"汤谷上有扶桑,十日所浴。"

【译文】

随造化运行的不羁景象,
遨游于六合而吞吐大荒。
宇宙本体的真元回归了,
乃放纵生命作精神高扬。
这气势因此如天风浪浪,
这境界因此有海山苍苍。
激情的原生力弥漫心胸,
调遣起万象来展开想象。
于是有三星在前头招引,
五彩的凤凰紧跟随飞翔。
晓天那一钓竟驱使六鳌,
负巨人去濯足直奔扶桑。

【评析】

作者对"豪放"风格的理论概括也以四句为一个单元,共三个单元,
分别从豪放风格求得的根本条件、豪放风格的情感表现特征和豪放风格
的艺术想象特征来展开言说。

第一句至第四句,谈要求得豪放风格主体所必备的条件。"观化匪
禁,吞吐大荒"中,"化"系大化,指宇宙中无时不存在的随任自然的伟大
运行与变化,"观化"是观察自然的这种运化;"匪禁"即不羁;"大荒",广
远之地。这两句合起来是说:大千世界中包括诗人主体在内的众生万物
都在宇宙伟大的时空轨道中随任运行变化,因此自我对现实生态已无须
固守,内心牵挂也不必拘执,一切委运任化,精神无所羁勒而彻底自由,

心灵无所界限而可遨游广远、吞吐六合。这种感应与把握真实世界的气魄不可谓不大，因此也就成了求得豪放风格中有关"豪"的体现的根本条件。再看"由道返气，处得以狂"，这两句合起来是说：作为宇宙至尊存在、最后依据，因而也是最高意义的象征说法——"道"，返归物质世界而在生命元气上落实后，使得到真元之"气"的诗人主体极度自信而精神高扬，以致产生了挥斥万象、吞吐六合的狂放情怀。这种以宇宙本原为依据、以元气充盈为根基，向大千世界率性展开激情四射的想象活动的气势不可谓不狂，因此这两句也就成了求得豪放风格中有关"放"的实现的根本条件。总之这一个单元前两句是对"豪放"风格中"豪"的一面如何求得的言说，后两句是对"放"的一面如何求得的言说，但前后两部分的言说内容中有一个共同点就是"观化匪禁"的不羁与"处得以狂"的率性，合起来也就是说"豪放"求得的最终条件就是精神解放。这一点也就成了"豪"与"放"能统一起来成为一类风格的根本性特征。

　　第五句至第八句是第二个单元，谈的是豪放风格的情感表现特征。前两句"天风浪浪，海山苍苍"，"浪浪"是指气势浩强；"苍苍"是指境界莽苍，两句合起来是以天风浩强之气势和海山莽苍的境界来形象地表现某种具有雄阔大境的精神性的东西。这东西是什么呢？后两句"真力弥满，万象在旁"作了点明，意思是元气盛极者面对世界激荡起来的情绪感受力弥漫身心，而促成万象纷呈前来，听候驱遣。把这个单元整个儿连起来是这么一番意思：如同天风浩荡劲吹、海山莽苍无涯的情绪感受力弥漫于元气盛极者的整个身心，竟有相应的万象纷至沓来，萦绕脑际。所以在作者看来，豪放风格的情感表现特征有三：一、这是一种感应面极广、感受得极浓烈的激情；二、这种激情有空间上的浩阔与时间上的悠远；三、这种极具力度的激情有很强的激活想象的功能。

　　想象激活了，那么，豪放风格的想象该是怎样的呢？于是有了第九句至第十二句第三单元的言说："前招三辰，后引凤凰。晓策六鳌，濯足扶桑"。这四句合起来的意思，杨廷芝在《廿四诗品浅解》中是这样说的:"前招三辰,玩一'招'字,则声撼霄汉,手摘星辰。……凤凰不与群鸟伍,而今且无不可引,则进退维我,可不方物矣。策六鳌,豪之至;濯扶桑,放之至,亦其胸怀浩荡,不啻云开日出,海阔天空,故晓策六鳌,濯足扶桑。"他是把这四个意象表现全看成是对豪放风格拥有者的个性特色来说的,当代《二十四诗品》研究界也盛行此说,"这四句显出一'豪放'诗风极为鲜明的个性特色"。从宏观角度看,这样理解也是可以的。缺点在于没有扣住创作论展开。这四句其实是沿袭"万象在旁"而进行创造性想象。有"万象在旁"的诗人选择其中的"三辰""凤凰""六鳌""扶桑"来展开想象,这些物象固然神异,而诗人竟能"招"三辰、"引"凤凰、"策"六鳌、"濯足"于扶桑,就使神异之事事物物被主体任意驾驭,来构成匪夷所思的意象,而如此展开的这场想象是创造性的,那就够显伟力发散的离奇了。这当然是主体"真力弥满"而让"处得以狂"的不羁精神得以高扬,从创作论的角度看,也就显出"豪放"风格在想象上的大胆而无所顾忌,是一场追求神异离奇、瑰丽伟力的"吞吐大荒"型超凡想象活动。

　　由此看来,"豪放"风格更多地体现为积极浪漫主义特色。这一风格是值得提倡的。在中国诗歌史上,李白是豪放诗风的杰出代表,《皋兰课业本原解》中认为"豪放"一品"正得青莲之妙处",他的《将进酒》《梁园吟》《行路难》《塞下曲》《扶风豪士歌》以及王昌龄的《从军行》、岑参的《走马川行奉送出师西征》等,都视为此类风格的代表作。宋词中苏东坡、辛弃疾、张孝祥等也都追求豪放。可以说,一个时代的昂扬精神要想借诗歌得到充分体现就必须重视豪放风格,大力发扬这种风格。

【附例】

从军行(七首之四)

王昌龄

青海长云暗雪山,孤城遥望玉门关。

黄沙百战穿金甲,不破楼兰终不还。

塞下曲

高适

结束浮云骏，翩翩出从戎。

且凭天子怒，复倚将军雄。

万鼓雷殷地，千旗火生风。

日轮驻霜戈，月魄悬雕弓。

青海阵云匝，黑山兵气冲。

战酣太白高，战罢旄头空。

万里不惜死，一朝得成功。

画图麒麟阁，入朝明光宫。

大笑向文士，一经何足穷。

古人昧此道，往往成老翁。

走马川行奉送出师西征

岑参

君不见走马川行雪海边，平沙莽莽黄入天。

轮台九月风夜吼，一川碎石大如斗，随风满地石乱走。

匈奴草黄马正肥，金山西见烟尘飞，汉家大将西出师。

将军金甲夜不脱，半夜军行戈相拨，风头如刀面如割。

马毛带雪汗气蒸，五花连钱旋作冰，幕中草檄砚水凝。

虏骑闻之应胆慑，料知短兵不敢接，车师西门伫献捷。

将进酒

李白

君不见黄河之水天上来，奔流到海不复回。

君不见高堂明镜悲白发，朝如青丝暮成雪。

人生得意须尽欢，莫使金樽空对月。

天生我材必有用，千金散尽还复来。

烹羊宰牛且为乐，会须一饮三百杯。

岑夫子，丹丘生，将进酒，杯莫停。

与君歌一曲，请君为我倾耳听。

钟鼓馔玉不足贵，但愿长醉不复醒。

古来圣贤皆寂寞，惟有饮者留其名。

陈王昔时宴平乐，斗酒十千恣欢谑。

主人何为言少钱，径须沽取对君酌。

五花马，千金裘，

呼儿将出换美酒，与尔同销万古愁。

行路难（三首其一）

李白

金樽清酒斗十千，玉盘珍羞直万钱。

停杯投箸不能食，拔剑四顾心茫然。

欲渡黄河冰塞川，将登太行雪满山。

闲来垂钓碧溪上，忽复乘舟梦日边。

行路难，行路难，多岐路，今安在？

长风破浪会有时，直挂云帆济沧海。

精神

【题解】

"精神"指以蓬勃生机、昂扬气势形于外的那种能反映精力旺盛风貌的艺术风格。

欲返不尽，相期与来①。明漪绝底，奇花初胎②。
青春鹦鹉，杨柳楼台③。碧山人来，清酒深杯④。
生气远出，不著死灰⑤。妙造自然，伊谁与裁⑥。

【注释】

①欲返不尽，相期与来：意指只要葆有人类天然的本性，就能使精神生生不息，无穷无尽，与之俱来的艺术手段也会相期而至，层出不穷。欲，念想。返，返回，回归。不尽，永无穷尽。与来，与之俱来。

②明漪绝底，奇花初胎：水波激滟，水质澄澈，奇花异卉，蓓蕾含苞。此二句既是对"欲返不尽"的具体化，同时也是精神发越的图景。漪，激滟的水纹。绝底，澄澈透底。初胎，初生的苞蕾。

③青春鹦鹉，杨柳楼台：众鸟如梭，翻飞于芳春的碧空；杨柳吐蕊，依依于清华的楼台。青春，春天。鹦鹉，泛指众鸟。

④碧山人来,清酒深杯:碧山高卧,时有客来;玉壶冰心,酒清情深。
碧山,指隐者高卧之地。人来,逢人来。清酒深杯,一作"清酒满
杯",指置酒结客,兴致勃勃。

⑤生气远出,不著死灰:意谓作品应该有生命活力在张扬,要有生气
而无半点死气。生气,生命活力。死灰,火焰熄灭后之灰烬。

⑥妙造自然,伊谁与裁:意指顺乎天然,巧妙地去达到凭人力无法登
临的境界。造,达到。自然,天然或原初。伊,语助词。裁,裁度
定夺。

【译文】

若想返回到原初的存在,
旺盛的灵感会源源而来。
像如锦水纹靠澄碧潭底,
像如幻花朵靠青嫩芭蕾。
于是有小鸟鸣啭在枝头,
柳丝依依地荫翳着池台。
于是有山客来轻叩柴门,
兴致勃勃地满斟起酒杯。
世界在张扬生命的活力,
没染上丁点死灰的色彩。
赞美吧,顺乎天然的精神,
人为的追求者休想得来。

【评析】

此品前四句作为第一单元,阐述诗人把握"精神"风格的途径。先
看"欲返不尽,相期与来"。此二句文字简约过甚,理解历来有所分歧。
我们取刘禹昌之说。刘禹昌在《司空图〈诗品〉义证及其它》中,根据
《庄子》以求索解,认为《庄子·缮性》中所说的"返其性情而复其初"
就是"《精神》首句所说的'欲返'的真正意思",并阐释为:"返,指复其

天然的本性而言。不尽,言与道同体,与化俱往,……故不尽也。"而只有这样,"才能真正使人的精神旺盛",主体对客体世界的种种感兴便会联翩而来。所以此二句究其本意,当指原初本性充分的舒放。可见遵奉原初本性是诗人在创作中能显示"精神"风貌的基础。随后两句"明漪绝底,奇花初胎"则是对此项遵奉的延续,意谓:水纹如锦要归因于极底的澄明,花朵鲜艳要归因于苞蕾的奇质。所以这两句很可注意的是"绝底""初胎",有"复其初"的意味,回复始初才得以逸兴与美艳能"相期与来"。如此说来,此二句的意象岂不正是上二句语意的延伸、命题的深化?说白了,乃是"欲返不尽,相期与来"的"客观对应物",为抽象意念起一种印证作用。有学者认为此二句与下面四句("青春鹦鹉,杨柳楼台。碧山人来,清酒深杯")一起,是"对'精神'于诗中的呈露状况作了反复的喻示",但"明漪绝底"这个意象未必偏于感兴蓬勃生机,"奇花初胎"也难说重在展现昂扬气势,很难说"是对'精神'于诗中的呈露状况"作"喻示"。

　　不过,第二单元的中间四句倒确实是对"精神"在诗中的呈露作喻示,只不过这种喻示不是比拟式而是兴发感动式的。四句连起来可说是这样:春天来了,众鸟欣然纷飞;杨柳青青,掩映池上亭台;柴门轻叩,碧山远客来访;山鸡米酒,乘兴举杯畅怀。这里有三个意象,都具有极强的兴发感动功能,感发着一种原初情结,那就是:众鸟欣悦而飞,正是一年的开始期;池上柳浪摇漾,正是万物萌长季;远客柴门踏访,正是友情怀旧时。更值得注意的是,它们对原初情结的激活,散发着一股童贞的青春色泽,富有蓬勃的生机、昂扬的气势;它们组合在一起,作为一个意象群,兴发感动出来的是一个心力四溢的心灵世界,这正是对呈露在诗中的精神风貌动人而又意境高远的感兴表达。中国诗学理论言说有一个传统方式:形象化,有的是通过比拟的形象化言说,也有的是通过感兴的意象化言说,此处四句就属于后一种。这四句对"精神"的感兴化言说之值得肯定的还在于三个意象中的前两个对原情结的感发是建立在主体与自然共融的基础上的，即随顺天然——宇宙运行律而获得意气风发；后一个意象对原初情结的感发是主体超越世俗利害关系的羁绊而返回纯真年代的天性系统而获得兴会淋漓。所以，这一个单元除了进一步证实与强化精力四溢的"精神"风格来自于"复其初"，还动人地表现出了生气勃勃、神采奕奕的"精神"所具的特色。

最后四句是第三单元，从两个方面进行总的概括。先看前两句："生气远出，不著死灰。"清代的诗论家钱泳在《履园丛话·谭诗》中曾说："诗文家俱有三足，言理足、意足、气足也……理与意皆辅气而行，故尤必以气为主，有气即生，无气则死。"其主张和作者这两句是一致的。所以藉此概括出来的是：在诗歌中以勃勃生气为特征的"精神"风格具有不可替代的重要性。再看后两句："妙造自然，伊谁与裁。"这是和"欲返不尽"相呼应的、回复原初的言说，也有再次强调如下的意味：欲把握"精神"风格，必须有顺乎天道运行、回归原初本性的涵养。这两大方面的概括其实也可以合并为一点：这种"精神"风格具有怎么一种特性？回答就是：有生气而无半点死气，顺天然而非人力要求。

根据以上分析我们可以说此品以三个单元作了递进式三个方面的言说："精神"风格由何而生——"精神"风格如何体现——"精神"风格有何特性。可见作者对"精神"风格的言说颇有层次感，这里有作者独具的匠心。当然对此品中有些见解当今学者也有不同的看法，如最后两句"妙造自然，伊谁与裁"，罗仲鼎、蔡乃中就持批评的态度。在他注的《二十四诗品》中这样说："在谈到如何掌握这种风格的时候，作者却无力前进了，只好似是而非地说：'妙造自然，伊谁与裁。'"并在指出这种思想来自老庄哲学后评说："老庄虽然承认自然的客观性，但却否定人对自然的能动性；虽然强调自然美的重要性，但又否定认识它、表现它的可能性"，而受它们影响的作者，诗学思想中"这种不可知论的因素，常常给诗品明丽的画面布上一层阴影"。这是值得珍视的一种看法。虽然具体到对"精神"这一品中作为逻辑起点的"欲返不尽"，他的理解和刘禹昌的"返其性情而复其初"之说不同，而引发他对"妙造自然"有不可知论的非议，但他对《二十四诗品》中常以随顺天然而否定人对自然的能动性这一理论支点提批评还是十分有眼力的。

"精神"这一风格在杜甫的《绝句》"两个黄鹂鸣翠柳"等古典诗歌中有极好的体现。这类诗应说得上"无一字不精神"。

【附例】

次北固山下
王湾
客路青山外，行舟绿水前。

潮平两岸阔，风正一帆悬。

海日生残夜，江春入旧年。

乡书何处达，归雁洛阳边。

绝句
杜甫
两个黄鹂鸣翠柳，一行白鹭上青天。

窗含西岭千秋雪，门泊东吴万里船。

秋词
刘禹锡
自古逢秋悲寂寥，我言秋日胜春朝。

晴空一鹤排云上，便引诗情到碧霄。

缜密

"缜密"是一种细致周密、不显人为痕迹的艺术风格,它和"粗疏"相对。这种风格大都是在主题脉络的把握、谋篇布局的设定、意象组合的选择等方面显示出来。

是有真迹,如不可知①。意象欲出,造化已奇②。
水流花开,清露未晞③。要路愈远,幽行为迟④。
语不欲犯,思不欲痴⑤。犹春于绿,明月雪时⑥。

【注释】

①是有真迹,如不可知:诗歌艺术风格(缜密)的形成确乎有脉络可寻,但似乎又很难把握。是,此,或指题目"缜密",亦有认为指诗歌的艺术表现。真迹,确切的脉络。不可知,难以把握住。

②意象欲出,造化已奇:当意象将出未出之际,自然造化已千变万幻,笔端的创作就应当随机应变。造化,大自然。奇,变化。

③水流花开,清露未晞(xī):这是对上文"意象欲出,造化已奇"两句的具体化。花开,一作"花间",亦可通。晞,干。

④要路愈远,幽行为迟:喻示主题脉络的展开一定要有幽婉周密的
　安排。要路,关键之路,指主题脉络,和此品首句"是有真迹"的
　"真迹"所指一致。幽行,缓步慢行,喻指审慎的态度。

⑤语不欲犯,思不欲痴:意谓语言意象不能重复堆叠,应变的思路不
　能笨拙呆滞。语,语言意象。犯,重复。痴,呆滞。

⑥犹春于绿,明月雪时:如同春绿天涯,万物一色;如同雪月交辉,清
　光遍洒。此以形象的境界,比喻"缜密"的突出特征。

【译文】

诗的构思得露点儿行迹,
却又须天衣无缝得难觅。
意象的整体即将形成时,
又往往还会有些微变异。
水流汩汩里,花朵儿开了,
蕊心的露珠犹盈盈未晞。
这时,造化会施展出神功,
特讲究经营的幽婉缜密。
文辞当然是重复不得的,
诗思的滞涩则更加犯忌。
应合有机啊,像春天和绿,
像明月和积雪相映交辉。

【评析】

此品前四句为第一单元,谈主题脉络的把握、构思布局的设定,认为
在创作过程中这不是一层不变的,而是会随着诗人创作进展中心灵的变
化而有所变动。前二句"是有真迹,如不可知",无名氏《诗品注释》云:
"是,指缜密,言是缜密者明明有真迹之可言,而其意象却如不可知,又未
易以粗心测也。"后二句"意象欲出,造化已奇",孙联奎《诗品臆说》中
对此有云:"当意象欲出未出之际,笔端已有造化,如下文水之流、花之

开、露之未晞，皆造化之所为也。"当今学者则有些新颖看法。张国庆在《〈二十四诗品〉诗歌美学》中说："诗人心中的意象正在形成正在欲吐未吐之际，笔下的表现与变化却已然生发铺展开去了，这是一种高妙的自由的艺术创造状态。"这样说未尝不可以，不过若和上下文联系起来做出"自由的艺术创造状态"的定位，恐怕和作者的本意并不相符合。作者的本意是什么呢？值得一提罗仲鼎、蔡乃中在《二十四诗品》注中的看法。他说："当你心中的意象开始孕育的刹那间，大自然又发生了微妙的变化……在这里，作者除了赞美自然界变化的渺无痕迹，似乎有这样的意思：在考虑作品结构布局、经营位置时，固然要从总体上安排。但这种安排应当是随机的、动态的而不是凝固的、静态的……"这个见解也新颖，并且他能面对"意象欲出，造化已奇"的现象提出以随机应变来对待，显然符合作者此处还未明说的意图。基于以上种种，我们可以对这一单元的四句进行这样的总体阐释：诗歌创作在主题脉络的把握阶段，脉络虽已初具，往往一时间却还不能充分肯定下来。这似乎已是定规，所以必须懂得，正像意象已快要形成，却又会起奇妙的变化一样。因此，要使主题脉络的展开能真正显出缜密风格，就得善于随机应变。

　　再看第二单元。对第五句和第六句"水流花开，清露未晞"，赵福坛在《诗品新释》中有一精辟见解："作者一连用了几个比喻，来提示缜密的艺术特点：它如水之流动，浑然纡曲；花之开放，自然芬芳；清露之润化，了无痕迹。这三者既有其迹可求，但其变化是无形可窥的。这种变化浑然天成，无不充满着神奇的造化色彩。"上引孙联奎《诗品臆说》中也有"下文水之流、花之开、露之未干，皆造化之所为也"之说。第七句和第八句"要路愈远，幽行为迟"，意指主题脉络展开的行程越是遥远，诗人越得缓慢而行、审慎而进。对这一单元四句可作这样的阐述：要对"造化已奇"的应变随机而行，得像水自然地流、花自然地开、绿叶上清露自然地凝结出来那样浑然天成、了无人为迹象。尤其是当主题脉络越向远方展开，这方面要求的周到程度也须越高，说到底是一句话：真得步步慎行。由此看来这个单元一场形象和议论相结合的言说是由上一个单元的话题紧紧沿袭下来的，即"真迹"（脉络）初定，还会有奇妙的变化时，采取的应变就要做得天衣无缝，特别是"要路"（脉络）展开得越远，就越得小心周到，让随机行事做得自自然然，看来这是"缜密"风格的核心课题。也就是说：此品到这一单元，才把"缜密"风格的主要内容说出来了，那就是："缜密"根本的要求是做得浑然天成。

第九句至第十二句作为第三个单元，是对做得浑然天成提出了具体措施，第一种措施见于"语不欲犯，思不欲痴"两句。"语"，一般注为"词语""语言"；"犯"，重复；"痴"，呆板。所以连起来可以说成是语句不该重复，文思不得呆滞。从字面上讲这没有错，但从"诗品"特定的语境看，语句不重复、文思不呆滞不过是写诗——甚至是写一切文章都必须具有的普通修养而已，大可不必提到风格、特别是诗歌风格的高度来谈，并且这种文字洗练的修养、写作应有的素质似乎和"缜密"的关系不大。我们认为此处的"语"不是简简单单的语词。中国传统诗歌特别是近体诗，语言简约到极点，成分省略到使句子几乎只剩光秃秃的一个个词汇，而以意象抒情为根本的追求中，语言的意象化又非得在极简约的语言容量中大量造象，以致使"诗家语"大有非造象之语不存之势，从而导致"象"与"语"极度结合，"象"即"语"，"语"即"象"，因此，此处"语不欲犯"实指意象组合系统中语象不能重复堆叠。至于"思"，指应变思路。所以此二句意谓意象使用不能破坏组合系统，应变行事不能笨拙呆滞。这是"缜密"追求的具体措施。"犹春于绿，明月雪时"中，"绿"，绿遍；"明月雪时"，取自谢灵运"明月照积雪"的诗境。这两句意在春绿天涯、雪月交辉，一片浑融。这是"缜密"追求的总体策略措施。这一单元四句连起来可作这样的阐述：语象不能无机堆叠，应变不能死板行事，要像春野自然地绿遍，要像雪月浑融成一片。

总之，此品三个单元，从三个方面言说了"缜密"风格：第一单元以脉络会变而须随机行事来显示"缜密"所及之对象；第二单元以行事自然而须慎行周到来显示"缜密"追求之重点;第三单元以灵活有机而须浑融一体来显示"缜密"开展之措施。

在中国诗歌史上,追求"纹锦千尺,丝理秩然"(王世贞《艺苑卮言》)的缜密诗风者不在少数,这方面特别在叙事长诗的写作上犹为突出,如白居易的《琵琶行》,把内容复杂、头绪纷繁的事件裁剪、安排得如此详略得当,抒情与叙事搭配得如此浑然天成,性格与细节结合得如此恰如其分,真是缜密风格的最佳体现。杜甫的五律《春夜喜雨》特显浑融无迹,其中"随风潜入夜,润物细无声",被仇兆鳌评为:"曰潜、曰细,写得脉脉绵绵,于造化发生之机,最为密切。"这也是缜密之典范。

【附例】

春夜喜雨

杜甫

好雨知时节,当春乃发生。

随风潜入夜,润物细无声。

野径云俱黑,江船火独明。

晓看红湿处,花重锦官城。

秋兴（八首之一）

杜甫

玉露凋伤枫树林,巫山巫峡气萧森。

江间波浪兼天涌,塞上风云接地阴。

丛菊两开他日泪,孤舟一系故园心。

寒衣处处催刀尺,白帝城高急暮砧。

琵琶行

白居易

浔阳江头夜送客,枫叶荻花秋瑟瑟。

主人下马客在船，举酒欲饮无管弦。

醉不成欢惨将别，别时茫茫江浸月。

忽闻水上琵琶声，主人忘归客不发。

寻声暗问弹者谁，琵琶声停欲语迟。

移船相近邀相见，添酒回灯重开宴。

千呼万唤始出来，犹抱琵琶半遮面。

转轴拨弦三两声，未成曲调先有情。

弦弦掩抑声声思，似诉平生不得志。

低眉信手续续弹，说尽心中无限事。

轻拢慢捻抹复挑，初为《霓裳》后《六幺》。

大弦嘈嘈如急雨，小弦切切如私语。

嘈嘈切切错杂弹，大珠小珠落玉盘。

间关莺语花底滑，幽咽泉流冰下难。

冰泉冷涩弦凝绝，凝绝不通声暂歇。

别有幽愁暗恨生，此时无声胜有声。

银瓶乍破水浆迸，铁骑突出刀枪鸣。

曲终收拨当心画，四弦一声如裂帛。

东船西舫悄无言，唯见江心秋月白。

沉吟放拨插弦中，整顿衣裳起敛容。

自言本是京城女，家在虾蟆陵下住。

十三学得琵琶成，名属教坊第一部。

曲罢曾教善才服，妆成每被秋娘妒。

五陵年少争缠头，一曲红绡不知数。

钿头银篦击节碎，血色罗裙翻酒污。

今年欢笑复明年，秋月春风等闲度。

弟走从军阿姨死，暮去朝来颜色故。

门前冷落鞍马稀，老大嫁作商人妇。

商人重利轻别离，前月浮梁买茶去。

去来江口守空船，绕船月明江水寒。

夜深忽梦少年事，梦啼妆泪红阑干。

我闻琵琶已叹息，又闻此语重唧唧。

同是天涯沦落人，相逢何必曾相识！

我从去年辞帝京，谪居卧病浔阳城。

浔阳地僻无音乐，终岁不闻丝竹声。

住近湓江地低湿，黄芦苦竹绕宅生。

其间旦暮闻何物？杜鹃啼血猿哀鸣。

春江花朝秋月夜，往往取酒还独倾。

岂无山歌与村笛？呕哑嘲哳难为听。

今夜闻君琵琶语，如听仙乐耳暂明。

莫辞更坐弹一曲，为君翻作《琵琶行》。

感我此言良久立，却坐促弦弦转急。

凄凄不似向前声，满座重闻皆掩泣。

座中泣下谁最多？江州司马青衫湿。

疏野

"疏野"属于质朴直率的创作风格。杨廷芝《廿四诗品浅解》云:"脱略谓之疏,直率谓之野。"故"疏野"的语义该是疏离社会现实、随顺直率性情。有鉴于此,我们还可把创作风格意义上的"疏野"说得更具体点,那就是立足于超越社会樊篱的主体意识,而追求合于抒情个性的自我真实感受的表现风格。此番言说似乎会给人如下印象:此品表达的是一个具有疏野个性者的精神风貌和生活方式,并无多少涉及创作风格方面的见解。这无疑是个误解。创作风格不仅有属于艺术表现性方面的内容,也还有属于生活概括性方面的内容,而"疏野"一品,主要是对生活概括性一类风格而言的。

惟性所宅,真取弗羁[①]。控物自富,与率为期[②]。

筑室松下,脱帽看诗[③]。但知旦暮,不辨何时[④]。

倘然适意,岂必有为[⑤]。若其天放,如是得之[⑥]。

【注释】

①惟性所宅,真取弗羁:谓凡有去取,一任性情,随其天真,不加羁

束。性,性情,自我感受。宅,安顿。真取,随心所欲,任真去取。

②控物自富,与率为期:意为敝帚自珍,率性而行。控物,一作"拾物",亦可通。自富,自己满足。率,真率。期,期约,结伴。

③筑室松下,脱帽看诗:意指退居僻远清幽之地,过着高雅自在的生活。松下,典出"松下问童子"(贾岛《寻隐者不遇》),指具有僻远、清幽之境的隐居之所。脱帽,指脱却礼帽、松解衣襟,意指不拘日常之礼节规矩。

④但知旦暮,不辨何时:意谓只关心日出日落,而对世事略不经心。但知,只知。旦暮,日出之清晨与日落之黄昏。

⑤倘然适意,岂必有为:意为顺其自然,优游自得,不作刻意追求。倘然,悠闲自得貌。适意,顺适己意。有为,有所追求,有意为之。

⑥若其天放,如是得之:若能纯任率真不羁之天然本性,就能体现出疏野之精神和风格。若其,假如。天放,依其天然,绝去雕饰,放任自我。得之,指获得疏野之真味。

【译文】

只求率性任情心下安适,
据此作取舍又何必拘泥。
自我满足者因此有福了,
因为与率真能永在一起。
那就在松荫里盖起屋来,
脱帽,读诗,去享受飘逸。
只知天明了,又暮色来临,
却忘了甲子,自己的年纪。
人若能这样地优游自在,
何必再去求有所作为呢。
只要能合天道心儿旷放,
诗也就会体现疏野真味。

【评析】

此品四句一个单元，共三个单元。

第一单元为第一句至第四句。第一句和第二句"惟性所宅，真取弗羁"，孙联奎《诗品臆说》云："惟有真性，故有真情；有真情，故有真诗。一味率真，夫岂自羁。"一开头就指出：奠定"疏野"之基础是艺术概括须出于真情实感，非可以外在人事拘牵羁限。第三句和第四句"控物自富，与率为期"，乃强调率真不羁。把此单元综合起来可作如是解说：凡合于性情就好，随性情而取得无须拘束；要说有满足，不过是敝帚自珍而已。因此，这里也就反映着真率永远与自我相伴。

第二单元第五句至第八句，是对"惟性所宅""与率为期"的形象化表现。"筑室松下，脱帽看诗"两句，寓有远离社会法度羁绊、不受日常规矩约束、自由自在地寄情于艺术世界的意趣。"但知旦暮，不辨何时"，指所关心的只是山野日出日落、闲读诗书，而不关心世道社会的人生态度。四句连起来的意思是：松荫里筑起了我们的茅屋，脱帽、松衣襟闲吟诗章，我只知天亮了、又变黄昏，不过问人世间是何日何年。

第三单元第九句到第十二句，是对"疏野"风格作出不求功利、只求率性而为的定位。"倘然适意，岂必有为"，无名氏《诗品注释》云："倘然间有顺适己意之处，则亦惟顺适己意而已，岂必有所作为果见之于实事乎？总是一疏略不经心的样子。"此说诚然。"若其天放，如是得之"，如同孙联奎《诗品臆说》所云，意指"如是为诗，则得疏野之品"。这四句连起来，可这样解读：优游自得地度我的日子，又何必去作有目的的追求，只要合乎天性放任自在，就能体现出疏野的真味。

值得指出的是，多数学者在《二十四诗品》研究中似乎只着眼于解决一个人生态度以及由此派生出来的创作态度的问题，认为此品言说的是人生态度上主张不受社会约束而标榜自由、自在；创作态度上主张只为自我而抒情，而倡导无社会功利目的。这当然是值得肯定的认识。不过不能不注意到如下这点：作者是在论述诗歌创作风格，而不是在论述世界观与创作态度。因此,此品形象化的言说及理性概括必须纳入主体意识与创作个性的关系中来作风格学考察。强调这个研究视角十分重要,也十分必要,因为颇有些研究者对此品作世界观与创作态度上的言说,离作者的本意实在太远了点。如有学者认为"疏野之风"的主要特点是"真率","从思想上说,这是道家的'性'对于儒家的'礼'的批判;从政治上说是士大夫在野派对在朝派的不满,表现了对那种在虚伪礼教掩盖下的丑行的厌恶"。这样讲无疑是在用政治思想分析取代创作风格研究。我们认为"惟性所宅"的"性"固然也可以有生活方式、人生态度上的个性表现,但此处必须落实在抒情个性上,"与率为期"的"率"固然可以有待人接物上的真率,但此处必须落实在"控物"的直率上。从创作风格的角度谈抒情个性,易于理解,前面提及的生活概括性与艺术表现性两方面的特点,大致可以包括抒情个性的全部内涵了,此处就不作展开。"控物"的率真有必要多谈几句。"控物",通俗点说是敝帚自珍。所谓敝帚自珍是"心向往之"的产物。沈复《闲情记趣》记其见"夏蚊成雷",而忽生鹤飞云中的奇特幻念,于是"又留蚊于素帐中,徐喷以烟,使其冲烟飞鸣,作青云白鹤观",久视,果如鹤唳云端,于是"怡然称快"。这"鹤"就是控物,心向往之的境界中把握到的"控物"。因此,孙联奎在《诗品臆说》中才对"控物自富,与率为期"作了这样的解说:"敝帚不直一文,而偏欲千金享之,是即控物自富之说矣。得句自爱,不问褒讥,其率真为何如乎? 与率为期,犹言与率为伍。"这番话很是深刻,道出了诗歌艺术表现中有以心向往之而造象来抒情的一类风格。这个"控物",或者说心向往之所造之"象",也就是现代诗学术语中的"心象"。这一场以发挥主体精神意识、率性而为地自造心象而进行抒情的活动,可真是高举"惟性所宅"的旗帜而无所顾忌地作"真取弗羁"的率真行为。这种造心象而抒情的风格追求,实是生活概括虚拟化的象征风格的体现,也是今天西方现代主义诗歌风格追求中一道特显亮丽的风景。但早在一千多年前,作者就通过"疏野"的论析把"心象"风格提出来了,这是极可珍视的。可以说,"疏野"作为创作风格的核心内涵就是"控物自富"——大力提倡心象抒情,而所有率真而为的言说都是围绕"控物自富"而展开,为"控物自富"服务的。有鉴于此,我们有必要提升上面三个单元按字面所作出的解说,进一步对"疏野"作出风格学的认知:此品第一单元提出当以发挥主体意识为基础,去作心象创造,并以此为"疏野"之核心内涵;第二单元指出心象创造须隔绝尘俗,超越社会制约,凭直觉随心而行;第三单元推出天性至上的观念,摒绝功利目的,依凭抒情个性来展示疏野之真义。这才是此品真实的内涵。

有"疏野"之创作风格者,当以陶渊明最有代表性,他的不少诗给我们率真之美的享受,如《和郭主簿二首》之一,诚如元好问《论诗绝句》云:"一语天然万古新,豪华落尽见真淳。"李白的《山中与幽人对酌》《越女词五首》之三也全是"一语天然万古新"的。杜甫的《客至》《江村》也颇有这种率真的风度。

【附例】

和郭主簿二首（之一）

陶渊明

蔼蔼堂前林,中夏贮清阴。

凯风因时来,回飙开我襟。

息交游闲业,卧起弄书琴。

园蔬有余滋,旧谷犹储今。

营己良有极,过足非所钦。

春秋作美酒,酒熟吾自斟。

弱子戏我侧,学语未成音。

此事真复乐,聊用忘华簪。

遥遥望白云,怀古一何深。

山中与幽人对酌

李白

两人对酌山花开，一杯一杯复一杯。

我醉欲眠卿且去，明朝有意抱琴来。

越女词五首（之三）

李白

耶溪采莲女，见客棹歌回。

笑入荷花去，佯羞不出来。

客至

杜甫

舍南舍北皆春水，但见群鸥日日来。

花径不曾缘客扫，蓬门今始为君开。

盘飧市远无兼味，樽酒家贫只旧醅。

肯与邻翁相对饮，隔篱呼取尽余杯。

江村

杜甫

清江一曲抱村流，长夏江村事事幽。

自去自来梁上燕，相亲相近水中鸥。

老妻画纸为棋局，稚子敲针作钓钩。

但有故人供禄米，微躯此外更何求？

清奇

【题解】

"清奇"是一种明丽淡雅而超常脱俗的风格。孙联奎《诗品臆说》云:"清对俗浊言,奇对平庸言。"杨廷芝《廿四诗品浅解》释"清"为"清洁",释"奇"为"奇异";张国庆在《〈二十四诗品〉诗歌美学》中认为此品"是以'清'为主,'奇'则是补充说明'清'的",因此学界对此品也就有以"清"为主,而"清"到极致乃出奇的说法。根据这些解说,可以明白"清奇"属于意境范畴的风格研究。而应和这一研究特点,作者对此品的写法也就不作任何理论言说,而是通过意象组合体的意境感发,来作纯形象化的"清奇"阐述。

> 娟娟群松,下有漪流。晴雪满汀,隔溪渔舟①。
> 可人如玉,步屧寻幽。载瞻载止,空碧悠悠②。
> 神出古异,淡不可收。如月之曙,如气之秋③。

【注释】

①娟娟群松,下有漪流。晴雪满汀,隔溪渔舟:写清丽明秀、动静相宜的清奇之景。娟娟,俊逸秀美。漪流,涟漪明澈的水流。晴雪,

阳光里的积雪。满汀,底本作"满竹",据《式古堂书画汇考》所录《枝指生书宋人品诗韵语卷》改。汀,水中或水岸的沙洲平滩。

②可人如玉,步屧寻幽。载瞻载止,空碧悠悠:写如玉之可人在清奇之画境中的行止。可人,合心意者。如玉,指玉洁冰清的内质。步屧,穿木屐漫步。载,语助词,无实义。载瞻载止,走走停停,边走边看。空碧悠悠,碧天空山,一片邈远。杨廷芝《廿四诗品浅解》云:"天浮空碧,其清虚杳然而莫知其极。"

③神出古异,淡不可收。如月之曙,如气之秋:写可人的高士高古淡远的人格精神。神,精神。古异,高古奇异。淡,萧然淡远。收,把握。如月之曙,如气之秋,倒装句法,指如同曙天之月辉、新秋之气韵。

【译文】

山坡上,松林俊逸而葱绿,
坡下有清波潺潺地淌流。
天晴了,汀上还积满白雪,
野溪的隔岸横一条渔舟。
高洁的隐者白玉般清秀,
飘飘然漫步去探美寻幽。
走走又停停,多清闲自在,
山野也多空旷,碧天悠悠。
古风犹存呵,无心地荡游,
神态淡定啊,真美不胜收。
好像是月色澄明的曙天,
好像是气韵高爽的新秋。

【评析】

此品第一单元前四句是:"娟娟群松,下有漪流。晴雪满汀,隔溪渔舟。"写的是一幅色彩调配和谐、景物组合匀称、晴光雪色相映成趣的冬野风景画,画面杳无人迹,有超脱尘寰的自然景象感发的明澈冷艳之美。第二单元第五句至第八句是:"可人如玉,步屧寻幽。载瞻载止,空碧悠悠。"这四句写了一位可人的隐者在远离世俗的空碧悠悠之境中寻美探幽行止情状,从中感发出一种玉洁幽艳之美。同上单元之重描绘自然景色不同,这一单元重摹写人物行止情状,却也有画面感。第九句至第十二句的第三单元是:"神出古异,淡不可收。如月之曙,如气之秋。"这四句通过可人的高士遗世独立、高古昂爽的精神世界,感发出一种淡定的灵艳之美。从以上阐释可以看出:此品其实是一首以鲜明的意象、浓郁的意境来抒唱清奇感受的抒情诗。

　　结合原文的今译,通过意境感悟,我们当能较明显地见出,全以形象说话的此品,有三点特别值得注意:一、"清奇"能给人"艳"的美感;二、"清奇"特偏重"清"的诗境创造;三、"清奇"要求抒情主人公超尘脱俗、不同凡响,达到"奇"的程度。

　　不妨通过将"清奇"和其他几种相近的风格做些比较,来对上述三点展开考察。

　　"清奇"和"纤秾""绮丽"有相同之处,即都给人以鲜丽、丰润的美感,这就是"艳"。不过,虽然都讲究"艳",但就色彩的浓丽、情调的鲜亮、氛围的浓郁而言,"清奇"都比较收敛些。"清奇"之艳,在此品第一单元中以描绘群松漪流、雪色晴光的明澈来显示,成为一种冷艳;第二单元中以摹写碧天高士探幽寻美的玉洁来显示,成为一种幽艳;第三单元以表现飘然古风、晓月秋韵的淡远来显示,成为一种灵艳。这些都是大大收敛了已具有"清"味的"艳",而对应于"冷艳"的,是第一单元的清雅;对应于"幽艳"的,是第二单元的清虚;对应于"灵艳"的,是第三单元的清纯。由这三类"艳"美追求推出来的,包括清雅、清虚和清纯在内的"清"味追求,至此也已达到极端化程度,于是也就生出"清奇"的意境来把此品的风格特色感发出来。张国庆在《〈二十四诗品〉诗歌美学》中说:"观全品所绘,集中在一个'清'字上,而发为清丽、清澄、清寂、清灵、清爽、清雅等等,又特别突出地指向了清'幽',因'清'到极处,清得出奇,故又可总归为'清奇'二字。"这样讲是有见地、值得肯定的。但除了"幽"之外,我们不能忽略形成"清奇"意境往往少不得的"艳",须知具有"清奇"风格的作品,总体而言还是鲜丽丰润而根本不同于淡乎寡味、枯槁幽寂的玄言诗的。

"清奇"和"高古""飘逸"也有相同之处,如表现一个"神出古异"的"可人",以脱俗的情怀优游自在、"载瞻载止"地徘徊,多少也有点与"高古"气、"飘逸"风相呼应。但这位高洁得良玉一般的"可人"毕竟还是在"晴雪满汀,隔溪渔舟"的人间大地,纵然"神出古异",但仍怀着"如月之曙,如气之秋"般清醒的头脑,作"步屧寻幽"而没有超尘脱俗到虚无缥缈的神仙世界。诚如罗仲鼎、蔡乃中注《二十四诗品》一书中所言:清奇诗风"毕竟有别于《高古》中'杳然空踪'的'畸人',《飘逸》中'泛彼无垠'的高人"。这极有见地,于是此品也就"清"得出奇,充分地展示出"清奇"之风格来了。

具有清奇之风的诗人首先被注意到的是谢朓,李白在《宣州谢朓楼饯别校书叔云》中就说过"蓬莱文章建安骨,中间小谢又清发"的话。至唐代此风盛行起来,李白、王维、柳宗元都有这方面的佳作。王维的《山居秋暝》清纯、淡远,又不失灵艳的丰润。而其中最有代表性的当推孟浩然。杜甫《解闷十二首》之六有"复忆襄阳孟浩然,清诗句句尽堪传"。殷璠《河岳英灵集》也说"其诗……半遵雅调,全削凡体"。读孟浩然的《游凤林寺西岭》《武陵泛舟》《过融上人兰若》等作,大有"步屧寻幽""淡不可收"的意趣。

【附例】

之宣城郡出新林浦向板桥

谢朓

江路西南永,归流东北鹜。

天际识归舟,云中辨江树。

旅思倦摇摇，孤游昔已屡。

既欢怀禄情，复协沧洲趣。

嚣尘自兹隔，赏心于此遇。

虽无玄豹姿，终隐南山雾。

武陵泛舟

孟浩然

武陵川路狭，前棹入花林。

莫测幽源里，仙家信几深。

水回青嶂合，云渡绿溪阴。

坐听闲猿啸，弥清尘外心。

游凤林寺西岭

孟浩然

共喜年华好，来游水石间。

烟容开远树，春色满幽山。

壶酒朋情洽，琴歌野兴闲。

莫愁归路暝，招月伴人还。

山居秋暝

王维

空山新雨后，天气晚来秋。

明月松间照，清泉石上流。

竹喧归浣女，莲动下渔舟。

随意春芳歇，王孙自可留。

江雪

柳宗元

千山鸟飞绝，万径人踪灭。

孤舟蓑笠翁，独钓寒江雪。

委曲

【题解】

"委曲"是一种委婉曲折而不是平铺直叙的艺术表现风格。这种风格有一定的含蓄功能在内,但它的特性主要不是以不即正意又不离正意的隐约其辞和以语言表达见长的含蓄,而是以"山重水复疑无路,柳暗花明又一村"那种顿挫起伏、引人入胜的构思布局为根本特性的。《皋兰课业本原解》云:"文如山水,未有直遂而能佳者。人见其磅礴流行,而不知其缠绵郁积之至,故百折千回、纡余往复,窈深缭曲,随物赋形,熟读《楚辞》,方探奥妙耳。"杨振纲《诗品解》在解说"道不自器,与之圆方"时说:"文章之妙全在转者。转则不板,转则不穷,如游名山,到山穷水尽处,忽又峰回路转,另有一种洞天,使人应接不暇,则耳目大快。"这些都点出了"委曲"风格乃指章法布局、脉络发展方面的转折旋回、委曲变化。

登彼太行,翠绕羊肠①。杳霭流玉,悠悠花香②。
力之于时,声之于羌③。似往已回,如幽匪藏④。
水理漩洑,鹏风翱翔⑤。道不自器,与之圆方⑥。

【注释】

①登彼太行,翠绕羊肠:写"委曲"风格纡曲盘旋的特征。翠绕,苍翠盘绕。羊肠,羊肠坂,太行山上的坂道,以盘行曲折如羊肠而得名,也是世称羊肠小道的由来。

②杳霭流玉,悠悠花香:写"委曲"风格婉转弥漫的特点。杳霭,窈深缭曲、缥缈无定的云霭。苏轼《初入庐山》三首之二有"自昔怀清赏,神游杳霭间"之句。流玉,如玉之晶莹明澈的流水。悠悠花香,杨廷芝《廿四诗品浅解》云:"花气袭人,悠悠然无远不到,无微不入。"

③力之于时,声之于羌:意指力之宜于用时,有轻重低昂;声之出于笛中,有缓急抑扬。喻"委曲"风格具有与时变化、随化而迁、曲折尽致的特点。

④似往已回,如幽匪藏:往复旋回,隐显交替,意指"委曲"的风格虽然隐微幽曲,但并非深藏不露。

⑤水理漩洑,鹏风翱翔:水的纹理随波澜回旋起伏,鹏的双翼逐风势上下翻飞。水理,以波纹显示的水流。漩洑,回旋起伏。鹏风翱翔,典出《庄子·逍遥游》:"北冥有鱼,其名为鲲。鲲之大,不知其几千里也。化而为鸟,其名为鹏。鹏之背,不知其几千里也;怒而飞,其翼若垂天之云。是鸟也,海运则将徙于南冥。南冥者,天池也。齐谐者,志怪者也。谐之言曰:'鹏之徙于南冥也,水击三千里,抟扶摇而上者九万里。去以六月息者也。'野马也,尘埃也,生物之以息相吹也。天之苍苍,其正色邪?其远而无所至极邪?其视下也,亦若是则已矣。"

⑥道不自器,与之圆方:宇宙大道不会具现为任何一种器物以自显其迹,它只会随物赋形、与时婉转,在圆成圆、在方得方。《周易·系辞上》云:"形而上者谓之道,形而下者谓之器。"可见"道"是宇宙本体、本原,是超乎形体的某种抽象本质;"器"则是

有形的具体事物。

【译文】

羊肠小道在苍翠中蜿蜒，
引着我登上了太行山巅。
缥缈的山岚，曲折的涧流，
伴我在花香的世界流连。
识时而发力有轻重低昂，
顺势而吹笛有抑扬快慢。
似往却返回赏心得神异，
欲隐却不藏悦目得委婉。
像水流随旋涡起起伏伏，
像鹏鸟随飙风浮浮泛泛。
"大道"不存在固定形态，
随物赋形因时成圆成方。

【评析】

此品第一单元即前四句："登彼太行，翠绕羊肠。杳霭流玉，悠悠花香。"说的是：羊肠小道在苍翠中蜿蜒，引我登临到太行山上；杳渺的山岚，曲折的流泉，伴我进入了花香的世界。第二单元即第五句至第八句："力之于时，声之于羌。似往已回，如幽匪藏。"对"力之于时"，杨廷芝在《廿四诗品浅解》中云："凡我之所得举皆曰力。时，用之之时也。言力之于其用时，轻重低昂，无不因乎时之宜然。"意思是力之于用，当与时婉转。对于"声之于羌"，孙联奎在《诗品臆说》中云："羌，羌笛也。……笛声婉转，最足感人。"所以这两句以力之用于时的轻重低昂、声之出于笛的缓急抑扬，来显示婉转曲折必达妙境之意。"似往已回，如幽匪藏"两句，是对上两句所显示的婉转曲折进一步作了形容。四句连起来是说：识时而发力有轻重低昂，顺势而吹笛有缓急抑扬，往返地旋回能婉转赏心，隐显地交替可曲折悦人。至于第三单元，即第九句至第十二句：

"水理泼泼，鹏风翱翔。道不自器，与之圆方。"对"水理泼泼，鹏风翱翔"两句，郭绍虞在《诗品集解》中有这样的阐释："泼泼，回旋起伏也。水之理泼泼无定，随乎势也。《庄子·逍遥游》：'穷发之北，有冥海者，天池也。有鸟焉，其名为鹏，背若泰山，翼若垂天之云，抟扶摇羊角而上者九万里。'羊角，谓其风曲折上行若羊角。此以旋风旋涡状委曲。"在"道不自器，与之圆方"中，"道"与"器"是一对哲学概念，"道"是宇宙本体、本原，是超乎形体的某种抽象本质；"器"则是有形的具体事物。由于"道"是"不自器"——亦即不展现为任何一种具体器物的，只能体现于如水理、鹏、风等具体事物中，而与它们一道变化，故"与之方圆"的"之"，即具体事物或"器"，"道"体现于"器"并与"器"一道变化，"器"圆"道"亦圆，"器"方"道"亦方。这四句连起来是说：像水流随顺旋涡而起伏，像鹏鸟应和飙风而回翔。大道不存在固定形态，随物而赋形，或圆亦或方。这同上面两个单元的形象化的言说不全同，后两句是理论性的言说。

把这三个单元做完字面意义上的阐释后，我们发现此品几乎每一句都在谈委曲，每一个单元都集中讨论着"委曲"风格的某一个方面的内容。这就是：第一个单元是从文脉的角度谈"委曲"，第二个单元是从文势的角度谈"委曲"，第三个单元是从文理的角度谈"委曲"，而这三个方面合起来，也就把此品整个内涵具体地展示出来了。

就第一单元来说，讲的虽是绕山道登行高低太行、随流溪便闻花香的事儿，但道出了一个通向诗美境界的路线选择问题：必须选择委婉曲折。这单元的第一句和第二句是倒装关系，即要循"翠绕羊肠"方能"登彼太行"；第三句和第四句是顺的，即要随"杳霭流玉"方能拥有"悠悠花香"。而"翠绕羊肠"也好，"杳霭流玉"也好，都是婉曲的。这里所说的路线，在诗歌的构思艺术中就是脉络（文脉）。由此说来，作者言说此品一开头就提出要确立一条委婉曲折的脉络，可说是极有眼光的，为"委曲"风格的确立提出了一个总的策略原则。诗入佳境既首选脉络之委婉曲折,那么接着该怎样呢?看文势!第二单元讲的就是审时局发力轻重、度气韵吹笛抑扬的事儿,这事儿则道出了一个诗美节奏表现顿挫有致的选择问题:须选择往复回旋的。这单元的第一句和第二句形式上是并列关系,但实际上是比拟性的关系,即以"力之于时"去譬比"声之于羌",意思是:像按特定的时空环境决定发力的轻重那样,吹笛人也须按内心世界特具的气韵而决定吹腔的抑扬顿挫,因而这是一场节奏追求。节奏总是委曲的,特别是旋律化节奏。第三句和第四句就具体地言说了旋律化节奏的情况,即上面已说到的那种往返地旋回、隐显地交替。这样的节奏无疑是婉转曲折,而能赏心悦目的,而对它的把握靠的则是因势利导。所以,这一单元是从文势的角度来谈"委曲"风格。在谈了独特的文脉、文势对"委曲"风格的形成所起的作用后,作者又在第三单元进一步从文理角度概括出"委曲"风格的启示性。这单元谈的是随遇水漩鹏飞、赋形可圆可方的事儿。第一句和第二句是水流由漩涡而显起伏、大鹏由旋风而显回荡,来隐喻诗情自己不显示形迹,只体现于具体事迹(如漩涡、旋风)中而与它们一起变化,事迹圆者它就圆、方者即方,所以要有"委曲"之风,必须设置条件——羊肠小道、旋律节奏、漩涡、旋风等。这是形成"委曲"的文理性言说。

　　大凡佳作,总以"委曲"求得,尤其是长篇之作,没有婉转曲折、跌宕顿挫是不成的,中国诗歌史上第一篇长篇杰作《离骚》就是"委曲"风格的典范,被誉为"顶峰上的顶峰"的《春江花月夜》,也真有"江流宛转绕芳甸"的风味;贾岛的七绝《渡桑干》,因章法的委曲而把普通的乡思表现得跌宕起伏、曲折动人。清代黄景仁的诗"语语沉痛,字字辛酸",也跟他运用了委曲的创作手法有关。

【附例】

渡桑干

贾岛

客舍并州已十霜,归心日夜忆咸阳。

无端更渡桑干水,却望并州是故乡。

卖书祀母

吴嘉纪

母没悲今日,儿贫过昔时。
人间无乐岁,地下共长饥。
白水当花荐,黄粱对雨炊。
莫言书寡效,今已慰哀思。

稚存归索家书

黄景仁

只有平安字,因君一语传。
马头无历日,好记雁来天。

癸巳除夕偶成(二首其一)

黄景仁

千家笑语漏迟迟,忧患潜从物外知。
悄立市桥人不识,一星如月看多时。

实境

【题解】

对"实境"的理解,孙联奎在《诗品臆说》中云:"古人诗即目即事,皆实境也。"这话似乎是在说实景而不是说实境,景和境虽有密切关系,境由景生,但"即目即事"的景毕竟不能和境等同。刘禹昌在《司空图〈诗品〉义证及其它》中云:"实境,即眼前真景物的具体描写,真性情的自然流露。"此处把实境说成真景物加真性情,似乎是想把实境看成是一场情景交融,这当然比孙联奎之说进了一层,但也不能不指出:情景交融不是景加情,而是一场以景触情的活动,只有在这样的活动中,才能进一步有感兴直觉出现,有境的形成,所以刘禹昌此说也还是没有把"实境"讲明确。笔者认为"实境"指的是以实景为基础的、实景与真情(真性情)交融中触发感兴直觉而生的情境。这一类风格由于重实也就走向了质直自然,从而和"自然""疏野"风格接近起来。不过,"自然"要求"俱道适往",强调实景的客体自然表现;"疏野"要求"惟性所宅",强调性情的自然流露;而"实境"却要求"如见道心",强调情景交融中因直觉而生情境。由此看来,三者的审美指归是有明显区别的。

取语甚直,计思匪深^①。忽逢幽人,如见道心^②。

清涧之曲,碧松之阴。一客荷樵,一客听琴③。
情性所至,妙不自寻。遇之自天,泠然希音④。

【注释】

①取语甚直,计思匪深:写"实境"的创造在语言和构思上的特点。
　取语,使用语言。直,直接而不纡曲。计思,构思。匪深,不深邃
　曲折,即平易。

②忽逢幽人,如见道心:喻指直觉顿悟。幽人,高人,隐居者。道心,
　事物的精神内涵或深远意义。

③清涧之曲,碧松之阴。一客荷樵,一客听琴:前两句对"实境"的
　出现作背景的烘染,后两句对"幽人""道心"作具体化表现。清
　涧,清澈澄明的溪涧。曲,幽曲之处。碧松之阴,即松荫里。荷
　樵,挑着柴薪。听琴,抚琴自听。孙联奎《诗品臆说》云:"'幽人'
　即下文二'客'……荷樵、听琴,高甚雅甚,逢此幽人,道在是矣。"

④情性所至,妙不自寻。遇之自天,泠然希音:意指"实境"的创造
　只需自然任真,而无须刻意找寻、有意为之。天,自然。泠然,声
　调清越。陆机《文赋》有"音泠泠而盈耳",即此意。希音,稀世
　之音。

【译文】

用直率的语言直接造型,
构思也没必要曲折幽深。
就如同和高人不期而遇,
实境使天机凸显于心灵——
溪涧的曲处阳光泛滥着,
给松林投一片葱绿清荫。
樵夫担柴草打这儿经过,
高人也就在清荫下抚琴……

就这样，至性至情所及处，

实境自来了，你无须找寻。

让直觉触发出天籁来吧，

泠泠然清越的稀世之音。

【评析】

此品第一单元四句指出"实境"的一般特征。"取语甚直，计思匪深"两句，开篇就提出这类风格语言只求质直、构思无须深曲。对"忽逢幽人，如见道心"两句，郭绍虞《诗品集解》云："幽隐之人，本不易逢……大道之心，亦不易见。曰'逢'曰'见'，说得着实，亦见得切实。曰'忽逢'曰'如见'，又说得空灵，正见实境是从天机来也。"综合而言这四句可以这样解说：用质实语言直接造型，构思也无须曲折幽深。如同和高人不期而遇，天机顿现于即目实境。

第二单元第五句至第八句是对"忽逢幽人，如见道心"进一步作形象化的阐释。"清涧之曲，碧松之阴"，是对实境的出现作背景的烘染。"一客荷樵，一客听琴"，则对幽人道心作了具象的表现。这四句全用质实的语言直接描绘构成实境的即目即事，画面感极强。它们连起来可以这样解说：溪涧的曲处阳光照着，松林投一片葱绿清荫。那儿有樵夫担柴而过，一个高人在抚琴自听。

第三单元即最后四句，论说了实境创造的原则。前二句"情性所至，妙不自寻"，意即情绪感受所及处，实境会自然而然地生成，这种妙处全在自然而然到来，无须刻意去寻找。后二句"遇之自天，泠然希音"，意指直觉触发出一片天籁，泠然清越出稀世之声。

作者对"实境"所作的这番言说，有如下三点值得珍视：

第一，实境来自对"即目即事"的如实景象在触发情绪中的感兴活动，从这个意义上说，实境是情景交融的产物，而如实景象是基础，对实景作直观反射而生的情绪感兴是情景交融活动的全部内容，而直观反射则成了关键。唯其如此，才使"即目即事"的实景在表现时可以不求花哨而取"甚直"的语言,不卖关子而作天籁的"计思",一切全凭蕴含情绪感受的实景于冥冥中提供的天机而让人得以"忽逢幽人,如见道心"。这其实就是凭情景交融而激活想象联想,从而把握到内蕴深远的情思奥义的形象化言说。明乎此理,我们就会进一步了解:这所谓情景交融其实就是具有感兴功能的意象,只不过这不是变形意象而是以"即目即景"的实景为具现形态的本体意象或准本体意象。

第二,此品第二单元的四句"清涧之曲,碧松之阴。一客荷樵,一客听琴",是四个实景搭配成的有机整体,用它们来喻示"实境"之形成,究其实这也就是四个情景交融而具有感兴功能的意象的有机组合体。它们每一个独立起来看,也各自因情景交融而具有激活想象联想的感兴功能,但实景不够完整,激活想象的幅度不大,触发实境的范围也极有限,只有组合在一起,才能形成一幅完整的图画。于是清涧、松阴、荷樵、听琴,自在自得的实境中流露出来的宇宙人生体验,岂不让人"如见道心"!所以作者此品言说实境不仅来自以实景为基础的情景交融的意象,更深入一层,要想把实境造得深广,必须作意象的有机组合。

第三,此品第三单元提出实境的产生是"妙不自寻"的,是"遇之自天"的,言下之意这场"忽逢幽人,如见道心",真是冥冥中的天机使然。能不能说真是那么回事呢?能这样认为,但作者并没有也无法讲清内中奥妙。其实第二单元由四个情景交融体组合成的意象组合体已作了形象化的理论阐释:如能对这幅画——这个意象组合体作敛心静思、凝神观照,你将会从这幅实景图中直觉到"如见道心"的实境了。是的,说"遇之自天"其实是"遇之自直觉"。直觉是人对具体事物的本质最原始、最直观的认识,它是一种感兴的观照和感觉所带来的直接的感受以及理智之光对事物本质的觉察,或者就说是受"情性所至"的一场潜意识敏感。直觉来自对蕴含情绪的实景的直观,蕴含情绪的实景则靠直觉显现实境。所以作者对"实境"的获得提出"妙不自寻"了。

实境既然是对"即目即事"的意象作感兴直觉的产物,那么这一艺术风格也是只属于中国传统的,因为西方的意象大多用作印证理念之用,因而总是主观变形而非"即目即事"的。既然如此,"实境"的传统在中国。

追求"实境"绝不能等同于追求实景。后者只能是景物事象的堆砌,七宝楼台拆下来不成个体统。实境是实景受"性情所至"的驱动生成的,自有超以象外之境地、得其环中之韵致存在。在这方面,中国古典诗歌颇为注重,王维可说是追求"实境"风格的代表性人物,他的《蓝田山石门精舍》可说是此类风格的典范之作。司空图也爱写这种风格的诗,如《独坐》:"绿树连村暗,黄花入麦稀。远陂春早渗,犹有水禽飞。"有极佳的实境显示。

【附例】

蓝田山石门精舍

王维

落日山水好,漾舟信归风。

玩奇不觉远,因以缘源穷。

遥爱云木秀,初疑路不同。

安知清流转,偶与前山通。

舍舟理轻策,果然惬所适。

老僧四五人,逍遥荫松柏。

朝梵林未曙,夜禅山更寂。

道心及牧童,世事问樵客。

暝宿长林下,焚香卧瑶席。

涧芳袭人衣,山月映石壁。

再寻畏迷误,明发更登历。

笑谢桃源人,花红复来觌。

山石

韩愈

山石荦确行径微，黄昏到寺蝙蝠飞。

升堂坐阶新雨足，芭蕉叶大支子肥。

僧言古壁佛画好，以火来照所见稀。

铺床拂席置羹饭，疏粝亦足饱我饥。

夜深静卧百虫绝，清月出岭光入扉。

天明独去无道路，出入高下穷烟霏。

山红涧碧纷烂漫，时见松枥皆十围。

当流赤足蹋涧石，水声激激风吹衣。

人生如此自可乐，岂必局束为人靰。

嗟哉吾党二三子，安得至老不更归。

悲慨

【题解】

后世对"悲慨"的理解是存在分歧的。有学者认为这是一种悲壮慷慨的风格。乔力在《二十四诗品探微》中说:"我国古代文学史上历来所羡称的'建安风骨',以悲壮淋漓、慷慨多气为特色,最当此品。"罗仲鼎、蔡乃中注《二十四诗品》也说:"悲慨是指悲壮慷慨的艺术风格。"也有学者认为它属于悲凉感慨的风格,赵福坛在《诗品新释》中说:"悲慨即悲凉感慨之谓。"张国庆在《〈二十四诗品〉诗歌美学》中说:"'悲慨'就是'悲痛感慨'(或'悲痛慨叹''悲凉感慨'),长言之,'悲慨'就是'悲凉苦痛,慨惋哀伤'。"笔者取后一说:悲凉感慨。在笔者看来,显示悲慨的生存感叹只是三类:生活遭难引发的凄苦、存在虚无引发的无奈和理想破灭引发的悲凉。"悲壮淋漓""慷慨多气"是包括不进去的。

> 大风卷水,林木为摧^①。适苦欲死,招憩不来^②。
> 百岁如流,富贵冷灰。大道日丧,若为雄才^③。
> 壮士拂剑,浩然弥哀。萧萧落叶,漏雨苍苔。

【注释】

①大风卷水,林木为摧:大风肆虐,席卷江海,摧折林木。为摧,被折

断。这两句写引人悲慨之境。

②适苦欲死，招憩不来：正痛苦几至如死一般，想求得安宁喘息亦不可得。适苦欲死，《式古堂书画汇考》本作"意苦若死"，亦通。招，求。憩，与"息"通，呼吸。来，犹"致"，获得之意。

③百岁如流，富贵冷灰。大道日丧，若为雄才：个体生命如同逝水，人生富贵烟云消散，美好时代渐行渐远，纵有雄才大略者，对此又能奈何。百岁如流，典出《论语·子罕》："子在川上曰：逝者如斯夫"。冷灰，残落成尘泥。此二句孙联奎《诗品臆说》云："如唐人所咏：'旧时王谢堂前燕，飞入寻常百姓家'，感慨系之，不独表圣为然也。"大道，赵福坛《诗品新释》认为是"治国之道，亦云世道。"据《礼记·礼运》"大道之行也，天下为公"，则此"大道"可作天下为公的世道，喻示美好的时代。日丧，一天天远去了，一作"日往"，亦通。若为，奈何。

④壮士拂剑，浩然弥哀。萧萧落叶，漏雨苍苔：写英雄无用、壮志难酬的悲凉情境。浩然，广大貌。弥哀，悲哀弥漫。萧萧，拟落叶之声。杜甫《登高》有"无边落木萧萧下"。漏雨，雨滴落。

【译文】

飓风卷江海成滔滔洪水，
林木被摧折了，遍地是灾。
痛苦在撕扯着我的心魂，
上苍啊，人生的安宁何在。
百年的岁月已一去不回，
荣华富贵也全化作尘埃。
大公的世道一天天远去，
奈何啊，你纵有大略雄才。
青灯下有壮士拂剑无寐，
浩然的长歌染声声血泪。

岁华的残秋已落叶萧萧，

冷雨滴落在空阶的苍苔。

【评析】

一般说来，《二十四诗品》每品十二句，每四句为一个单元（或一节），共三个单元，各单元都有自身特定的所指，相互间有逻辑关联，却也各有疆界，既有序，其有机性能又颇为讲究，当然个别品也有不守此序列的，但极少。"悲慨"一品有学者把它分为四个单元：第一句和第二句为第一单元，第三句至第六句为第二单元，第七句至第十句为第三单元，第十一句和第十二句为第四单元。这种划分似乎不甚妥当，有把此品内涵搞混乱之嫌。笔者认为"悲慨"特别有必要作三单元划分。

先看第一单元的四句："大风卷水，林木为摧。适苦欲死，招憩不来。"以狂风肆虐、惊涛骇浪、林木摧折、生机殆尽等，喻令人悲慨的现实生存困境，感叹的是生活中突发灾祸给人带来不得安宁的凄苦。第二单元四句"百岁如流，富贵冷灰。大道日丧，若为雄才"，感叹的是一切现实存在，包括肉体生命、个体人生、时代气运都将随时间而远去，谁也无法挽留。第三单元四句"壮士拂剑，浩然弥哀。萧萧落叶，漏雨苍苔"，詹幼馨在《司空图〈诗品〉衍绎》中把陆游的诗句"悲愤犹争宝剑寒"和这单元前两句"壮士拂剑，浩然弥哀"作了比较，认为两者相比"正好相反。后者是拂剑弥哀，前者是弥哀犹争拂剑。正如'此起彼伏'与'此伏彼起'，颠倒组合后给人的感受不同一样。"言下之意，"悲慨"品此二句是由悲愤而哀伤而无可奈何，即便初看似乎有点悲壮慷慨味，最终也还是一种悲痛感慨的情调，足以证实"悲慨"不属悲壮慷慨。此单元后两句郭绍虞在《诗品集解》中认为"仍以可以引起悲慨之境作结"。总之这第三单元的四句感叹的是一种壮志难酬之理想破灭的悲凉。在对此品作了分单元的阐释后，我们还得结合上文的今译对其整体作一言说。

通过上文的今译，我们对作者所作"悲慨"的阐释有三个特别深的印象：一、他把"悲慨"分为三类，很可取：一类是通过生活困境显示的慨叹,具现于以天灾人祸的突发事件作为抒情对象的第一单元,这里有今译中所示的"上苍啊,人生的安宁何在";另一类是通过生命困境显示的慨叹,具现于因时间之流逝而"富贵冷灰"的难以避免作抒情对象的第二单元,这里有今译中所示的"奈何啊,你纵有大略雄才";再一类是通过理想困境显示的慨叹,具现于以英雄末路、壮志难酬作抒情对象的第三单元,这里有今译中所示的"冷雨滴落在空阶的苍苔"。二、这三类悲慨都染有浓重的命运悲剧色彩,所以宿命的无奈成了"悲慨"风格的底色;三、这三类"悲慨"的排序很可玩味,似乎表明在作者心目中英雄末路、壮志难酬的苍凉慨叹是"悲慨"风格中审美价值最高的,有学者据以说此品的第三单元具有阔大的悲凉感慨性能,此说很可取。

以上就是"悲慨"风格的整体性特征。

在中国诗歌史上,"悲慨"是很为历代诗人所追求的一种艺术风格。屈原的《离骚》是最典型的悲慨风格,诗中抒情主人公那种"吾将上下而求索"的人生价值追求,以及一次又一次理想破灭引起的悲凉慨叹,是如此强烈地撼动着一代又一代国人的灵魂。陈子昂《登幽州台歌》中那种"念天地之悠悠,独怆然而涕下"的生命慨叹,柳宗元《登柳州城楼寄漳汀封连四州》中那种"城上高楼接大荒,海天愁思正茫茫"的生存慨叹,以及项羽《垓下歌》、荆轲的《易水歌》、范仲淹的《渔家傲》等,都是悲慨风格的典型体现。

【附例】

易水歌

荆轲

风萧萧兮易水寒,壮士一去兮不复还!

垓下歌

项羽

力拔山兮气盖世,时不利兮骓不逝。

骓不逝兮可奈何，虞兮虞兮奈若何！

登幽州台歌

陈子昂

前不见古人，后不见来者。

念天地之悠悠，独怆然而涕下。

登柳州城楼寄漳汀封连四州

柳宗元

城上高楼接大荒，海天愁思正茫茫。

惊风乱飐芙蓉水，密雨斜侵薜荔墙。

岭树重遮千里目，江流曲似九回肠。

共来百越文身地，犹自音书滞一乡。

渔家傲·秋思

范仲淹

塞下秋来风景异，衡阳雁去无留意。四面边声连角起。千嶂里，长烟落日孤城闭。

浊酒一杯家万里，燕然未勒归无计。羌管悠悠霜满地。人不寐，将军白发征夫泪。

别老母

黄景仁

搴帷拜母河梁去，白发愁看泪眼枯。

惨惨柴门风雪夜，此时有子不如无。

形容

"形容"是一种以"形"而"容"神理的、属于意象构造的风格。如果把此品定位于"主要指对对象进行描摹状写"的"具体写作手法",那可是低估了"形容"的美学价值。在中国传统诗学中,虽然有"古诗之妙,专求意象"(胡应麟《诗薮》)的说法,可惜作者在他的《二十四诗品》中还没有正面提及"意象"这个术语。不过,他还是通过此品,以"形容"为术语,对意象的审美价值和构造途径作了较为完整的理论言说。

绝伫灵素,少回清真①。如觅水影,如写阳春②。
风云变态,花草精神。海之波澜,山之嶙峋③。
俱似大道,妙契同尘④。离形得似,庶几斯人⑤。

【注释】

① 绝伫灵素,少回清真:只有对对象凝神壹志、专意揣摩,其神理奥秘才能稍得仿佛。绝,极力。伫,留意。灵素,心神,胸臆。此指凝神专注。少回,稍稍唤回,略微呈现。清真,指事物自然的面目、真实的神理、奥秘等。

②如觅水影,如写阳春:就像水影不易捕捉,阳春不易描摹一般,需
　要凝神揣想,借"形"以"容"。

③风云变态,花草精神。海之波澜,山之嶙峋:千姿百态的是风云
　的变幻,生气蓬勃的是花草的茁壮。波澜壮阔的是海,嶙峋突兀
　的是山。这正是以"风云""花草""海""山"等具象之"形",来
　"容"藏"变态""精神""波澜""嶙峋"等抽象之理。

④俱似大道,妙契同尘:意指"形"与"神"奇妙地相契,合于天道,
　浑然天成。大道,自然之道,宇宙规律。契,契合。同尘,比喻混
　一、统一。《老子》第四章有曰:"和其光,同其尘。湛兮似或存。"

⑤离形得似,庶几斯人:不求形似,而求神似。貌离神合,形神浑融,
　才是真正的形容高手。

【译文】

当你向对象作观照凝神,
物理会渐渐地显出本真。
如像把握到水中的光影,
如像描摹了芳菲的阳春。
求变幻就去看天上风云,
求生动则注目花树青葱。
波澜的激荡存在于江海,
嶙峋的神奇寓之于山岭。
物理的本真就得合自然,
形神才能够契合得浑融。
超越了形似而拥有灵象,
才可说你真的善于形容。

【评析】

此品前四句作为第一单元,写的是促成"形容"展开——意象发生
的前奏,或者说逻辑起点,是凝神观照而生的直觉。"绝伫灵素,少回清

真"二句,孙联奎《诗品臆说》云:"绝者,极力也。伫,留也。灵素,心神也。……物之清真,即物之神理也。极力留心物之神理,方得少回清真。少回者,不敢侈言尽回,谓少得仿佛也。"杨廷芝《廿四诗品浅解》云:"言人能存心摹想,得见本来面目,而清真之气,不逾时来矣。"由此看来,"绝伫灵素"就是诗人高度凝聚其精神,如同郭绍虞在《诗品集解》中所云:"谓凝神壹志,专注于是也。""少回清真"则指诗人进入注意力高度集中的精神状态后,也就能从观照的对象身上激活想象而得见对象之本来面目,直觉到其内在之神理——即"清真"了。"如觅水影,如写阳春"二句,郭绍虞在《诗品集解》中说是对"绝伫灵素,少回清真"之说明。当然,是对"少回清真"的进一步说明。也就是说:正像从碧水光影中摄取、从三月阳春中摹求表象深处的奥秘那样。综合起来,我们可以把这四句这样来阐释:当你对对象观照凝神,神理就会出现于俄顷。好像去摄取水中光影,好像去摹写三月阳春。

第二单元的第五句至第八句,是通过四场比拟来展开"形容"活动或者是说意象构造的。"风云变态,花草精神"也好,"海之波澜,山之嶙峋"也好,有学者认为"风云""花草""海""山"都是"形容"的对象,是以变化无常、生机蓬勃、波澜壮阔、岩石嶙峋分头来修饰(形容)天地风云、花草树木、浩瀚大海、千岩万壑。如若真是这样,那就有点主从颠倒了,因为说变化无常的天地风云、生机蓬勃的花草树木、波澜壮阔的浩瀚大海、岩石嶙峋的千岩万壑,那只是对"风云""花草""海""山"这些表象("形")加深一点印象而已,要想"少回清真"而从中求得神理是不可能的,所以也只是景象而非意象。在笔者看来这应该像"海之波澜,山之嶙峋"那样让上两句也成为"风云之变态""花草之精神",把这些学者理解的主从关系倒转回来,还其本来的关系,即以"风云""花草""海""山"之"形"去"容"藏"变态""精神""波澜""嶙峋",这可是抽象被具象修饰("形容"),要高度发挥主观性的表现,形而神化,表象变意象,"少回清真"的神理出矣。所以这四句这样来阐释也许更合适一点，也就是：求变幻去找天上风云，求精神去找花草青葱；波澜般激荡寓于大海，嶙峋的神奇寓于山峰。这一来客观景象的"风云""花草""海""山"都主观化，由形到神了。

再说第三单元的第九句至第十二句，则通过"形"与"神"须同合于自然之道，而让万物间乃至同其中的微尘契合得浑然一体那样的言说，为最终超越表象而得灵象——这一至真切的"形容"风格作了总结。"俱似大道，妙契同尘"两句把"形"与"神"相契说成须合于天道、浑然天成那样。"离形得似，庶几斯人"，"形"，外形，表象；"得似"，求得仿佛像表象而又仿佛不是那样、具有神似性能的灵象；"庶几"，差不多。此二句则强调要超越单一的外在形貌摹写而在形神兼备的基础上作以形而容神理的意象构造。乔力在《二十四诗品探微》中就"离形得似"提出一个看法，认为"司空图原意是谓形象的真切鲜明、毫芒毕现，求其细致详尽。然而又不拘束在琐屑呆板的描摹上，必须气韵生动，有生机流溢，活泼自然，能传神，即俗语所谓'活灵活现'。得如此，即'离形得似'，深尽'形容'之妙了。"思路得体，值得珍视。综合此种种，可以把这四句作这样的阐释：这神理因此合乎自然，形神契合得一片浑融。超越了形似拥有灵象，方可说你真善于形容。

把此品定位于以形态而容神理的意象构造，和西方诗学中为情思寻找客观对应物似乎有点相似，其实不然，问题出在"容"上。容，是容纳、容藏，以客体形态（表象）容藏神理，西方的诗学理论家如艾略特，看到的是对应的关系，"形"仅仅是容体而已，以容体的具体鲜明性来凸显情思，让接受者有看得到、摸得着那样的印象，"形"身上只附着情思而不生发（提炼）出神思，所以"容"者印证而已。由此构造成的也就是西式意象。中国诗学中好谈"形"与"神"的关系，作者此品其实就是立足于这层关系的，即"形"之无"神"，躯壳而已；"神"而无"形"，抽象理念的黯然无光存在而已。所以形态（表象）之容藏情思，"容"极为重要，它不单发挥的是容器藏物之功能，更是起着化合的作用，情思被容藏于形态（表象），情思必须选择最能容藏自身的那类形态，这一选择使"形"对情思而言也就"活灵活现"，神了，形似变神似，形象变灵象了，于是神似化的"形"也就反作用于情思，提升了情思，也就是说，灵象里感发出的不只是一般情思而成神理矣！由此构造成的也就是中式意象。还值得一提的是：西方客观对应物式的意象，形态（表象）容藏情思的"容"，靠理性联想，于是所印证的情思到头来只是情思，而中国式的意象，形态与情思之间"容"与被"容"是互动的，促成互动的是直觉想象，于是所感发的情思提升（飞跃）成神理了。由此看来，作者此品最能显示中式意象构造的内在特征，而通过对诗创作中中国化的"形容"风格的考察，也就凸显出中式意象比西式意象更具诗质。

传统中国诗歌是以意象抒情为标志的，而中式意象抒情所显示出来的画面感又总是超越了匠工摹写而特具神似意味，因此使整体文本构成感兴十足，意境深远而让接受者对神理有无穷尽的韵味品尝。千古名篇张若虚的《春江花月夜》、马致远的《天净沙·秋思》在中式意象抒情上几达登峰造极的地位，两个文本的画面感可以说是不脱形似，但又超越形似而显超常神似，因而感兴氛围中的神理——一种宇宙人生感应油然而生。

【附例】

春江花月夜

张若虚

春江潮水连海平，海上明月共潮生。

滟滟随波千万里，何处春江无月明！

江流宛转绕芳甸，月照花林皆似霰。

空里流霜不觉飞，汀上白沙看不见。

江天一色无纤尘，皎皎空中孤月轮。

江畔何人初见月？江月何年初照人？

人生代代无穷已，江月年年只相似。

不知江月待何人，但见长江送流水。

白云一片去悠悠，青枫浦上不胜愁。

谁家今夜扁舟子？何处相思明月楼？

可怜楼上月徘徊，应照离人妆镜台。

玉户帘中卷不去，捣衣砧上拂还来。

此时相望不相闻，愿逐月华流照君。

鸿雁长飞光不度，鱼龙潜跃水成文。

昨夜闲潭梦落花，可怜春半不还家。

江水流春去欲尽，江潭落月复西斜。

斜月沉沉藏海雾，碣石潇湘无限路。

不知乘月几人归，落月摇情满江树。

［越调］天净沙·秋思

马致远

枯藤老树昏鸦，

小桥流水人家。

古道西风瘦马，

夕阳西下，断肠人在天涯。

超诣

【题解】

"超诣"是一种超越表象的本体象征艺术风格。

当今学界对此品有两类探讨。一类探讨认为作者提出的"超诣"是非同寻常的艺术境界。孙联奎在《诗品臆说》中说:"超诣,谓其造诣能超越寻常也。"乔力在《二十四诗品探微》中说:"超越寻常,造诣独特,飘飘然与造化游,这是表示在艺术上达到了极高的境界,始可称为'超诣'。"此二人之说其实是对本体象征的艺术境界作了极大的肯定。另一类探讨的是"超诣"的艺术功能。赵福坛《诗品新释》中说:"皎然《诗式》云:'两重意已上,皆文外之旨,若遇高手如康乐公,览而察之,但见性情,不睹文字,盖诣道之极也。'所谓文外之旨、诣道之极,即作者所谓'超诣'。"罗仲鼎、蔡乃中注的《二十四诗品》更在"文外之旨""诣道之极"的基础上提出一个新见解:"司空图所说的超诣之美,具有'象外之象'、'景外之景'的'韵外之致'。"并且还大力肯定了"那种能引起'象外象''景外景'的具有'韵外之致'的超诣之作",是"能够给人以更多的美的享受"的。此等言说其实是对本体象征的审美机制作了探讨。总之,学界围绕此品所作的这些理论阐发,都是很有价值的,令人遗憾的是,没有一家把作者的这番"超诣"的言说抽绎出本体象征来进行探讨。

匪神之灵，匪几之微。如将白云，清风与归①。
远引若至，临之已非。少有道契，终与俗违②。
乱山乔木，碧苔芳晖。诵之思之，其声愈稀③。

【注释】

①匪神之灵，匪几之微。如将白云，清风与归：意谓"超诣"这种风格，无关乎神明的灵智，也无关乎天机的幽微，正如同白云御风，蓦然而来，飘然而逝。匪，非。神，神明。几，通"机"。天机，造化。微，幽微。将，与。清风与归，与清风俱归。后两句化用《庄子·天地》："乘彼白云，至于帝乡。"

②远引若至，临之已非。少有道契，终与俗违：远目骋望似乎就在眼前，身临其境就会觉得似是而非。"超诣"的诗境难说与道契合紧密，却终究与世俗凡近相疏离。远引若至，底本作"远引莫至"，据他本和文意改。引，招引。临，面临。前两句合指可望而不可即之意。道，自然法则。少有道契，底本作"少有道气"，据他本和文意改。契，契合。

③乱山乔木，碧苔芳晖。诵之思之，其声愈稀：正如那乱山攒聚、乔木干霄，青苔芳晖、交映成趣，这样的超诣胜境，令人口诵不倦、心思不绝，但天籁稀声，恍惚难寻。

【译文】

不是靠神灵的援手所赐，
也不借造化的微妙提携。
自在得如同那白云御风，
在悠悠长天里飘然同归。
目光引来了迢遥的美丽，
近睹却总觉得似是而非。
虽未能与道完全地契合，

同俗世终究也其趣大异。
凌乱的山峰隐隐的高树，
青苔的孤岩脉脉的斜晖。
这情境真值得吟诵品味，
却又总感到声息的依稀。

【评析】

"超诣"是一种象征艺术追求，我们的探讨将从此点出发。

此品第一单元第一句至第四句是对直觉的不期来临进行的言说。"匪神之灵，匪几之微"，无名氏《诗品注释》认为此二句"言超诣之境并不关神之灵、机之微"，较妥。但不关神之灵、机之微，又与什么关联呢？此处不说。但从"实境"品中"情性所至，妙不自寻"看，作者似乎感觉到诗歌创作过程中有一种灵智顿开的精神状态是"妙不自寻"而蓦然来临的，这其实就是直觉。"如将白云，清风与归"，郭绍虞《诗品集解》云："白云清风，皆高妙清淡之物，将白云而与清风俱归，则飘然无迹之象，正是拟议超诣之境。"张国庆《〈二十四诗品〉诗歌美学》中认为此二句"风清云白，清淡高妙，自在自由而不着俗染，与此二物而俱归者，亦当与此二物同一质地、同一姿态。"此说甚好，是对上二句直觉来临而"妙不自寻"的自在自由姿态形象化的言说。这四句可以这样的白话阐释："不是靠神灵援手所赐，也不借造化微妙提携。自在得如同白云御风，在悠悠长天里飘然俱归。"可见有一种使灵智顿开的直觉活动，是以自由自在的姿态，蓦然出现在创作过程中的。

那么这种蓦然出现的直觉面对客体所把握到的究竟是什么呢？这就有了第二单元的第五句至第八句——对象征的超验特质所作的正面表现。"远引若至，临之已非"，郭绍虞在《诗品集解》中解释说："超诣之境，可望而不可即。远远招引，好似相近，但无由践之途。即而近之，才觉超诣，便非超诣。"这里的"远远招引，好似相近"——即"远引若至"，实系客体事物并未相近而来，只是受超验活动招引而生的超越表象所致,而一旦和客体事物相近而相即,现实提供的理性认识方知这原是由超验感应"引"来的超诣——本体象征,于是这时的超诣便不再是超诣,本体的象征性超越也就回归本体了。此现象也就反映出超诣之诗境或者说本体象征的超越,因着超验活动的飘忽性能决定了会具有可望而不可即的、令人难以切实把握的特点。罗仲鼎等注《二十四诗品》因此说此二句描写超诣这种可望而不可即的境界,"也就是作者在《与李生论诗书》中说的'近而不浮,远而不尽'的韵外之致"——可见,一种本体象征的现象已看到了,但却以较含浑的"韵外之致"来替代具有超验特质的象征。"少有道契,终与俗违"中,"契",契合;"违",违反,背离。此二句意指这种超验象征与自然法则虽难说有紧密的契合,却也毕竟超越了世俗感知的层次。这四句可以作这样的白话言说:"目光引来迢遥的美丽,近睹却总觉似是而非。虽未能与道完全契合,同俗世终究其趣大异。"

"超诣"既然具有超验象征、追求韵外之致的特质,那么这项追求究竟具有怎样的审美功能价值呢?此品于是又有了第三单元第九句至第十二句的言说。"乱山乔木,碧苔芳晖"二句,以两个意象组合体来形象化地喻示以"象外之象,景外之景"导致韵外之致的艺术策略,即欲获得韵外之致的审美功能,须在设置意象及其组合体(景象)时能让人有可望而不可置于眉睫之前的远距离感,这一措施能使文本埋下一种特殊的审美功能机制。可以设想:如果远距离观看乱峰之巅凸现几棵乔木,就会使山野风景超越常态而引发一种高耸挺拔的傲岸气概;如果远距离观看青苔斑驳的孤岩上披一脉斜晖,就会使这山野之色超越常态而顿生生命暮年的苍凉气氛。这就是象外之象、景外之景导致韵外之致的艺术策略。这是一场超验象征的追求,而以现实生活为基础又与现实生活拉开距离,则是获得韵外之致或超验象征的基本艺术策略。末二句"诵之思之,其声愈稀",无名氏《诗品注释》云:"是境也,口为诵之,心为思之,宜乎其妙可即矣,而其声实为天籁之发,大音之作,愈觉其细微入化而不可求,此所谓超诣乎?"这是把上两句那种"超以象外"的韵外之致追求所体现的超验象征功能作一价值判断,它给人只可意会、难以实指,因而超诣之风有"余音绕梁,三日不绝"的高层次审美价值。这四句用白话言说可以是这样:"凌乱的山峰隐隐高树,青苔的孤岩脉脉斜晖。此情复此境真堪吟诵,却依稀难寻幽玄神采。"

值得注意的是:"超诣"风格追求的既然是以象外象、景外景所达到的韵外之致,这也就决定了此品作为超验象征的艺术体现,必然会是本体象征。超验象征可以是本体的,也可以是主观化的,主观象征是不可能立足于象外象、景外景的。

中国传统诗歌的本色是意象——意境结合的抒情,由意象而生意境,由意境而情悟,从而获得象外象、景外景导致的韵外之致,从这个意义上说,传统诗歌——特别是近体诗与一部分小令中,伴随韵外之致追求而来的本体象征几乎俯拾即是,所以"超诣"风格也成了古典诗人中具有普遍意义的风格追求,这也成了中国诗歌在诗质上比西方诗歌要高一层次的标志。

【附例】

积雨辋川庄作

王维

积雨空林烟火迟,蒸藜炊黍饷东菑。

漠漠水田飞白鹭,阴阴夏木啭黄鹂。

山中习静观朝槿,松下清斋折露葵。

野老与人争席罢,海鸥何事更相疑。

锦瑟

李商隐

锦瑟无端五十弦,一弦一柱思华年。

庄生晓梦迷蝴蝶,望帝春心托杜鹃。

沧海月明珠有泪，蓝田日暖玉生烟。

此情可待成追忆，只是当时已惘然。

秋柳诗四首（其一）

王士禛

秋来何处最销魂？残照西风白下门。

他日差池春燕影，只今憔悴晚烟痕。

愁生陌上黄骢曲，梦远江南乌夜村。

莫听临风三弄笛，玉关哀怨总难论。

飘逸

【题解】

"飘逸"是以高扬自主精神、寻求自由境界为标志的抒情风格。

落落欲往,矫矫不群①。缑山之鹤②,华顶之云③。

高人惠中,令色细缊④。御风蓬叶,泛彼无垠⑤。

如不可执,如将有闻⑥。识者期之,欲得愈分⑦。

【注释】

①落落欲往,矫矫不群:意谓特立独行,超然不群。落落,独立寡合。

　矫矫,翘然出众。

②缑山之鹤:用王子乔在缑山乘鹤成仙之典。刘向《列仙传·王子

　乔》:"王子乔者,周灵王太子晋也。好吹笙,作凤凰鸣。游伊、洛

　之间,道士浮丘公接以上嵩高山。三十余年后,求之于山上,见桓

　良曰:'告我家:七月七日待我于缑氏山巅。'至时,果乘白鹤驻山

　头,望之不得到,举手谢时人,数日而去。"

③华顶:华山之顶。

④高人惠中,令色细缊:意指高洁之士秀外慧中。高人,高洁之人,

高士。此处专指飘逸者。惠，通"慧"。令色，美好和悦的容色。
絪缊，通"氤氲"。原指云烟弥漫的景象，此言容颜色泽，形神欲
活，似有元气摩荡。

⑤御风蓬叶，泛彼无垠：御风，乘风。蓬叶，蓬草。泛，飘浮。无垠，
广阔无边。

⑥如不可执，如将有闻：意为似有若无，隐隐约约，难以确切把握。

⑦识者期之，欲得愈分：意为只可心领神会，无法刻意追求。识者，
能够心领神会的人。期，从容以待。分，消逝。

【译文】

落落寡合者欲寻访仙踪，
循自我之路而卓尔不群。
多么像缑山鹤翔飞海山，
多么像华顶云飘荡天穹。
你外秀内慧的山野高人，
眉宇间元气的光雾氤氲。
脚踏过蓬草御风而去了，
浮荡在浩渺无际的太空。
呵，晴天里游丝飘忽不定，
呵，空谷中幽香依稀可闻。
能识得化机者优游自如，
若属意寻求则飘逸远遁。

【评析】

　　由于《二十四诗品》是形象化的理论言说，并且总是通过一个抒情
主人公以及围绕他的一些活动来喻示某一风格的特点，故对《二十四
诗品》的研究，理应把重心定在对喻示和喻示的实际内容的充分提示
上。可是有一些研究者却有点舍本逐末，津津乐道于抒情主人公的思想
意趣、精神境界，有的还进一步和司空图本人挂钩，引经据典进行考证，

至于所喻示者该是什么却让人如堕五里雾中,一片茫然。此类弊端在对"飘逸"品的研究中特别突出。有一著作就对此品的抒情主人公——"飘逸者"大感兴趣,说什么"首二句"是"写飘逸者超卓不群的内在气质和神态意向","次二句"是"描绘飘逸者'飘逸'的风姿神态","中四句"是"写飘逸者的修为、容色和行止",而综合起来,"前八句"则"主要描绘飘逸之人的精神、姿态、内心",至于喻示的是什么呢,不说了,好像"飘逸者"的一切就是"飘逸"风格,忘掉了"飘逸者"象征(喻示)出来的才是"飘逸"风格。为此,我们对此品的阐释重心应放在喻示什么上。

前四句作为第一单元,提出"飘逸"是对行止自主的喻示。"落落欲往,矫矫不群"二句,意即恪守独立意志,欲往即往,无视群体的秩序羁绊。"缑山之鹤,华顶之云"中,"缑山",周太子晋驾鹤仙游的出发地;"华顶",西岳华山之顶。此二句喻示的是:要像缑山鹤仙自主地飞翔,要像华顶岫云自由地飘荡。四句连起来可作这样的白话言说:落落寡合者欲访仙踪,特立独行者卓尔不群。多像缑山鹤翔飞海山,多像华顶云飘荡天穹。

从总体来看,这一单元是张扬主体的自主精神。

第五句至第八句是第二单元,提出"飘逸"是对生存自由的喻示。"高人惠中,令色絪缊",写高洁之士,也即飘逸者内在的明慧和外在的美好。其中"絪缊",郭绍虞《诗品集解》释为"元气",乔力在《二十四诗品探微》中解作"雾气光色弥漫鼓荡貌",还进而对"令色絪缊"作这样的阐释:"容色姣好柔美,一似有元气弥漫流荡于眉宇间,意态悠然。"张国庆在《〈二十四诗品〉诗歌美学》中这样说:"连起来看,'高人惠中,令色絪缊'二句勾画出飘逸者从内心到容色,都是那样的冲和醇淡,宁静美好。"罗仲鼎、蔡乃中注《二十四诗品》中则认为只不过是"指高士那种飘逸的神态"。再看"御风蓬叶,泛彼无垠"两句,刘禹昌在《司空图〈诗品〉义证及其它》中认为"'蓬叶'是'蓬莱'的形近之误",但根据《商君书·禁使》"今夫飞蓬遇飘风而行千里,乘风之势也",以及"御风蓬叶"之后的"泛彼无垠",当可说"蓬叶"系"蓬莱"之推测不妥,此二句实乃指高士自由旷地飘逸的情状。四句连起来可用白话作这样的言说:外秀内慧的一个高人,眉宇间元气光雾氤氲。脚踏着蓬草御风远游,旷放的前景,无垠行程。

从总体上看,这一单元是赞美超然的风采,因为有自由自在。

第九句至第十二句的第三单元,提出"飘逸"是对幽玄化机的喻示。"如不可执,如将有闻"两句,意谓"飘逸"是似有若无、难以稳定把握的一场心领神会。"识者期之,欲得愈分"两句,杨廷芝《廿四诗品浅解》有云:"飘逸近于化,识者期之,亦惟是优游渐渍,以俟其自化而已。如有心求之,欲得其法于飘逸之中,愈分其心于飘逸之外,愈近而愈远,化不可为也。"四句连起来可用这样的白话言说:是晴天游丝难以把定,是空谷幽音依稀可闻。能识化机者优游而待,属意寻求者神会远遁。

这一单元总体而言是神往飘逸的化境,因为这种似幻似真、飘飘忽忽的审美境界特具一种激发心灵自由感应的艺术魅力。

阐释了"飘逸"品所言及的具体内容后,我们可以进一步来对此品的重要价值作一探讨了,只不过这要与"超诣"连起来谈。我们注意到"飘逸"与"超诣"是有内在关系的。"超诣"中的"诵之思之,其声愈稀"和"飘逸"中的"识者期之,欲得愈分"不就是意义相近的吗? 它们一样都是一种只可意会而难以实求的艺术境界。"超诣"要对世俗作超越,"飘逸"要求自主的逸乐,但"远引若至,临之已非"这种现象也好,"御风蓬叶,泛彼无垠"这种现象也好,站在现实的立场看,有可能吗? 当然不可能。但从心灵的角度看,却有可能。奥地利诗人里尔克提出"世界内在空间"的说法,认为这是一个充满灵性的内心世界,直言之就是心灵世界,摆脱了一切外在时空界定的内在领域,司空图式的超诣和飘逸,都只有在这个"世界内在空间"中才能存在和展开活动。所以"超诣"品也好,"飘逸"品也好,都属于心灵艺术,是心灵境界的产物。由于在这个境界中,地球相对时空被宇宙绝对时空所取代,从绝对时空的立场来看地球上的各种事物,也就可以超越,从而使这些事物获得了本体象征,取此思路投入诗创作,也就有了"一粒沙里见世界"的"超诣"风格。从相对时空的立场看属于宇宙的物质生命,也就会引发飘然逸放的超验感应,以致使主体自身也获得了"御风蓬叶,泛彼无垠"的自在自由的生存境界,取此思路投入创作,也就有了发挥主体精神的"飘逸"风格。所以"超诣""飘逸"是极重要的艺术风格,学界研究《二十四诗品》重"雄浑""豪放""冲淡""绮丽",而不把"超诣""飘逸"置于至尊位置,是有失偏颇的,正是这两类风格,带来了诗歌中的象征艺术。

真正属于"飘逸"风格的诗,中国诗歌中并不多。魏晋南北朝时一些游仙诗,有其飘逸之貌而乏神。但嵇康的《兄秀才公穆入军赠侍》《琴赋》是很具飘逸风格的,唐诗中孟浩然颇有些此类风格之作,如《晚泊浔阳望香炉峰》。李白是飘逸风格集大成者,《梦游天姥吟留别》是此类风格最具代表性之作,《增定评注唐诗正声》评曰:"恍恍惚惚,奇奇幻幻,非满肚皮烟霞决挥洒不出。"苏轼《水调歌头·明月几时有》亦甚显飘逸,郑文焯《手批东坡乐府》云:"发端从太白仙心脱化,顿成奇逸之笔。"

【附例】

兄秀才公穆入军赠诗（十九首之十四）

嵇康

息徒兰圃,秣马华山。

流磻平皋,垂纶长川。

目送归鸿,手挥五弦。

俯仰自得,游心太玄。

嘉彼钓叟,得鱼忘筌。

郢人逝矣,谁与尽言?

晚泊浔阳望香炉峰

孟浩然

挂席几千里，名山都未逢。

泊舟浔阳郭，始见香炉峰。

尝读远公传，永怀尘外踪。

东林精舍近，日暮空闻钟。

梦游天姥吟留别

李白

海客谈瀛洲，烟涛微茫信难求。

越人语天姥，云霞明灭或可睹。

天姥连天向天横，势拔五岳掩赤城。

天台四万八千丈，对此欲倒东南倾。

我欲因之梦吴越，一夜飞渡镜湖月。

湖月照我影，送我至剡溪。

谢公宿处今尚在，渌水荡漾清猿啼。

脚著谢公屐，身登青云梯。

半壁见海日，空中闻天鸡。

千岩万转路不定，迷花倚石忽已暝。

熊咆龙吟殷岩泉，栗深林兮惊层巅。

云青青兮欲雨，水澹澹兮生烟。

列缺霹雳，丘峦崩摧。

洞天石扉，訇然中开。

青冥浩荡不见底，日月照耀金银台。

霓为衣兮风为马，云之君兮纷纷而来下。

虎鼓瑟兮鸾回车，仙之人兮列如麻。

忽魂悸以魄动，恍惊起而长嗟。

惟觉时之枕席,失向来之烟霞。

世间行乐亦如此,古来万事东流水。

别君去兮何时还? 且放白鹿青崖间,须行即骑访名山。

安能摧眉折腰事权贵,使我不得开心颜!

水调歌头·明月几时有

苏轼

　明月几时有? 把酒问青天。不知天上宫阙,今夕是何年。我欲乘风归去,又恐琼楼玉宇,高处不胜寒。起舞弄清影,何似在人间。

　转朱阁,低绮户,照无眠。不应有恨,何事长向别时圆? 人有悲欢离合,月有阴晴圆缺,此事古难全。但愿人长久,千里共婵娟。

旷达

"旷达"是一种追求唯美主义的艺术风格,它所涉及的是主题、题材的选择如何体现唯美情趣的问题。

生者百岁,相去几何^①？欢乐苦短,忧愁实多。
何如尊酒,日往烟萝^②。花覆茅檐,疏雨相过^③。
倒酒既尽,杖藜行歌^④。孰不有古,南山峨峨^⑤。

【注释】

①生者百岁,相去几何:人生至多不过百岁,高寿与短命,又能相差多少。生,人生。相去,相差。

②何如尊酒,日往烟萝:尊酒,一樽酒。尊,同"樽"。日往,天天去。烟萝,草树茂密如烟聚萝缠,此指山野。

③疏雨相过:疏雨,指故交旧友。过,过访。

④倒酒既尽,杖藜行歌:倒酒,倾倒壶中的酒。既,已经。杖藜,拄着藜杖。行歌,且行且歌唱。

⑤孰不有古,南山峨峨:意指人谁能不死,只有南山巍峨,得以长存。

古,故去,作古。

【译文】

人纵能超越百岁的限度,
寿与夭又相差得了几何?
欢乐的时日总是短暂的,
忧患的年月又如此众多。
那你何不就携美酒一壶,
天天徜徉于水滨和山谷。
要不在茅檐披花的酒肆,
与旧友聚会度杯中日月。
当浊醪倾尽了,客也别过,
就策杖归家吧,乘兴讴歌。
谁不知人有作古的一天,
只有终南山才千秋巍峨。

【评析】

此品前四句作为第一单元,慨叹了人生的苦多乐少。“生者百岁,相去几何”,意即人之一生最多不过百年,在茫茫宇宙时空中,即使活到百岁高龄,与早逝者也相差无几。“欢乐苦短,忧愁实多”,紧接上二句说在这短暂的人生中,忧患多而欢乐太少。可以见出这一单元对人生苦多乐少的慨叹,核心内涵是人的生死问题和如何在现世人生中应对生死的问题,可说是为这一“旷达”风格的形成提出了背景材料。作为第二单元的第五句至第八句,提出了及时行乐以排解痛苦的第一个方案。“何如尊酒,日往烟萝”,意即何不携着酒天天去山野美景中赏玩,度过没有忧困的快乐生活。“花覆茅檐,疏雨相过”,孙联奎《诗品臆说》云:“‘疏雨’或即是‘旧雨’。故交曰‘旧雨’。‘最难风雨故人来’,此时相过,有客有酒,可与开拓万古心胸矣。”可以见出:这一单元是以采用官能刺激为主的享乐方式来排解痛苦的。作为第三单元的第九句至第十二句,提出了及时行乐以排解痛苦的又一个方案。"倒酒既尽,杖藜行歌",写与旧友对饮毕,相互告别者、旷达者又拄杖且行且歌唱着回家。"孰不有古,南山峨峨","孰不",谁不是;"有古",有死亡的一天;"南山",终南山;"峨峨",巍峨高耸状。此二句承"杖藜行歌"而来,策杖讴唱着走回家去,这"家",即死的归宿,而谁不知道这是每个生命体必然会出现的事儿,不变的只有终南山永远高耸着。可以见出:这一单元是以采用精神超验的享乐方式来排解痛苦的。总之,此品三个单元层层推进,层次分明地展示出旷达风格追求者以唯美情趣来排解生命忧患,这一旷达风格理论的形象化喻示是很可珍视的,可惜由于是形象化的喻示,跳跃过大,喻示唯美情趣的理论不免含混,因此我们结合上文的今译,再来对欲喻示的理论见解作一深入探讨。

通过上文的今译,我们可以较明显地看出:此品是在追求一种唯美主义的风格,理由有三:

一、作者把旷达的求得定位于杯酒人生、放浪山水。他在此品中说"何如尊酒,日往烟萝",就是带着一壶酒,天天在山林中悠游喝酒,过这种放浪山水、杯酒人生的生活。而我们晓得酒精能刺激神经,沉湎其中者往往追求官能享受式的及时行乐,而这种情趣,正是不折不扣地属于唯美主义,具言之,以官能享受来麻醉精神、寻求刹那充实。

二、作者把旷达的求得定位于呼朋唤友、酒肆沉酣。他在此品中说:"花覆茅檐,疏雨相过",就是和故交旧友在茶馆酒肆中高谈阔论,过一种"力追晋人萧散的风致"的生活,享受一种"高级社交文化"——类似于"竹林之游,兰亭禊集"的"人格的唯美主义"(宗白华《论〈世说新语〉和晋人的美》)。这种情趣究其实也是寻求刹那充实的一种美。

三、作者把旷达的求得还定位于情寄艺趣、超然归途。他在此品中说"倒酒既尽,杖藜行歌。孰不有古,南山峨峨",这就是除了买醉的官能享受、社交的文化享受之外,旷达者还杖策浪游、赋诗作歌,寄情于艺术创造,自然而洒脱地走向作古——告别人世的那一天。这里有行为艺术至上的情趣,也有以无所谓而为的态度来求价值于过程的唯美。宗白华在《论〈世说新语〉和晋人的美》中论及"美的价值是寄于过程的本身,不在于外在的目的"时说的:"这截然地寄兴趣于生活过程的本身价值而不拘泥于目的,显示了晋人唯美生活的典型。"如果把"晋人"改成"旷达艺术风格拥有者",用来印证此品的这一类唯美,也是极合适的。

　　通过以上三点对"旷达"风格所作定位的考察,我们还可以对此品的形象化言说概括出一个系统:首先是审美活动的纯粹性,也就是说从旷达风格追求者的一系列活动看,他的审美追求不从属于任何道德、功利目的;其次是审美情趣的"现在"把玩性,也就是说旷达风格追求者看重的是眼前,因此沉湎于杯酒人生的官能刺激引发的极乐境界,这里有刹那的享受;再次,把审美看成生活的目的,于是也就有了艺术至上的追求,策杖而行吟,洒脱地走向作古的末日,这里有的是生活过程的美丽和美丽的颓废。这个系统就是唯美主义的系统,而由此足证:"旷达"是一种追求唯美主义的艺术风格。

　　在中国诗歌中,"旷达"之风的出现缘于人的自我意识的觉醒。曹操《短歌行》中的"对酒当歌,人生几何?譬如朝露,去日苦多"可说是为"旷达"诗风唱响了前奏。而《古诗十九首》中颇有些文本就为"旷达"拉开了大幕,如《古诗·驱车上东门》中:"人生忽如寄,寿无金石固。……不如饮美酒,被服纨与素";《古诗·生年不满百》中:"生年不满百,常怀千岁忧。昼短苦夜长,何不秉烛游!为乐当及时,何能待来兹?"这以后,陶渊明的率性任真、李白的豪旷、杜甫的雅旷等等,纷纷出现,苏轼黄州时期的作品,于豪放中也蕴含了旷达情味。

【附例】

《短歌行》(二首其一)

曹操

对酒当歌,人生几何!

譬如朝露，去日苦多。

慨当以慷，忧思难忘。

何以解忧？唯有杜康。

青青子衿，悠悠我心。

但为君故，沉吟至今。

呦呦鹿鸣，食野之苹。

我有嘉宾，鼓瑟吹笙。

明明如月，何时可掇。

忧从中来，不可断绝。

越陌度阡，枉用相存。

契阔谈宴，心念旧恩。

月明星稀，乌鹊南飞。

绕树三匝，何枝可依？

山不厌高，海不厌深。

周公吐哺，天下归心。

拟挽歌辞三首（其三）

陶渊明

荒草何茫茫，白杨亦萧萧。

严霜九月中，送我出远郊。

四面无人居，高坟正嶣峣。

马为仰天鸣，风为自萧条。

幽室一已闭，千年不复朝。

千年不复朝，贤达无奈何。

向来相送人，各自还其家。

亲戚或余悲，他人亦已歌。

死去何所道，托体同山阿。

古风五十九首（其九）

李白

庄周梦胡蝶，胡蝶为庄周。

一体更变易，万事良悠悠。

乃知蓬莱水，复作清浅流。

青门种瓜人，旧日东陵侯。

富贵故如此，营营何所求

定风波·莫听穿林打叶声

苏轼

莫听穿林打叶声，何妨吟啸且徐行。竹杖芒鞋轻胜马，谁怕？一蓑烟雨任平生。

料峭春风吹酒醒，微冷，山头斜照却相迎。回首向来萧瑟处，归去，也无风雨也无晴。

流动

【题解】

"流动"是追求气脉畅通的创作风格。

此品因有"荒荒坤轴,悠悠天枢"的意象喻示性理论言说,而被一些古今学者把一场探讨气脉的风格探求,提升到哲学层面上对《二十四诗品》构成体系作考察,内中虽不乏具有启示性的思路见解,却也让人有眼花缭乱之感。所以对此品的阐释,意见颇为纷纭。不过笔者也注意到罗仲鼎、蔡乃中所注《二十四诗品》对此品的见解颇为实在,也颇受启发,故将以他们的学术见解为起点,来对"流动"作出气脉畅通的风格学考察。

> 若纳水𬭤,如转丸珠①。夫岂可道,假体如愚②。
> 荒荒坤轴,悠悠天枢③。载要其端,载闻其符④。
> 超超神明,返返冥无⑤。来往千载,是之谓乎。

【注释】

①若纳水𬭤(guǎn),如转丸珠:如同水被输纳进水车中而流转不停,如同圆珠子在地上滚动不定。此形容诗歌流动不滞的气脉。

水辖,水车。转,滚动。丸珠,圆珠子。

②夫岂可道,假体如愚:流动的本质岂能说得清道得明,以"若纳水辖,若转丸珠"来比附,实在笨拙。意谓诗之流动与水流丸转不同。夫,发语词。假体,借助这种状态。愚,笨拙。

③荒荒坤轴,悠悠天枢:意为地之轴、天之枢本身不转,却是承载着广袤永恒的宇宙运行的关键。荒荒,广大无极。坤轴,地之辐轴。悠悠,悠远久长。天枢,底本作"天机",《式古堂书画汇考》所收《技指生书宋人品诗韵语卷》作"天枢"。机,门限。枢,户枢。皆有关键之意。天枢,天之枢纽。

④载要其端,载闻其符:意谓需要掌握流动的端绪,需要了解流动的实质。载,语助词。要,掌握。其,指流动。端,起始,本源。闻,闻知。符,符合之物。

⑤超超神明,返返冥无:超超,超常精妙。神明,神灵,指灵觉活动。孙联奎在《诗品臆说》中认为此名涉及的是"流动的妙用"。返返,返之又返,复返。冥无,指虚无缥缈、无迹可求的万物之本源,孙联奎《诗品臆说》认为是"流动的根本"。

【译文】

像水边转动着水车辘辘,
像地上滚动着颗颗丸珠。
但这些岂能把"流动"道明?
它们不过是笨拙的比附。
支撑那无极得凭借地轴,
久远的运行须依赖天枢。
可见得抓住关键的方面,
"流动"的实质才能够领悟。
超常的精妙是神赐灵觉,
万象的终极是循环往复。

百代复千载自来就如此，

这该是流动品真谛所属。

【评析】

作为第一单元的第一句至第四句，提出对"流动"品的认识不能仅凭现象。"若纳水輨，如转丸珠"，以两个譬比性意象——水在水车上流转和珠子在地上滚动的状态来比拟"流动"品的现象。"夫岂可道，假体如愚"，这两句对上两句以"纳水輨""转丸珠"来比拟流动之风，作了否定，认为这只是笨拙的比附，要真正认识"流动"，不能只看表面现象。詹幼馨在《司空图〈诗品〉衍绎》中说："'夫'指'纳水輨，转丸珠'，'岂可道'意思是'岂足以言流动'，'哪能说明流动的实质呢'。"对"假体如愚"，杨廷芝在《廿四诗品浅解》中说："假体，輨珠之类也。如误以假体之流动为流动，则非愚而如愚矣。"四句连起来用白话可作这样的阐释：像水边转着水车辘辘，像地上滚着丸珠颗颗……但这些岂能把"流动"道明？它们只是笨拙的比附。

第二单元的第五句至第八句，是此"流动"品言说的重点，提出了气脉流转的问题，但不是正面提，而是仍采用譬比。"荒荒坤轴，悠悠天枢"两句，无名氏《诗品注释》云："坤之为道，亦如车轴之妙于转也；天之为转，亦如枢机之善于运也。"杨廷芝《廿四诗品浅解》则认为"枢机不动，而实所以宰乎群动者也。"意即地轴、天枢自身并不自转，却能主宰大千世界的运转。综合而言，意即地轴自身不转，却能对自然作广大无极之支撑；天枢自身不动，却能对自然启悠远久长的运行。"载要其端，载闻其符"两句，杨廷芝《廿四诗品浅解》云："要其端，寻其源也。"又云："闻其符，言欲识其相符，而得其本根也。"此二句意即只有看到地轴与天枢间能符合相关联的关键之点，才能对流动的本质特征有所认识。这四句连起来可作这样的白话阐释：支撑无极得凭借地轴，久远运行须依靠天枢。但得抓住关键的要端，"流动"的实质才能领悟。

需要注意的是：这一场"荒荒坤轴，悠悠天枢"的"要其端""闻其符"的言说,只是对"流动"之内在规律的比拟,并不存在哲学层面上"坤轴""天枢"及其相互关系的实质性意义,大可不必据此而离开诗歌艺术风格的探讨而作天马行空的学术畅想。究其实,这不过是通过比拟来凸现部分与部分之间有机统一于气脉流转的言说。

那么对部分与部分有机统一的气脉流转所作的追求,最终进入了怎么一个审美境界呢?为了回答这一点,也就有了第三单元——第九句至第十二句,也就是说:这一单元是谈循环圆美的流动境界的,"超超神明,返返冥无"二句是说:全局性流动,呈现于外在的是周转无滞的流美,而这来自于主体灵觉,即人的能动作用;呈现于内在的是周而复始的圆转,而这是受宇宙本体决定的、隶属于万物本源的审美终极皈依。这两个句子虽然并立,不显一点相互关系,其实在"流动"的整体格局中,它们之间有着微妙的隐示关系:外在与内在的互为应合,主体能动作用与万象内在规律的双向交流。"来往千载,是之谓乎"中,"来往",指终而复始、始而复终的循环;"是",此,即具有真实意义的流动,此处指"超超神明,返返冥无"的微妙关系。此二句是说:千百年来,追求"流动"风格者总是让注重主观直觉灵思与遵循循环内在规律微妙地在双向交流中相互制约,这大概可说是真正意义上的"流动"风格了吧!这四句连起来可作这样的白话阐释:超常精妙系神赐灵觉,万象终极是循环往复。百代复千载自来如此,这该是此品真谛所属。这可说是欲求气脉流畅最核心的内涵了。

在对此品作了文字疏通和字面意义的阐释后,还得对十二句三个单元的相互关系及"流动"品的总体特征再进行概括。此品告诉我们:"流动"是指气势的流动,而对此首先要求畅达,气势不畅达,无以言流动。作者之所以在此品一开头对"若纳水輨,如转丸珠"大有"岂可道流动"的批评,就在于只见外在状态而不究内在气势。这就有了第一单元的言说。其次,要求气势畅达,前提是气脉流通,这就要求万物间有密切的关联,涉及各部分要互为呼应,正像"荒荒坤轴"与"悠悠天枢"间须"载闻其符"——相互呼应那样,而这可是"载要其端"——抓关键的,这就有了第二单元的言说。而以大宇宙为对象作"荒荒坤轴"与"悠悠天枢"须相符的譬比,则反映着气脉流通是一场极广泛的流通关系,特别要让"超超神明"与"返返冥无"即内在性与外在性、主体的能动性与审美的本源性建立起双向交流的关系,这可是千百年来一直存在的圆美流转型互动导致的流动。由此看来,"流动"不是单纯的艺术风格,而是一种创作艺术风格,并且还可以见出,"流动"是一个立体结构。

中国诗歌中,流动风格的追求很普遍,诗人们从运思到布局,从情韵到声韵互为呼应,都体现着流动的美学追求,并具现为圆美流转的特质,律诗和一部分小令特别显示着"流动"的主体结构形态,要说例证可真是不胜枚举,如李白《峨眉山月歌》、杜甫《江畔独步寻花》、李商隐《无题》(相见时难别亦难)、黄景仁《都门秋思》等等,都是这类作品。

【附例】

峨眉山月歌

李白

峨眉山月半轮秋,影入平羌江水流。
夜发清溪向三峡,思君不见下渝州。

江畔独步寻花

杜甫

黄四娘家花满蹊,千朵万朵压枝低。
留连戏蝶时时舞,自在娇莺恰恰啼。

渔歌子·西塞山前白鹭飞

张志和

西塞山前白鹭飞,桃花流水鳜鱼肥。
青箬笠,绿蓑衣,斜风细雨不须归。

无题

李商隐

相见时难别亦难，东风无力百花残。

春蚕到死丝方尽，蜡炬成灰泪始干。

晓镜但愁云鬓改，夜吟应觉月光寒。

蓬山此去无多路，青鸟殷勤为探看。

都门秋思（四首其三）

黄景仁

五剧车声隐若雷，北邙惟见冢千堆。

夕阳劝客登楼去，山色将秋绕郭来。

寒甚更无修竹倚，愁多思买白杨栽。

全家都在风声里，九月衣裳未剪裁。

续诗品

前言

　　《二十四诗品》论诗歌风格最大的特点，在于"不落言诠，独取景象"（叶廷琯《鸥陂渔话》），为各种诗歌风格创设意境，让读者借境感悟，而不注重风格形成要素之掘发与诗法之探讨。于是，遂有袁枚《续诗品》之著，仿其形式，以诗论诗，补其未及。

一

　　袁枚（1716—1798），字子才，号简斋，钱塘（今浙江杭州）人。乾隆四年（1739）中进士，授翰林院庶吉士。乾隆七年（1742）外放为吏，先后任溧水、江浦、沭阳、江宁令，乾隆十四年（1749）辞去，流寓江宁，在小仓山筑随园以居，风流自赏，专意作诗，创为性灵说。曾云："诗者，由情生者也。""性情以外本无诗"。倡言"提笔先须问性情，风裁休划宋元明"，自信"绝地通天一枝笔，请看依傍是何人"！毕生反对模仿，注重创新，追求天才发露的多元化风格。与此同时，袁枚也强调多读书，然则反对食古不化、獭祭堆垛，明言学问可用于考据，却不能在创作中"借诗为卖弄"，古人的智慧当如盐着水，融入个体性灵中。其《小仓山房诗集》存诗约四千四百首，写山水、颂亲情、咏友朋，乃至涉足个人情爱、生活情趣……莫不真淳自然，平易亲切，无所拘牵；偶尔直面严肃庄重的话题，亦决非戴面具以对。其诗艺特征，重选材之平凡、寻常、琐细，意象之灵巧、别致、新奇,情调之风趣、诙谐、幽默,语言之通俗、平易、自然,所作以白描见长。

随园鄙弃祧唐祢宋、门户之争,斥责格调派及肌理说之矫饰寡情,又谓神韵"不过诗中一格耳",批评王士禛之神韵说因偏尚朦胧、"不主性情"而缺乏活跃生机。袁枚高举"性灵"大旗,对当时汩没真性情之各家诗说加以全面扫荡,以惊世骇俗的言行举止、诗歌主张与创作实践为诗坛灌注了一股活力,吸引了诸多拥戴者和追随者。性灵派全盛之时,男性诗人们"愿署随园诗弟子,此生端不羡封侯"(何道生句),女性诗人"愿买杭州丝五色,丝丝亲自绣袁丝"(席佩兰句),出现了"随园弟子半天下,提笔人人讲性灵"之盛况。

二

性灵诗论,既见诸袁枚所作序跋、尺牍、诗话等文类,亦体现于其创作实践,尤以《续诗品》三十二首最具系统性。该著综合作者之艺术经验、理论主张、创作实践于一体,与其诗话等构成高度互文关系,为袁枚诗歌理论重要的组成部分,受到时人与后世的广泛关注。该著探讨《二十四诗品》所未及的主体修养、审美取尚、创作态度、写作过程、传达手法、流派短长、门户流弊以及去伪存真、扬长避短、学古创新等命题,分崇意、精思、博习、相题、选材、用笔、理气、布格、择韵、尚识、振采、结响、取径、知难、葆真、安雅、空行、固存、辨微、澄滓、斋心、矜严、藏拙、神悟、即景、勇改、著我、戒偏、割忍、求友、拔萃、灭迹等三十二则加以阐述,内容涉及了诗歌创作的各方面和全过程,其间又以兼容并蓄、无所偏至的公允态度,"古香时艳,各有攸宜"的通达立场,不拘一格、高标"性灵"的论衡标准加以贯串。《续诗品》可谓是袁枚数十年创作实践的甘苦之言,在该著前小序中袁枚云:"余爱司空表圣《诗品》,而惜其只标妙境,未写苦心,为若干首续之。"可见《续诗品》乃受《二十四诗品》启发而作,其写作宗旨在补其不足、续其未及,总结创作苦心和艺术经验,传授诗法,授人以渔。薛起凤序《小仓山房诗集》曰："先生论诗之旨，一见于集中《答归愚宗伯书》，再见于《续诗品》三十二首。凡古人所未道者，业已自道之。"杨复吉《续诗品跋》亦说："今读《三十二品》，而《小仓山房全集》可概见矣。"足见《续诗品》在袁枚诗集、诗论中的突出地位。比如《葆真》一则，袁枚强调诗歌创作中葆有真情、去除伪饰之至关重要性，曰："貌有不足，敷粉施朱。才有不足，征典求书。古人文章，俱非得已。伪笑伴哀，吾其优矣。画美无宠，绘兰无香。揆厥所由，君形者亡。"此种甘苦之言与经验之谈，与诗话中诸多见解可以互为印证，如"余以为诗文之作意用笔，如美人之发肤巧笑，先天也；诗文之征文用典，如美人之衣裳首饰，后天也。至于腔调涂泽，则又是美人之裹足穿耳，其功更后矣"（《随园诗话补遗》卷六），"有必不可解之情，而后有必不可朽之诗"（《答蕺园论诗书》），"诗不成于人，而成于其人之天。其人之天有诗，脱口能吟。其人之天无诗，虽吟而不如其无吟"（《小仓山房文集》卷二八《何南园诗序》），等等，都强调诗人先天秉赋和诗歌抒写性情的重要性。

所谓"文尚典实，诗贵清空；诗主风神，文先理路"，《续诗品》与《二十四诗品》一样以诗论诗，每首仅四言十二句韵语，虽有言约意丰、易于上口的优势，却正如戴着镣铐跳舞，局限性亦是显而易见的，其所论绝不似散文那般行文随意、伸屈自由，故对其诗学主张自然无法进行详尽透彻的论述，而往往有言难尽意、乃至词不逮意之憾。但比较而言，《续诗品》多用事典，以事说理，比起以境悟理的《二十四诗品》要平易近人得多。王飞鹗曰："今观此作，化表圣之奥意深文为轩豁呈露，直使学者有规矩可循。"这说明《续诗品》虽有"续"之名，却不是按原有的套路，循规蹈矩"接着说"，而是另辟新径，别有天地的，其创作宗旨和表现手法都与《二十四诗品》构成鲜明对比：前者讲授诗法，后者呈现诗风；前者以比喻论说道理，后者设意境象征韵味；前者诗意显豁，后者深奥玄妙。正因如此，清人叶廷琯在《鸥陂渔话》中说："随园所续，皆论用功作诗之法，但可谓之诗法，不当谓之诗品。"此言不无道理。《随园诗话》卷六云：

"司空表圣论诗,贵得味外味。余谓今之作诗者,味内味尚不能得,况味外味乎?要之,以出新意、去陈言为第一着。"不追求不可捉摸、不落言诠的"味外味"诗风、诗境,而把自己的创作心法真切明白地加以阐明,向人指明作诗的路径,这正是《续诗品》独立价值之所在。袁枚对自己在诗歌理论上的创新和创作实践中的特色颇为自得,《续诗品》作为其创作经验的全面总结,也的确以所论自成体系,而与所谓司空图所作者差可比肩。

三

袁枚《续诗品》见于《小仓山房诗集》卷二十,有乾隆刊本,今据以为底本,遇有古今字、异体字和避讳字,则径改。关于《续诗品》,学界已有一些研究成果,如郭绍虞的《续诗品注》(人民文学出版社1963年版),钟法、毛翰的《袁枚〈续诗品〉译释》(宁夏人民出版社1988年版),王英志的《续诗品注评》(浙江古籍出版社1989年版),刘衍文、刘永翔父子的《袁枚续诗品详注》(上海书店1993年版)等。与对作者尚存争议的《二十四诗品》的研究方法不同,对袁枚《续诗品》,各家大都借用《随园诗话》及《小仓山房诗集》中的相关内容进行"以袁注袁""以袁释袁""以袁评袁"式的释读,由此也说明,《续诗品》与《随园诗话》一样,都是袁枚阐述其"性灵说"的重要文本,二者体裁虽然不同,但在理论上却是一个统一体,与其创作实践等相呼应。笔者在对《续诗品》的每一"品"作字词注释、语句疏通和文本评析时,参考了既有研究成果,并且也用以袁注袁的互文释义之法,特此说明。

本书主体内容曾收入2019年中华书局版"中华经典诗话"丛书中。此番译注,亦是按"中华经典名著全本全注全译丛书"的体例要求,对注释和评析做适当调整,增加了对原文本的今译。今译的原则与《二十四诗品》今译一样,也是以诗译诗:按对等原则,既对译意思,又等置形式。在内容上,对原诗句作必要的意象稀释和意旨点化;在形式上,原文本之用韵和偶对处，今译皆尽可能一仍其旧。但总体而言，较之《二十四诗品》，《续诗品》语言较为浅易，多用常用的典故、形象的比喻和简明的议论阐发道理，不以象征化意境营构和情境感悟为特色，故今译以线性陈述型句式为多。古诗今译，原本比较适用于多言外之意的朦胧诗，因为对那类诗，今译有更多点化与发挥的余地。《续诗品》则相对而言语言浅易通俗、风趣生动，诗意也较为显豁，原本无需再"嚼饭与人"，但诗歌思维的跳跃性和四言诗大量的成分缺失，仅凭注释的文字疏通，仍会给阅读带来支离破碎割裂之感，加上出于体例统一的考虑，此番修订，也为《续诗品》做了今译。但愿本书的今译和评析不会给人蛇足之感。

感谢中华书局宋凤娣博士给了笔者修订本书的机会，并提供了许多切实的帮助。书中的不当之处，敬请读者批评指正。

陈玉兰

于浙江师范大学江南文化研究中心

2023 年 11 月 10 日

序

【题解】

此为《续诗品》之小序，说明这三十二首组诗创作的缘起、内容、特点等。

余爱司空表圣《诗品》，而惜其只标妙境，未写苦心①，为若干首续之。陆士龙云②："虽随手之妙，良难以词谕③。"要所能言者，尽于是耳。

【注释】

①只标妙境，未写苦心：梁章钜《退庵随笔·学诗二》曰："司空表圣《诗品》，但以隽词标举兴象，而于诗家之利病，实无所发明；于作诗者之心思，亦无所触发。近袁简斋作《续诗品》三十二首，乃真学诗之准绳。"此言《二十四诗品》《续诗品》内容上关注点的不同。前者重兴象意境之美，后者谈作诗之法。苦心，此指诗人在选材炼意、谋篇布局等方面的良苦用心。

②陆士龙：即陆云，字士龙，陆机之弟。此处应为陆士衡，即陆机。

③虽随手之妙，良难以词谕：语出陆机《文赋》："若夫随手之变，良难以词逮。盖所能言者，具于此云。"

【译文】

尽管我很赏爱司空图的《二十四诗品》，但很遗憾其中只标举诗歌的风格境界，而没有阐明作者的创作用心，于是加以续作，创作了若干首诗以补其所未及。陆机在《文赋》里说："为文之道，应心随手，千变万化，其妙谛，很难用言辞说得清楚。"为诗之道也是如此，大概所能言说的奥妙，已尽在此《续诗品》中，无出其右了。

【评析】

袁枚《续诗品》乃受司空图《二十四诗品》启发而作，其写作宗旨是续其未及，以专业诗人的身份说法，谈创作中的甘苦得失，设规立矩，授人以渔。薛起凤《小仓山房诗集》序云："先生（袁枚）论诗之旨，一见于集中《答归愚宗伯书》，再见于《续诗品》三十二首。"王飞鹏又曰："今观此作，化表圣之奥意深文为轩豁呈露，直使学者有规矩可循。"这一方面说明《续诗品》在袁枚诗论中的重要地位，同时也说明《续诗品》虽有"续"之名，其创作宗旨和语言表达却是迥异于《二十四诗品》的，以至于清人叶廷琯在《鸥陂渔话》中说："随园所续，皆论用功作诗之法，但可谓之诗法，不当谓之诗品。"可见在叶廷琯看来，袁枚的《诗品》续作称得上自辟新径，独具一格，自成一家，这自然是卓见。但《续诗品》并非只谈诗法而已，除了给诗人的创作提供从审题命意、构思布局，到用笔振采、结响勇改之全过程的方法路径指引外，所论同时也关乎当时的诗坛、诗派、诗风，以及作者的诗学好尚、诗艺追求、诗歌品评等方方面面，寥寥一千余字，却包蕴丰富，移易陆机的"虽随手之妙，良难以词谕"来自评其著之精妙，确乎并无夸饰之嫌。

崇意

【题解】

　　此品谈写诗当以立意为主,故曰"崇意"。此品大意是这样的:虞舜让夔任乐官,并告诫他:诗是表达人的意志的。虞舜时对诗已有这样的认知,为什么如今的人在诗中却往往堆砌辞藻而言之无物呢? 本来诗歌作品中应该以思想为统领,辞采为仆役,但现在却以辞胜意,就好像恶仆欺主,以致主人反而使唤他不动。没有主题意旨的文章就好像成百上千的铜钱没有一根穿贯的绳子就会四处散落一样。所以必须有这样的认识:即使繁花压枝,仍系本根所出,终究须得一棵树的主干来维系。

　　虞舜教夔,曰"诗言志"①。胡今之人,多辞寡意②!
意似主人,辞如奴婢。主弱奴强,呼之不至③。
穿贯无绳,散钱委地④。开千枝花,一本所系。

【注释】

①虞舜教夔,曰"诗言志":虞舜,上古五帝之一,姓姚,名重华,因其
　　先国于虞,故称虞舜,为古代传说中的圣君。夔,舜时乐官。志,
　　意也。此两句典出《尚书·尧典》中谓虞舜教夔典乐,曰:"诗言
　　志,歌永言,声依永,律和声。八音克谐,无相夺伦,神人以和。"

诗言志,谓诗是用来抒发情志、表现意旨的。

②胡今之人,多辞寡意:胡,为何。辞,文辞,藻采。意,即"志"也,指内容、旨意。

③意似主人,辞如奴婢。主弱奴强,呼之不至:王若虚《滹南诗话》有曰:"吾舅尝论诗云:'文章以意为之主,字语为之役。主强而役弱,则无使不从。世人往往骄其所役,至跋扈难制,甚者反役其主。'可谓深中其病矣。"此喻为诗只重华彩、轻忽立意之弊。

④穿贯无绳,散钱委地:喻没有统摄全篇之"意",作品就会漫无旨归,就像没有穿贯之绳铜板就会散落一地一样。贯,古代串钱的绳,这里用作动词,贯串的意思。委地,散落在地。葛立方《韵语阳秋》卷三记苏轼语曰:"天下之事,散在经、子、史中,不可徒使,必得一物以摄之,然后为已用。所谓一物者,意是也。不得钱不可以取物,不得意不可以明事,此作文之要也。"

【译文】

虞对夔曾作过诗的教诲,

"诗言志"须是第一条法规。

但如今吟咏者不知为何,

不求意深厚唯辞藻华美。

志意理当是诗篇的主人,

而辞藻不过是奴婢之辈。

为主的懦弱任奴辈强蛮,

只落得主唤奴不理不睬。

铜钱要串起来不能无绳,

钱乱散地上真不成体态。

灵感的花儿开千朵万朵,

都得让"崇意"作内中主宰。

【评析】

以意为主的"崇意"思想由来已久，不始自袁枚。杜牧《答庄充书》云："凡为文以意为主，气为辅，以辞彩章句为之兵卫。未有主强盛而辅不飘逸者，兵卫不华赫而庄整者。四者高下圆折，步骤随主所指，如鸟随凤，鱼随龙，师众随汤、武。腾天潜泉，横裂天下，无不如意。苟意不先立，止以文彩辞句绕前捧后，是言愈多而理愈乱，如入阛阓，纷纷然莫知其谁，暮散而已。是以意全胜者，辞愈朴而文愈高；意不胜者，辞愈华而文愈鄙。是意能遣辞，辞不能成意。"这段话不仅把以意为主的意思说得比袁枚更详尽，并且把"意"与"气""辞彩""章句"的关系也进行了细致的言说。不过杜牧之言把以意为主又说成以意为先，这就未免机械。谢榛在《四溟诗话》卷一中说："宋人谓作诗贵先立意，李白斗酒百篇，岂先立许多意思而后措词哉！盖意随笔生，不假布置。"这就比较辩证。袁枚此品只说"意似主人，辞如奴婢。主弱奴强，呼之不至"，未涉及非得意在笔先不可，而在"即景"中言"即景成趣"，"神悟"中言"众妙扶智"，亦有意随笔生的理念。

那么"意"究竟是什么？从此品首四句"虞舜教夔，曰'诗言志'。胡今之人，多辞寡意"看，袁枚把"意"和"志"等同起来看。的确，传统的说法"志""意"是一回事，袁枚《随园诗话》卷三就说："《尚书》曰'诗言志'，《史记》曰'诗以达意'。"而朱庭珍在《筱园诗话》卷四中更明确地说过"意者，志之所寄"的话。所以向来相传的"诗言志"也就是"诗言意"。不过"意"或"志"又有多项内容，《小仓山房尺牍》卷十《答李少鹤书》中就说："来札所讲'诗言志'三字，历举李、杜、放翁之志，是矣。然亦不可太拘。诗人有终身之志，有一日之志，有诗外之志，有事外之志；有偶然兴到、流连光景、即事成诗之志。'志'字不可看杀也。"说的就是"意"或"志"的多变性。值得指出的是，此文中"有偶然兴到、流连光景、即事成诗之志"的说法，似乎把"意"或"志"说成性情了。事实也的确是这样，《随园诗话》卷三云："千古善言诗者，莫如虞舜,教夔典乐,曰'诗言志',言诗之必本乎性情也。"朱庭珍《筱园诗话》卷四说"诗所以言志,又道性情之具也",竟把"意"或"志"说成是"怡性达情"的工具手段,怪不得他又说"情生而意立",于是朱庭珍进一步把"意""志""情"连成一条线,说:"是以诗贵真意。真意者,本于志以树骨,本于情以生文,乃诗家之源,即诗家之先天。"

值得指出的是,袁枚将"意""志""情"一线相连,"意"与"志"已公认是一回事,可以不提,但"意"与"情"是否也可看成一回事,还是要斟酌的。袁枚说"诗言志"表明诗"必本乎性情",可是了不得的提法。当然,性情的完整说法应该是出乎本性的真情流露,所以"诗言志"可以指诗所言者乃出于本性的真情,也就是说"意"即"情",可惜袁枚没有直接说,倒是朱庭珍在《筱园诗话》卷四中说了:"情生则意出。"不过后人还是认为袁枚是把"意""情"当一回事的,朱自清在《诗言志辩》中就称把"诗言志"与"诗缘情"合而为一,袁枚是第一人。王夫之在《薑斋诗话》卷二中有一句话很耐人寻味,他说:"烟云泉石,花鸟苔林,金铺锦帐,寓意则灵。"袁枚常用性灵代性情,实是一回事,只不过"灵"是"巧"和"灵机"的体现。真而无巧,则有性而无灵;巧而失真,则有灵而无性,所以这里的"情""性""灵"又可以连成一线。王夫之说的"烟云泉石"等"寓意则灵",实指的是诗人对"烟云泉石"等的情绪感发,如寓以意,则成性灵了。综合以上种种,可以这样说:"崇意"即崇性灵。由此看来《续诗品》以"崇意"开篇,是在表明袁枚《续诗品》的目的是宣扬性灵说。

精思

【题解】

　　此品强调诗歌创作须深思熟虑，不可兴之所至，一挥而求速成。品文前四句以通俗的比喻，表达即兴挥写之不足取，说就好比走路，既想疾速，又想优雅，显然不能两全；凡一夜暴长之物，其消亡也会是急遽的。第五句至第八句正面言精思熟虑之必要，认为创作中文不加点、一气呵成，只不过是一时感兴所发，必也缺乏思虑之深度。说诸葛亮虽神机妙算，所做决策也经反复思考。最后四句总括全品，认为创作时思致幽微，所作才会起伏跌宕、委曲生动，超拔于其他作品。宁静能致远，精思生远虑，就好比身在屋中，思落天外。

　　疾行善步①，两不能全。暴长之物，其亡忽焉②。
　　文不加点③，兴到语耳。孔明天才，思十反矣④。
　　惟思之精，屈曲超迈⑤。人居屋中，我来天外⑥。

【注释】

①疾行：快速行走。善步：稳健优雅的步态。陈师道有诗句："卒行好步不两得。"

②暴长之物，其亡忽焉：比喻不加推敲、援笔立就之诗文，必不能传
之久远。暴，突然地。王充《论衡·状留篇》："肉暴长者曰肿，
泉暴出者曰涌，酒暴熟者易酸，醯暴酸者易臭。"忽，迅速。《左
传·庄公十一年》："桀、纣罪人，其亡也忽焉。"

③文不加点：指文思敏捷，信笔所之，不加改易。《隋书·杜正玄
传》："正玄仓卒之际，援笔而成，（杨）素见文不加点，始异之。"

④孔明天才，思十反矣：谓诸葛亮天才卓特，谋事时也要反复思量，
集思广益。陈寿《三国志·蜀书·董和传》："亮（孔明）后为丞
相，教与群下曰：'夫参署者，集众思、广忠益也。……又董幼宰
（和）参署七年，事有不至，至于十反，来相启告。苟能慕……幼
宰之殷勤，有忠于国，则亮可少过矣。'"十反，往返多次。

⑤惟思之精，屈曲超迈：意谓只有熟虑精思，才能随物赋形、曲折跌
宕，超凡脱俗。《周易·系辞下》："其旨远，其辞文，其言曲而中。"
孔颖达疏"其言曲而中"曰："其言随物屈曲，而各中其理也。"

⑥人居屋中，我来天外：谓只有凝神静气，才能思落天外。

【译文】

既善于疾行也善于步缓，

想两全其美可实在困难。

丹枫和梧桐生长得虽快，

本根却不坚总易于朽残。

说落笔如有神文不加点，

是兴到之语不值得称赞。

即便是孔明有盖世才华，

谋事时也需要斟酌再三。

你只有考虑得精当周到，

方能曲尽其妙言近旨远。

书斋里作诗能技艺圆熟，

生活中才会有灵思妙曼。

【评析】

古人常说"欲速则不达",作诗也如此。心里的灵感在电光石火之间,往往转瞬即逝,因此要善于抓住兴会,即兴成篇。不过也还得说:一挥而就的诗刹那间就能跃然纸上,又势必会因缺乏精思妙想的功夫,结果快则快矣,却粗疏肤浅,缺乏深度、厚度,对此袁枚颇以为然。"文不加点,兴到语耳",就显现着他对兴到之语未必为然的认识。《随园诗话》卷七云:"太白斗酒诗百篇,东坡嬉笑怒骂皆成文章,不过一时兴到语,不可以词害意。若认以为真,则两家之集,宜塞破屋子,而何以仅存若干?且可精选者,亦不过十之五六。人安得恃才而自放乎?!"这段话可以进一步证实他对这种"文不加点"的"兴到语"的不满。唯其如此,才使他正面提"孔明天才,思十反矣"的写作态度。"思十反",就是说要精思。总之,一个严肃的诗人总是在不断否定自己中屡易其稿的,只有这样,才能达到入人意中、出人意表的境界。

那么如何精思呢?此品的最后四句十分重要,因为袁枚具体地论及了这一方面。所谓"惟思之精,屈曲超迈",即"精思",是一种从多方面曲折地、不按陈规地展开以达到全方位认识事理的一种思维方式。《周易·系辞下》云:"其旨远,其辞文,其言曲而中。"对此,孔颖达疏云:"'其言曲而中'者,变化无恒,不可为体例。其言随物屈曲,而各中其理也。"这正凸现出求得精思必须使思维活动具有曲折的特点。这是其一。获得精思的另一个措施是"人居屋中,我来天外"。对这二句可展开来探讨一下。

陆机在《文赋》里说:"其始也,皆收视反听,耽思旁讯,精骛八极,心游万仞。"这实是精思而生远虑之意,即神游宇宙绝对时空所获得的一场灵的觉醒。但人何以能做到这样呢?这得引一条他人的话来申言。唐刘昭禹有诗云:"句向夜深得,心从天外归。"这是对《文赋》中那段话的发展:心于夜深人静时会聚精会神,直觉得自己仿佛从天外——宇宙绝对时空中来，从而获得属于宇宙感应的诗句，意思也就是一场灵的觉醒来自于宁静以致远。袁枚此品的这末二句则又发展了刘昭禹的认识："人居屋中"可以凝神静思、宁静致远，从而有"我来天外"的幻觉，即获得神游宇宙绝对时空的直觉。这一来，也就有了灵的觉悟。这种种都表明灵的觉醒实来自于"精思"，而"精思"则来自于宁静以致远的活动。

刘衍文、刘永翔在《袁枚续诗品详注》中对"精思"品所作的"小识"中说："精思者，欲由思而言意，用思而致灵也。换言之，由性入灵，非思不可；思者不精，灵亦难致。"这是很有见地的。

由此说来，此品虽是强调写诗要精思远虑，实质上这是袁枚在宣扬他的性灵说中灵的觉醒。我们若要想充分认识这一点，切不可轻易放过"人居屋中，我来天外"这末二句。

博习

【题解】

　　此品谈写诗与读书、诗与学问的关系。第一句至第四句先提出一个问题:脑海中拥有万卷书,才能吟成一篇短诗,你能据这一现象说说诗和学问究竟有关系还是没有关系呢?第五句至第十句用比喻来进行了回答:如音乐演奏,钟鼓本身并非音乐,但少了它们就无法合成美妙的音乐。善烹饪者若无百牲,又怎能发挥精湛技艺烧出佳肴美馔?不从一次次失败中探求规律,经验又从何而得?最后两句作了总结性的判断:由此足见认为作诗无关学问、无需知识积累的看法总非正道之理。

　　　万卷山积,一篇吟成。诗之与书,有情无情①?

　　　钟鼓非乐,舍之何鸣②?易牙善烹,先羞百牲③。

　　　不从糟粕,安得精英④?曰"不关学",终非正声⑤。

【注释】

①万卷山积,一篇吟成。诗之与书,有情无情:问书与诗的关系,也
　　即博览群书是否有助于诗思。

②钟鼓非乐,舍之何鸣:意为钟鼓本身并非音乐,然舍钟鼓无以成

乐章。喻书卷非诗，然舍书不观，无以成诗。钟鼓，乐器。《论语·阳货》："礼云礼云，玉帛云乎哉？乐云乐云，钟鼓云乎哉？"

③易牙善烹，先羞百牲：意指易牙虽善于烹饪，也得先有人进献而使自己拥有百牲，才能发挥技艺而得佳肴。易牙，春秋时齐国厨师。羞，进献。

④不从糟粕，安得精英：意为精华当从糟粕中提炼汲取。糟粕，此处喻失败之教训。

⑤曰"不关学"，终非正声：语出严羽《沧浪诗话》："夫诗有别材，非关书也；诗有别趣，非关理也。然非多读书、多穷理，则不能极其至，所谓不涉理路不落言筌者上也。"此喻为诗当根基于学。

【译文】

你读破万卷书学问很深，
方能让通灵的诗篇写成。
吟咏和著述这两件事儿，
有关乎无关乎且作思忖。
钟鼓本不是动人的音乐，
舍却它则何以抑扬和鸣。
易牙善烹饪已名扬四海，
若没有百牲怎大显本领。
请不要瞧不起糟粕了吧，
精华全得从这里面提纯。
说写诗同学问并不相干，
这话儿终不是明言至论。

【评析】

此品所谓"博习"是指诗人需要对三个方面作广泛的熟习，也就是知识经验的积累。一个是从"钟鼓非乐，舍之何鸣"中体现出来的，即从事诗歌创作展开运思时，要有从全局出发作有机地概括的丰富经验。的确，生活内容孤立地存在是没有多少诗美价值可言的，只有立足全局，把众多生活内容进行典型化后，再有机地综合成一个整体，才是上策。这样做不仅使个体能充分地显示价值，也使全局有完整而和谐的存在。另一个是从"易牙善烹，先羞百牲"中体现出来的，即诗创作还须拥有众多的感兴材料——感受对象，这可是先决条件。如同善烹的易牙总得有人先把"百牲"进献，才有可能烹出佳肴，如果诗创作者拥有的感兴材料十分贫乏，也就等于"巧妇难为无米之炊"了。再一个是从"不从糟粕，安得精英"中体现出来的，即诗创作是不断探求的事，允许失败，并且须严肃认真地总结失败的教训，从中把握到技艺经验，才能进入成功的美妙境界。所以失败的教训看似糟粕，其实这糟粕是精华的先导，成功的境界都由此而生。总之在袁枚看来，诗人需要"博习"，也就是广泛积聚这三方面的知识经验。这就等于是从"万卷山积"中提炼出来的学问。所以，凭谁说诗"不关学"呢？那种写诗可以不讲学问、不必多读书的说法终究不是正道。

袁枚提倡"性灵说"，给人感觉写诗好像只要凭灵感、率性天然就可以了。通过此品我们可以消除对"性灵说"的误解了。《随园诗话》卷五云："言诗之必根于学，所谓'不从糟粕，安得精英'是也。"这也可以用来佐证他在此品中所持的见解，绝非随便说说的门面话，而是从切身感受中提炼出来的经验之谈。

相题

【题解】

此品谈博采众长中自立门户的问题。在袁枚看来古人作诗容易，只要抒情达意、传神写貌，就能独树一帜，自成一家。今人作诗难，不仅各种题材、体裁纷至沓来，而且在宗派林立、门户森然的诗史长河中，很难脱颖而出。如果硁硁独守一家，显然就是作茧自缚，浅陋鄙薄。多师博学、择善而从，才是上策。同样的季节，各地风物景观各不相同；同样的人类，各人也有身形、个性、身份的差异。诗歌创作应当相题行事，博采众长，因题制宜，好比天女裁衣一般，做到恰如其分、无缝可寻，形成独具的个性特色。

古人诗易，门户独开①。今人诗难，群题纷来②。
专习一家，硁硁小哉③！宜善相之，多师为佳④。
地殊景光，人各身分。天女量衣，不差尺寸⑤。

【注释】

①门户：宗派。茅坤《唐宋八大家文钞》："序、记、书，则韩公崛起门
　户矣，而论、策以下，当属之苏氏父子兄弟。"

②群题：此指各种题材、体裁。

③硁硁（kēng）：浅陋固执貌。《论语·子路》："言必信，行必果，硁硁然小人哉！"

④宜善相之，多师为佳：善相，仔细观察。多师，向多位老师学习。语出杜甫《戏为六绝句》其六："未及前贤更勿疑，递相祖述复先谁？别裁伪体亲风雅，转益多师是汝师。"

⑤天女量衣，不差尺寸：谓如天衣无缝般自然浑成。《太平广记·女仙·郭翰》语曰："稍闻香气渐浓，翰甚怪之，仰视空中，见有人冉冉而下，直至翰前，乃一少女也……徐视其衣，并无缝。翰问之，谓翰曰：'天衣本非针线为也。'"

【译文】

古代人作吟咏容易展开，

体物而命题无门户拖累。

今人因偏见而题多乱定，

只落得移情貌张冠李戴。

树一面旗帜来哗众取宠，

是小家子气度浅薄堪哀。

体格无定局宜择善而从，

转益而多师是最佳品位。

地殊，且四时有光景不同，

人异，而情趣有格调尊卑。

灵感的女神自天而降了，

为诗置新装该量体剪裁。

【评析】

此品阐述的内容袁枚在其著作中也多次提及。《随园诗话》卷五云："古人各成一家，业已传名而去。后人不得不兼综条贯，相题行事。"的确，一个清醒的诗人面对古人各自成家的诗坛格局，是必须有兼容并包的意识的，切不可先入为主，自断后路，以致置身于浅陋无知的境地。在"宜善相之，多师为佳"的话题之下，袁枚还在多处发表过"兼综条贯，相题行事"的见解。《随园诗话》卷八中谈"格"的"相题行事"："严沧浪借禅喻诗，所谓'羚羊挂角''香象渡河'，有神韵可味，无迹象可寻，此说甚是。然不过诗中一格耳。阮亭奉为至论，冯钝吟笑为谬谈，皆非知诗者。诗不必首首如是，亦不可不知此种境界。如作近体短章，不是半吞半吐、超超元箸，断不能得弦外之音、甘余之味。沧浪之言，如何可诋？若作七古长篇、五言百韵，即以禅喻，自当天魔献舞，花雨弥空，虽造八万四千宝塔，不为多也，又何能一'羊'一'象'，显'渡河''挂角'之小神通哉！总在相题行事，能放能收，方称作手。"《小仓山房尺牍》卷十一《答李少鹤》中谈"体"的"相题行事"："从古诗家，原无一定体格。《卿云》之歌，《竹弹》之谣，与《三百篇》不相似；《三百篇》中之《雅》《颂》，与《国风》亦俱不相似。此后降而为《离骚》，为乐府，皆是仪神夺貌，无沾沾硁守一家者。在古人清奇浓淡，业已成名而去，我辈独树一帜，则不得不兼览各家，相题行事。"在《小仓山房文集》卷十七《再与沈大宗伯书》中则对这种已成传统的"相题行事"作了个总体提纯："诗之奇平艳朴，皆可采取，亦不必尽庄语也。……宣尼至圣，而亦取沧浪童子之诗。所以然者，非古人心虚，往往舍己从人；亦非古人爱博，故意滥收之。盖实见夫诗之道大而远，如地之有八音，天之有万窍。择其善鸣者而赏其鸣足矣，不必尊宫商而贱角羽，进金石而弃弦匏也。"总之，此品的前八句之所言具有同一种精神：博采众长，才能相题行事。

可贵的是最后四句。"地殊景光，人各身分"二句中认为：如同地域不同，季候景光也会有差别那样，不同地区民族、不同文化背景、不同性别年龄的人，身份、个性也总是悬殊的。说简单点，指人有个性，人各有志，要对各个个体生命以充分的尊重。那么如何尊重呢？这就有了随之而来的最后两句："天女量衣，不差尺寸。"这两句意思是尊重人的个性要做到量体裁衣、恰如其分，不得以外力改变其身份，剥夺其个性的自由发展。所以这后四句提出的是对诗人要承认其独特素养,尊重其创作个性。

综上所述,我们可以说:"相题"指的是须体察物之属性。唯其如此,诗人在相题中应按情绪感受的特定风貌而定性、定调和定体,并且要定得贴切。也就是说诗人的相题以及相应的一切艺术表现措施都得尊重诗人的客观反映。

"倾群言之沥液,漱六艺之芳润。"继"博习"之后,群题纷来,各种风格的诗都已被做过,并形成了各自鲜明的特点,对于后代学诗、作诗之人,可谓是一大挑战。然而天分有别,才华有殊,站在前人的肩膀上,也确实能看得高、望得远。集思广益,为我所用,从这个角度看,此品还寓有培养具有性灵的诗人的意义。

选材

【题解】

此品言说的是使事用典的问题,亦即抒情材料——特别是典故选择的原则。所言内容大致是这样的:诗歌创作中使用僻典,就好像请客来了一位生人,往往使人感觉不自在。所以抒情材料的选择至关重要。诗料有古事,有今典,诗体有古体,有近体,各有异宜。选择得当,作品方如水中着盐,浑融一体,不显痕迹。如若不然,失之毫厘,谬以千里。正如锦乃名贵织物,用它做便帽,就不合时宜;拿狗尾续貂,虽有其表,也招人嘲笑。

用一僻典,如请生客①。如何选材,而可不择!
古香时艳,各有攸宜②;所宜之中,且争毫厘③。
锦非不佳,不可为帽④。金貂满堂,狗来必笑⑤。

【注释】

①用一僻典,如请生客:典出叶燮《原诗·外篇(下)》:"作诗文有意逞博,便非佳处。犹主人勉强遍处请生客,客虽满座,主人无自在受用处。"僻典,冷僻的很少被人引用的典故。

②古香时艳，各有攸宜：古香，高雅的古玩。时艳，当令的鲜花。攸宜，所宜。

③毫厘：微小的差距。

④锦非不佳，不可为帽：典出《晋书·袁甫传》："淮南袁甫字公胄，亦好学，与谭齐名，以词辩称。尝诣中领军何勖，自言能为剧县。勖曰：'唯欲宰县，不为台阁职，何也？'甫曰：'人各有能有不能。譬缯中之好莫过锦，锦不可以为帩；谷中之美莫过稻，稻不可以为齑。是以圣王使人，必先以器，苟非周材，何能悉长！黄霸驰名于州郡，而息誉于京邑。廷尉之材，不为三公，自昔然也。'勖善之，除松滋令。"帩，同"帕"。一种用缣帛缝制的状如弁而缺四角的便帽。

⑤金貂满堂，狗来必笑：金貂，显贵们的一种装饰。《晋书·赵王伦传》："至于奴卒厮役，亦加以爵位。每朝会，貂蝉盈座，时人为之谚曰：'貂不足，狗尾续。'"盖以封爵之滥喻选材失宜。

【译文】

典故滥用就像生客共宴，
通姓又道名真叫人生厌。
写诗的法门怎施展得当，
对诗材细选择才是要点。
无论是旧做派或新时尚，
都各有所适须考虑周全。
即便能寓示同一脉诗思，
也得细思量孰后孰先。
要知道锦缎虽十分名贵，
拿它作帽料却未必超凡。
满堂富贵气若搭配不匀，
狗尾续貂蝉成千古笑谈。

【评析】

此品所用的标题是《选材》，其实换为"用典"更贴切。全品从三个方面来谈使事用典的问题。第一句至第四句提出使事用典最基本的要求。《随园诗话》卷七云："用典如水中着盐，但知盐味，不见盐质。用僻典如请生客入座，必须问名探姓，令人生厌。"可说是对这四句意思更详尽的言说。众所周知：用典起的是一种借代的作用，如果是个僻典，就会失去借代的实际作用，只得去"问名探姓"，这实在麻烦而令人生厌。由此说来，用典的基本要求是严加选择、不用僻典。第五句至第十句中提出使事用典中高雅的典实与时下的抒情材料当然各有入诗的理由，不过得注意掂量一下谁最适宜，因为对诗歌文本整体构成来说，孰轻孰重会有差别，纵使这差别只不过"毫厘"，也会有可能差以千里。正像"锦"虽好，但不适合缝制便帽，若用"锦"为"帽"之借代就不合适了。第十一句和第十二句则是袁枚在此品中欲表达的一层最重要的意思：直接反对创作中掉书袋、堆垛典实、卖弄学问，正像满堂金貂，眩人耳目，其实狗尾续之，徒有其表，必将贻笑于大方之家。《随园诗话》卷五云："凡诗之传者，都是性灵，不关堆垛。"正好佐证此品这最后两句的意思。

提倡"性灵说"的袁枚在此品中对诗歌用典——特别是用僻典显然是不以为然的，但用典——特别是用僻典显然是诗人有学问的标志，而他在《博习》一品中却说"万卷山积"才"一篇吟成"，又说"曰'不关学'，终非正声"，对诗人提出了要研究学问，要多读书，这岂不是矛盾了吗？其实不然。在《随园诗话》卷一中袁枚有言："余每作咏古、咏物诗，必将此题之书籍无所不搜；及诗之成也，仍不用一典。尝言：人有典而不用，犹之有权势而不逞也。"这反映着袁枚其实十分重视用典，但又不泥着于史事，而是以典故构成的思路化入自我创造中，使文本构成不见用典，却渗透着用典抒情的思路，所以这里有袁枚"用典"的辩证法。

用笔

此品所谓"用笔",实系追求灵感以构思谋篇之意。总的意思是:创作中若全无灵感的触发,仅凭冥思苦想、孜孜以求,诗思就会滞钝晦涩,仿佛一团乱丝拧不成绳。同样,大量堆积书史掉书袋子,又会壅塞情感之流,使其难以顺畅地抒发,正如灯油过多了反而会熄灭灯焰一样。为之奈何?只能祈求健笔凌厉,能驱星月运转、策华岳奔驰,忽敛忽纵,能刚能柔。其实笔哪有这等神功,这完全是在天赋灵感的作用之下才得心应手,宛转自如。

> 思苦而晦①,丝不成绳。书多而壅,膏乃灭灯②。
> 焚香再拜,拜笔一枝③。星月驱使,华岳奔驰④。
> 能刚能柔,忽敛忽纵。笔岂能然,惟吾所用。

【注释】

①思苦而晦:指用笔构思全无天分,仅靠苦思冥想,诗思必晦涩难明。《随园诗话》卷十五:"然用笔构思,全凭天分。"

②书多而壅,膏乃灭灯:壅,因堆聚而壅塞。膏,脂腊,此指脂腊过多

以致浸漫。王符《潜夫论·遏利》:"知脂蜡之可以明灯也,而不知其甚多则冥之。"

③焚香再拜,拜笔一枝:典出冯贽《云仙散录·龙须友》:"郄诜射策第一,再拜其笔曰:龙须友使我至此。"龙须友,笔的代称。

④星月驱使,华岳奔驰:喻笔力豪健壮大。袁枚《蒋心余藏园诗序》赞蒋氏有曰:"其摇笔措意,横出锐入,凡境为之一空。……如长剑倚天,星辰乱飞。……华岳万仞,驱而行之。"

【译文】

一味地苦思会晦涩难明,
一团的乱丝难扭结成绳。
学识过甚的会堵塞七窍,
脂腊积多了反灭掉明灯。
我真得焚香虔诚地礼拜,
跪拜一支笔有偌大本领。
既驱使天界的星月流转,
又驾驭万仞的华岳奔行。
既能让阳刚与阴柔兼顾,
也能让收敛与放纵共存。
其实笔哪会有此等能耐,
一切全依赖于我的心灵。

【评析】

统观全品,可以把它分为四个单元。第一句至第四句是第一单元,袁枚率先提出不求直觉灵感写诗的弊端:"思苦"即挖空心思寻求构思的巧妙,反而会把诗情感受弄成一团乱丝,拧不成一条绳来使文本串成一体,而这就会造成晦涩。同理,大掉书袋、滥用典故,则会堵塞诗情,而情绪过浓而腻则会使诗意之光暗淡,所以这些方面都得讲究点节制。那么用什么来节制呢? 第五句和第六句作为第二单元回答了这一点:要依靠"用笔",即直觉灵感。直觉灵感以其顺应自然而来,不仅可避免构思中用典运情过度造成的人为做作,还可获得第七句至第十句的内容:"星月驱使,华岳奔驰。能刚能柔,忽敛忽纵。"这种既能把星月驱使,也能让华岳奔驰,既能刚能柔,又能收能放,是合于境象活动的,是想象、联想自由展开的体现,而直觉灵感正是这种心灵自由的根据。所以此品的核心内涵即对"用笔"出神入化的一种言说,正是对诗创作须追求心灵自由的一种阐释。此品言说至此处,是可以结束了,妙的是袁枚作了"更上一层楼"的结束,这就是最后两句:"笔岂能然,惟吾所用。"这意思说白了就是:其实"笔"岂能唤来直觉灵感,激活想象、联想的无非是靠我心灵的活动罢了。

所以"用笔"之说,最后还是归入诗人的性灵。而性灵又自何来呢? 袁枚《随园诗话》卷十五云:"诗文自须学力,然用笔构思,全凭天分。"说到头来,"性灵"之有无,"用笔"何以能出神入化,靠的还是诗人的禀赋。

理气

【题解】

"文以气为主",此品言说灵感来临时那股属于内在节奏的气势。总体意思是:文气因人而异,关乎气质禀赋。阴柔者表现为悠然自得之状,阳刚者呈现出阔大饱满之势。人的气质禀赋是天生的,故文气总酝酿于动笔之前。这种内心之气有时如潮水般浩荡而来,有时若浮烟般袅袅升腾。气盛则言宜,就好像水载浮物,水大,物之大小皆可浮于其上;如果只是凭借虚娇之气,那么就像武士冉猛那样,尽管会虚张声势,终将以失败告终。所以创作者必须把握住灵感来时的那股气,若无此气,或此气不足,宁可搁笔作罢,不要创作。就好比没有万里顺风,切莫乘船远航一样。

吹气不同,油然浩然①。要其盘旋,总在笔先②。

汤汤来潮③,缕缕腾烟。有余于物,物自浮焉④。

如其客气,冉猛必颠⑤。无万里风,莫乘海船。

【注释】

①吹气不同,油然浩然:指文气因人而异。曹丕《典论·论文》:"文

以气为主,气之清浊有体,不可力强而致……虽在父兄,不能以移
子弟。"油然:悠然自得貌。浩然:正大豪迈貌。

②要其盘旋,总在笔先:指文气源于创作者先天的气秉,在动笔前就
已在内心盘桓周旋。

③汤汤(shāng):大水急流貌。

④有余于物,物自浮焉:意指气盛言宜。韩愈《答李翊书》:"气,水
也;言,浮物也。水大而物之浮者小大毕浮。气之与言犹是也,气
盛则言之短长与声之高下者皆宜。"

⑤如其客气,冉猛必颠:客气,意指言行虚矫,声势虚张,不实诚。冉
猛,鲁国勇士,然在攻打齐国时,因见身后没有跟随者,佯装从马
上跌落。《左传·定公八年》:"阳虎伪不见冉猛者,曰:'猛在此,
必败。'猛逐之,顾而无继,伪颠,虎曰:'尽客气也!'"

【译文】

吐气会有势,且各显境界,

或悠然舒缓,或盛大浩瀚。

说到气酝情周旋的情况,

总是在一首诗落笔之前。

气势强如同滚滚的狂潮,

气势柔却似袅袅的篆烟。

急流荡荡里,毕露的言说,

是物性自然而然的浮现。

如果是客气的虚张声势,

诗就同冉猛的矫作一般。

你没有万里奔突的气势,

就别去闯大洋跳上海船。

【评析】

"气"既是中国传统哲学中的一个概念,也是中国传统文学批评中

的用语。总体而言,"气"是自然(包括人)的生命力的本源,因此也是"诗力"的本源。《庄子·知北游》有"人之生,气之聚也"之说,按此推论,也可以说"诗之成,气之聚也。"因此,"气"在中国诗学范畴中可以从两大方面来把握:一是创作主体的气质,也可说精神风貌;二是作品本体的气格,也可以说艺术风格。袁枚此品就是对这两方面的"气"进行了一番梳理。大致说他的这番梳理可分三个层次。第一句至第四句,从诗人气质的角度来谈"气",认为诗人们创作过程中所发的气各不相同,实系精神风貌的不同。有的偏于"油然"——悠游自得,这是一种阴柔之气;有的偏于"浩然"——豪迈壮阔,这是一种阳刚之气。总之,这两类"气"之不同是对诗人两大类精神风貌的区分。需要指出的是:这种属于抒情主体气质的"气"不是生发在创作过程中,而是下笔之前就已存在的。第五句至第八句,从文本气格的角度来谈"气",认为诗人们在文本构建中所发的气也是各不相同的,因此有艺术风格的不同,有的是"汤汤来潮"般的气势,偏于雄放明朗,属阳刚风格;有的是"缕缕腾烟"般的气势,偏于柔婉朦胧,属阴柔风格。不管哪一种风格,袁枚强调的是"气"必须充足。只有气充足得像大江水满,才能让或大或小之物都能浮于其上。真如韩愈《答李翊书》中所说:"气盛则言之短长与声之高下者皆宜。"——众多意象、声象都能容纳在文本中,登台亮相,各显其艺术魅力。第九句至第十二句严肃地提出写诗要防止发假气或无气可发的现象。其中第九句和第十句用了冉猛的典故来譬比虚张声势制造假气来写诗,必然会因为矫情而失败;第十一句和第十二句则以无万里风不可让船出海来譬比发气不足或无气可发,宁可不要创作。刘衍文、刘永翔的《袁枚续诗品详注》云:"气宜顺性通情,以求神理之超,不当背理矫情,色厉内荏以图欺人也。"此言诚然。

值得一提朱庭珍在《筱园诗话》卷一中的一段话:"盖诗以气为主,有气则生,无气则死,亦与人同。……夫气以雄放为贵,若长江、大河,涛翻云涌,滔滔莽莽,是天下之至动者也。然非有至静者宰乎其中,以为之根,则或放而易尽,或刚而不调,气虽盛,而是客气,非真气矣。故气须以至动涵至静,非养不可。"这番言说,是把这场"理气"工程推向了更深一层进行理解。特别是"气须以至动涵至静",是袁枚谈"气"所未曾触及的,故在此特别提一笔,为理解此品作一参考。

布格

【题解】

　　此则论布设格局。总体意思是：建造房屋，先得设计好蓝图；点兵打仗，必须统一作战部署。诗坛宗派林立、门户森严，此疆彼界，各有圈子。"我"如何师承，如何取法，如何定位，应该有个通盘的考虑。这好比珠丸流转于盘中，无论怎么横斜纵出、肆意而动，总不会跳脱盘子的范围。文本的谋篇布局是创作成败的关键，对行文的安排、结构的转换、首尾的呼应等要仔细琢磨，了然于胸，否则一着不慎就会影响全局。这就如同演奏音乐，一律不协，众多乐音都会黯然失色。

　　造屋先画，点兵先派①。诗虽百家，各有疆界②。
　　我用何格，如盘走丸。横斜超纵，不出于盘③。
　　消息机关④，按之甚细。一律未调，八风扫地⑤。

【注释】

①造屋先画，点兵先派：谓建造房屋，需要先规划蓝图；派兵作战，需要有战略部署。意指诗歌创作需要先布设格局。

②诗虽百家，各有疆界：谓诗派众多，各有异宜。

③我用何格，如盘走丸。横斜超纵，不出于盘：杜牧《注〈孙子〉序》
卷十："武所著书，凡数十万言，曹魏武帝削其繁剩，笔其精切，凡
十三篇，成为一编。曹自为序，因注解之，曰：'吾读兵书战策多
矣，孙武深矣。'然其所为注解，十不释一，此者盖非曹不能尽注
解也。予寻《魏志》，见曹自作兵书十余万言，诸将征伐，皆以《新
书》从事，从令者克捷，违教者负败。意曹自于《新书》中驰骤
其说，自成一家事业，不欲随孙武后尽解其书，不然者，曹岂不能
耶！今《新书》已亡，不可复知。予因取孙武书备其注，曹之所
注，亦尽存之，分为上、中、下三卷。后之人有读武书予解者，因而
学之，犹盘中走丸。丸之走盘，横斜圆直，计于临时，不可尽知，其
必可知者，是知丸不能出于盘也。议于廊庙之上，兵形已成，然后
付之于将。"此喻诗笔可以有活法，然不出所布之"格"。

④消息机关：消息，起灭。《史记正义》："乾者，阳生为息；坤者，阴死
为消也。"机关，关键。此指作诗周密而巧妙的布局。

⑤一律未调，八风扫地：律，律吕。古时正乐律之器，截竹为筒，以其
长短分别音之清浊、高下，乐器之音，依为准则，其阳者为律、阴者
为吕。此指音律。八风，此指乐之金、石、丝、竹、匏、土、革、木八
音，犹自然界之八风。《吕氏春秋·有始览》："何谓八风？东北曰
炎风，南方曰滔风，东南曰熏风，南方曰巨风，西南曰凄风，西方曰
飂风，西北曰厉风，北方曰寒风。"此两句喻结构布局不当及音律
失谐都会影响诗美。

【译文】

定计划造屋宇先画图样，
攻守战凭方略调兵遣将。
诗坛有百家各异的诗风，
都自立山头还划界分疆。
格局自定但规矩得共守，

棋盘上走棋哪容得乱闯。

可横攻可斜跳超纵自如，

全得按规矩在盘中闯荡。

暗探到消息就设置机关，

暗算到动态把计谋偷藏。

若一着失误就前功尽弃，

八音显物性竟不知所向。

【评析】

布格，从布局角度讲，作诗要循序渐进、按部就班。造房、点兵，无不按照方圆规矩。而诗歌的写作过程也有一定的程序和法则。诗虽分门别户，但是各有祖述。谋好篇布好格，诗歌的内容才有层次，才能表达人之所思所感。布格是对诗歌的一种总体把握，它要求对诗歌的关捩处进行体察。但从格调、格律的角度讲，又有另外的理解。《随园诗话》卷一："杨诚斋曰：'从来天分低拙之人，好谈格调，而不解风趣。何也？格调是空架子，有腔口易描；风趣专写性灵，非天才不办。'余深爱其言，须知有性情，便有格律；格律不在性情外。《三百篇》半是劳人思妇率意言情之事，谁为之格？谁为之律？而今之谈格调者，能出其范围否？况皋、禹之歌，不同乎《三百篇》;《国风》之格，不同乎《雅》《颂》：格岂有一定哉?"布格是空架子，很容易流于形式化，屋下架屋，自取其小。如果一味讲究格调，注重温柔敦厚的诗教观，给予诗歌一定的基调，那么诗歌就会变得空泛，缺乏生命力。布格必须有性情作驱使，不能游离于性情之外。而格律已经融入性情之中，随着熟读熟作，诗人随性而发，格律与诗人创作水乳交融。

袁枚从批判格调的角度，否定了诗家独尊的门户观念，否认了格的一定性，认为格律自在性情之中。这又是性灵说的阐释。对布格的理解，可以是总体性的把握，也可以是具体性的分析：即内化到诗歌的创作过程。

对于此品,刘衍文、刘永翔的《袁枚续诗品详注》中有一段话:"夫布格者,要求诗之篇幅长短、叙述伦次、风格刚柔、声韵抑扬与事物之体态情貌契合无间耳。是以'布格'之'格',非仅指结构一途,亦非仅体裁、诗品或韵律之谓,实乃合而论之,统而筹之,务求作者斟酌衡度于其间,以期与物性之格宜称而出之者也。"他们对"布格"的这一段"小识"有很可取的地方,那就是"布格"不仅仅指结构,也指体裁、诗品、韵律,"实乃合而论之,统而筹之"的结论是确切的。刘氏父子此论当然是有感于前人对袁枚"布格"的片面理解,欲求有所矫正。的确,此前论者言及此品内涵,有的偏于章法,有的偏于风格情调,有的偏于体性,以致缺乏对"布格"的全局认识。但在肯定刘氏父子之说的同时,笔者觉得他们也不够全面,只求诗艺风格上的"合而论之,统而筹之",没有把袁枚更宏观的布格视野揭示出来。在笔者看来,袁枚此品的内涵实包括诗坛格局、诗人格局和文本格局三个方面,可说是对"布格"更宽泛地作"合而论之"的一场言说。

第一句至第四句是谈诗坛布格,即创作互动方面的格局布设。这一单元之前两句"造屋先画,点兵先派"是谈诗人一开始投入诗歌创作事业就需对诗坛整体格局有个全面的了解,正像造屋需照设计图进行施工,打仗得按地形图部署兵力,诗人的创作也非得在诗坛整体创作格局的大背景上来展开不可。为什么呢?是由于诗坛百家,总是流派纷呈、各设疆界的,诗人选择自己的位置时,和其他流派的创作势力该处于何种互动关系,对此若没能了然于心,那么其创作会不合时流,会走向自我封闭。由此看来,了解创作互动方面的流派格局布设情况,的确十分重要。

第五句至第八句是谈诗人在诗坛大背景下的定位,即定自我的创作格局。诗人在诗坛总体格局中选定自我的位置后,必须在顾及与各股创作势力间的互动关系的前提下,确立自我的创作格局——"我用何格"。自我定位一经确立,也就等于是自己拥有了创作的总体战略原则,这是不变也不能变的。至于写作具体一首诗,如何选材构造意象,选择何种言语、节奏方式等，是属于战术性的操作，可以灵活自由。这正"如盘走丸"，"盘"是战略原则，"丸"是战术措施，"横斜超纵，不出于盘"。

第九句至第十二句是谈作品谋篇，即定文本构成的格局。这是随自我创作格局的定位而来的。也就是说诗人在投入具体的文本构成中，一应艺术手段，包括选材、结构、语言与节奏方式等的选择，必须与自我气质、气格相应合，借此形成与诗人自我的创作格局辩证地统一的文本构成格局。这种谋篇工作真是"按之甚细"——周密而巧妙的事儿，诚如"一律未调"就会导致"八风扫地"一样，谋篇中某一环节若和具现自我创作格局的气质、气格不合，就会使文本的艺术价值大受损失。

值得指出的是：此品所论的诗坛总体格局、创作主体格局和文本构成格局各自内在的布局固然显示为对"布格"的合而论之的特征，但更重要的是这三类格局之间还体现为层层相因的逻辑推演关系：诗坛总体格局的把握，为创作主体格局的确立提示了方向；而创作主体格局的确立则为文本构成格局的形成提供了谋篇基础。这可是在更大范围中对布格的合而论之。由此可见，此品是一场极宏观的布格探求。

择韵

  此品谈诗中选择韵脚的一般原则,意思是:一百二十瓮的酱,帝王岂能一一遍尝?八千多的韵脚字,诗人岂能一一遍选?和韵是自我束缚,叠韵易索然无味。求险贪多,只是一时游戏罢了。诗歌创作当选择音洪韵远者,切不可用有如瓦缶撞击、铜山崩塌般的哑滞沉闷之音,而应该择优而从。就好比吃鸡要取味美的脚踵、吃鱼该舍弃多刺的脊骨一样。

  酱百二瓮^①,帝岂尽甘?韵八千字^②,人何乱探!

  次韵自系,叠韵无味^③。斗险贪多^④,偶然游戏。

  勿瓦缶撞,而铜山鸣^⑤。食鸡取踵,烹鱼去丁^⑥。

【注释】

①酱百二瓮(wèng):典出《周礼·天官冢宰·膳夫》曰:"凡王之馈,食用六谷,膳用六牲,饮用六清,羞用百有二十品,珍用八物,酱用百有二十瓮。"郑注:"酱,谓醯醢(xī hǎi)也。"

②韵八千字:常用韵书如《切韵》《广韵》《集韵》等收字都远不止八千,此就常用字而言。

③次韵自系，叠韵无味：次韵，依照原诗的韵字及用韵次序而创作应和诗的方式。叠韵，指赋诗重用前韵敷衍成篇。前者作茧自缚，后者索然寡味。袁枚《随园诗话》卷六："阮亭尚书自言一生不次韵，不集句，不联句，不叠韵，不和古人之韵。此五戒，与余天性若有暗合。"

④斗险：谓赋诗以险韵取胜。凡诗之用韵，略依字数之多寡及相协之难易，分宽、中、窄、险四类韵。其中险韵，字数最少、相协最难。《随园诗话》卷六："昌黎斗险，掇《唐韵》而拉杂砌之，不过一时游戏。"

⑤勿瓦缶撞，而铜山鸣：瓦缶撞，陆时雍《诗镜总论》云："一击而立尽者，瓦缶也。"铜山鸣，《世说新语》注引东方朔语曰："臣闻铜者，山之子；山者，铜之母。以阴阳气类言之，子母相感，山恐有崩驰者，故钟先鸣。"这两句喻作诗择韵当慎选音洪韵远者，弃去"呕哑嘲哳难为听"之声。

⑥食鸡取跖（zhí），烹鱼去丁：鸡跖，鸡脚爪。《吕氏春秋·用众》："善学者，若齐王之食鸡也，必食其跖数千而后足，虽不足，犹若有跖。"鱼丁，鱼脊骨。《尔雅·释鱼》："鱼枕谓之丁，鱼肠谓之乙。"郭璞注："枕在鱼头骨中，形似篆书丁字，可作印。此皆似篆书字，因以为名。"这两句喻韵字当有去取，不必贪多务得，更无需求险求僻。

【译文】

酱有百来瓮那味儿真鲜，
帝王却没法儿一一尝遍。
广韵够广的，说有韵八千，
诗人胡乱押也岂能用遍！
提倡和韵吧，会束缚自我，
来押叠韵吧，则其味索然。

押险韵、仄声韵，贪多逞强，

不过是做游戏，玩弄语言。

勿听瓦缶撞，品嘲哳呕哑，

唯求洪钟鸣，赏音洪韵远。

吃鸡要吃爪烹鱼剔脊骨，

若押韵也需凭物性挑选。

【评析】

美味众多，不能尽享；音韵近万，不能乱用，必须加以择取。《随园诗话》卷六有一段话，可说是对此言说的补充，它这样说："预作佳诗，先选好韵。凡其音涉哑滞者、晦僻者，便宜弃舍……李、杜大家，不用僻韵；非不能用，乃不屑用也。昌黎斗险，掇《唐韵》而拉杂砌之，不过一时游戏：如僧家作盂兰会，偶一布施穷鬼耳。然亦止于古体、联句为之。"把这段话和"择韵"品结合起来，可以对诗中的押韵有如下的认识：选择韵要和诗人从生活感受中获得的情调意境——或者说和性情相应和，不能以韵伤我之性、矫我之情。次韵、叠韵、险韵不可贪多使用，否则会离性情而为押韵作诗，而不是就韵成吟，那将是没有诗味可言的游戏而已。当然，偶尔有些诗用了险韵、叠韵而传布开去的，其实这不过是因诗而传，绝非因韵而传的。陈仅在《竹林答问》中说："须于韵中求句，不可于句中求韵。"这是和袁枚"择韵"品的言说意图相一致的。袁枚其实是告诉我们：韵因诗押，无诗则无韵。押韵，也可以见出作诗者的工夫，同时也是人的天性使然。

尚识

【题解】

此品倡导一种向人学习却不丢弃独立精神的识见,意思是:学问如同射箭的弓弩,才力好比那箭镞,再用超卓的识见来引领,射箭方能正中靶心。要向人学习,却不能像邯郸学步那样,未学到新步,反而尽失旧步;要善于求仙方,却不能迷信庸医为药所误。要有自己的卓识妙悟,如禅灯慧火般,洞烛幽微,明辨秋毫。这样才能懂得取舍,懂得扬弃,不习皮毛,而革故创新。

> 学如弓弩,才如箭镞。识以领之,方能中鹄①。
> 善学邯郸,莫失故步②;善求仙方,不为药误③。
> 我有禅灯④,独照独知。不取亦取,虽师勿师⑤。

【注释】

①中鹄(gǔ):射中箭靶中心。

②善学邯郸,莫失故步:典出《庄子·秋水》:"子独不闻寿陵余子之学行于邯郸与? 未得国能,又失其故行矣,直匍匐而归耳。今子不去,将忘子之故,失子之业。"形容一味模仿他人而丢了本色。

③善求仙方,不为药误:《古诗十九首·驱车上东门》:"驱车上东门,
遥望郭北墓。白杨何萧萧,松柏夹广路。下有陈死人,杳杳即长
暮。潜寐黄泉下,千载永不寤。浩浩阴阳移,年命如朝露。人生
忽如寄,寿无金石固。万岁更相送,贤圣莫能度。服食求神仙,多
为药所误。不如饮美酒,被服纨与素。"此处反其意而用,喻诗学
古人而不为所蔽。

④禅灯:寺庙灯火。此指个人清修妙悟。

⑤不取亦取,虽师勿师:言对古人之说当断以个人识力,择善而从,
而勿全盘接受,沿袭不变。

【译文】

要记着学养如同是弓弩,
才能是夺取生命的箭镞。
开弓的引领者归属识见,
瞄准那靶心能一箭中鹄。
有人上邯郸一心学走路,
却不该弃自我丢掉故步;
有人登神山只想求仙方,
却不该失生趣被药所误。
禅灯的光照里静心修炼,
自我会获得通灵的顿悟。
择善从善者不取亦有取,
拜师收徒者不拘于师徒。

【评析】

袁枚的《续诗品》在写法上是发展了《二十四诗品》的,即更强化了
比喻说理。《尚识》比《择韵》等的说理更显得抽象,欲在短短十二句中
把"尚识"之理言说清楚更是不易,故全篇基本上都是用通俗的比喻来
隐示的。

第一句至第四句，袁枚以弓弩喻学问，箭镞喻才力，引领发箭而中鹄者为识见。《小仓山房文集》卷十七云："作史者，才、学、识缺一不可，而识为尤……作诗有识，则不徇人，不矜己，不受古欺，不为习囿。"可见"才"与"学"都是为了求得识见。所以这四句其实是提出了一个观点：才学兼备才能有真知灼见。需要指出的是：这一识见在袁枚看来是不囿于一般性知识见解的，而是立足于以自我性灵为内核的意识的，故随即在第五句和第六句中提出"善学邯郸，莫失故步"。这里的邯郸学步典故，袁枚是反其意而用之的，认为善学他人者不能失去自我，或者说寻求新知却不能丢弃固有。这样讲似乎还不够，于是再有第七句和第八句："善求仙方，不为药误。"此语出自《古诗十九首·驱车上东门》："服食求神仙，多为药所误。"但这里也反用其意，喻善学古人诗者当不为古人所蔽。所以第五至第八句其实可以看成一个单元，强调学习他人——特别是学习古人，必须守住性灵，有坚持自我的识见。但袁枚似乎觉得单单守住性灵还不够，更在第九句至第十二句中这样写："我有禅灯，独照独知。不取亦取，虽师勿师。"在这里"禅灯"隐含着一个"传灯"的佛教典故。《大智度论》卷一百谈及"不令法灭"时提出："汝当教化弟子，弟子复教化余人，展转相教，譬如一灯复燃余灯，其明转多。"《维摩经·菩萨品》云："无尽灯者，譬如一灯然百千灯，冥者皆明，明终不尽。"但袁枚此处的"禅灯"却"独照独知"，不成"传灯"，而是对传禅灯这事儿反其意而用之，说对古人沿袭的传统不能沿而不变，应该择善而从，否则当丢弃不用，这倒真的是"不取亦取，虽师勿师"了。

朱庭珍《筱园诗话》卷一云："故积理养气，用笔运法，使典取神，皆仗识以领之。"此论"识"之语颇有可取处，但比袁枚"尚识"却缺了一个更重要的识见："虽师勿师。"袁枚之"识"因了这"虽师勿师"为今天我们普遍意识到的既要继承传统、又要超越传统开了先河。

振采

【题解】

　　此则谈诗歌的内容与形式的关系，但从标题"振采"可以窥见袁枚似乎有呼吁重视艺术形式的倾向。所言意思大致是这样：明珠之美并非纯粹因为色泽的洁白，精金之贵也并非纯粹因为耀眼的金黄，但明艳的色彩无疑也是至关重要的。正如美人当前，仿佛朝阳般光彩夺目，这固然由于仙骨天成、身姿超凡，但也是沐浴熏香、精心装扮所致。否则即便是天生丽质的西施，如果蓬发垢面，不加修饰，也会黯然无色。如果不见华丽的羽毛，又怎能在众多凡鸟中辨别出凤凰呢？

　　明珠非白，精金非黄。美人当前，烂如朝阳①。
　　虽抱仙骨②，亦由严妆③。匪沐胡洁④！非熏胡香！
　　西施蓬发，终竟不臧⑤。若非华羽，曷别凤凰！

【注释】

①美人当前，烂如朝阳：宋玉《神女赋》写神女"其始来也，耀乎若
　　白日初出照屋梁；其少进也，皎若明月舒其光。须臾之间，美貌横
　　生。晔兮如华，温乎如莹，五色并驰，不可殚形。"曹植《洛神赋》

写洛神："其形也，翩若惊鸿，婉若游龙。荣曜秋菊，华茂春松。仿
佛兮若轻云之蔽月，飘飘兮若流风之回雪。远而望之，皎若太阳
升朝霞，迫而察之，灼若芙蓉出渌波。秾纤得衷，修短合度。肩若
削成，腰如约素。"

②仙骨：天生丽质。

③严妆：精致的妆容。

④匪：非。胡：何。

⑤臧（zāng）：好，善。

【译文】

珠并非都会是纯白模样，

金也不一定全属于赭黄。

要是有一个美人在跟前，

这世界定会是顿升朝阳。

天生丽质者虽婀娜多姿，

也还需做一点巧饰淡妆。

不沐浴你何来冰清玉洁，

不熏香你哪有沁人芬芳。

如果西施是蓬头垢面的，

很难留给人艳美的印象。

要是没拥有那一对华羽，

群鸟中怎识得这是凤凰。

【评析】

《随园诗话》卷七："诗有干无华，是枯木也；有肉无骨，是夏虫也。"
诗歌要有明艳处。这里的明艳并非是华丽的辞藻，而是内在的特质。是
金子总会发光的，然而泥沙俱下，就必须要披沙拣金。美人虽然体态妖
娆，婀娜多姿，但是也需要精美的妆容，方能增色不少。诗歌反映的是人
的情志，人的情趣有高雅和俚俗之分，如果不加以修饰，不时刻从自身的

性情出发，其中的美无法得见。

　　袁枚认为，诗歌的美丽，不在于华丽的辞藻，隐约幽深的句子，更重要的是诗人在创作过程中，如何将自己的真性情流出，约而能返，回归到诗歌的本质。美是固有的，与生俱来的，诗人的努力就是要尽可能地彰显这种美。

　　诗歌的内容与形式的关系，历来争论不休。袁枚此品也触及这个问题。总的来说，他谈得颇中肯，富有辩证意识。全品可以分三个论说层次，分述于下：

　　第一句至第四句作为此品的第一个层次，袁枚首先肯定了诗歌内容在诗作中的重要性。所谓"明珠非白，精金非黄"，喻示的其实是：敷之以白的色泽于珍珠、黄的色泽于金子，并不足以表明珍珠、黄金的价值，它们真正的价值凭依的主要是内质，而这内质也就是内容。那么这内质或内容又指的是什么呢？他又以"美人当前，烂如朝阳"来喻示。曹植的《洛神赋》写洛神之美云："远而望之，皎若太阳升朝霞。"这是作为内质的精神风貌的闪光。由此看来，内质或内容，是最具美的真实性的。而如同黑格尔在《美学》中所说：心灵的真实是最高美的真实，这二者一结合，那我们就可以说：袁枚在此品的第一层次上就提出一切珍贵的美的价值凭依的内质或内容实是指性灵，而这也正合于积极倡导性灵说的袁枚的口吻。

　　随即在第五句至第八句，袁枚又把内质至上可能出现的偏至作了矫枉，提出内容与形式的辩证统一："虽抱仙骨，亦由严妆"，把这种辩证关系形象地展示了出来，是显而易见的。而"匪沐胡洁！非熏胡香"则是进一层作了内容与形式辩证统一的言说。的确，不沐浴熏香哪来的洁净？如果说沐浴熏香等于是形式，洁净是内容，那么，以反问句呈现的这二句，其实体现了《论语·颜渊》中所说的："文犹质也，质犹文也。"或者也如同黑格尔所说的：内容就是形式，只不过是向内容转化的形式；形式就是内容，只不过是向形式转化的内容——内容与形式真正达到了辩证统一。

　　但此品毕竟标题是"振采",是出于提倡重视诗歌艺术形式建设的目的,因此第九句至第十二句又强调地言说了不重形式的"严妆"是难以显示内质美的。可不是吗?"西施蓬发,终竟不臧"。可不是吗?"若非华羽,曷别凤凰"!蓬发毕竟有损西施之美,而没有华羽的凤凰还不是同凡鸟一样。形式是可以反作用于内容的,要重视诗歌中的艺术形式,否则最具性灵之美这一内质的诗,其诗美也会黯然失色的。由此说来,我们的确需要"振采"——提振诗歌的文采。

结响

【题解】

　　此品谈的是诗歌的声情乐韵之美。全品所言大意是：在乐的八音中，金先于石，因为它清脆有余响。在音乐的效果中，丝竹不如人声，因为人的歌唱能随乐曲极自然地低昂宛转，曲尽其妙。诗本出乐章，应能按节而歌，声情相感，有似断还续、往复回环、余音袅袅的效果。就如同箫的吹奏，清瑟得能感应天霜再降；也如同琴的弹唱，波荡得能感应海水奔腾。诗歌创作就该像韩娥唱歌一样，余音绕梁，三日不绝，令人回味、共鸣。

　　　金先于石，余响较多①。竹不如肉，为其音和②。
　　　《诗》本乐章，按节当歌③。将断必续，如往复过④。
　　　箫来天霜⑤，琴生海波⑥。三日绕梁，我思韩娥⑦。

【注释】

①金先于石，余响较多：在八音中，金排在石之前，因为它回响有余韵。金、石，分别为我国古代八音（指金、石、丝、竹、匏、土、革、木八种不同材质所制的乐器之音）之一。余响，回响。

②竹不如肉，为其音和：典出《世说新语·识鉴》刘孝标注引桓温："听伎，丝不如竹，竹不如肉。"丝，指弦乐。竹，指管乐。肉，指人类的歌喉。音和，声音高低和柔。

③《诗》本乐章，按节当歌：《诗经》之声诗皆押韵可以歌唱吟诵。《朱子语类》卷八十："《诗》本乐章，播诸声诗，自然叶韵，方谐律吕，其音节本如是耶？"

④将断必续，如往复过：指音节的抑扬顿挫、起伏断续、袅袅不绝。《文选》卷十八李周翰注成公子安《啸赋》曰："声缓则如离，声急又如合；声小则如绝，声大又如续也。"

⑤箫来天霜：意谓诗篇之结响，当如箫的吹奏，清瑟如霜降。刘衍文、刘永翔《袁枚续诗品详注》引《山海经·中山经》郭璞注"霜降则钟鸣"句等，以"箫"为"钟"之误，喻事物间的自然感应。

⑥琴生海波：用《乐府解题·水仙操》中伯牙学琴故事，谓伯牙曾学琴于著名琴师成连，三年不成。后随成连至东海蓬莱山，闻海水澎湃、林鸟悲鸣之声，心有所感，乃援琴而歌。从此琴艺大进，终成天下妙手。此喻诗篇结响当有余味，就如同琴的鼓荡，令人形神俱驰。

⑦三日绕梁，我思韩娥：典出《列子·汤问》："昔韩娥东之齐，匮粮，过雍门，鬻歌假食。既去，而余音绕梁欐（lì），三日不绝，左右以其人弗去。"意指"结响"当给人余音袅袅、意犹未尽之感。

【译文】

八风中金比石领先得多，
它的余声就像游丝飘忽。
横笛远不及人的歌唱声，
既溜滑又宛转无比谐和。
《诗》本从乐章中推衍出来，
故可按节拍拿它来吟哦。

恍如中断了却又会继续，

似若远去了却又会回复。

洞箫的清音感召着天霜，

月琴的怨嗟激荡起海波。

难散的结响能绕梁三日，

永恒的魅力我想起韩娥。

【评析】

中国传统诗学中很讲究余响之美，这是承含蓄美而来的一项美学追求。范晔《狱中与诸甥侄书》有"文患其事尽于形"，而以"少于事外远致，以此为恨"之论；《六一诗话》提及梅尧臣亦有"含不尽之意见于言外"之说，而周辉《清波杂志》中有更上一层楼之论："语尽而意不尽，意尽而情不尽。"这些都是论余响的极妙言说。袁枚在此品的首四句也用比喻作了余响美的总概性言说。的确，同样是发声，金属比木石发声的余响就要悠远，丝竹管弦之声纵使美妙，总难以抵胜人的歌喉所发之声宛转曲折、自然荡漾。特别值得一提的是"竹不如肉，为其音和"，这里还隐含着一层意思：人的歌喉所发的歌声，余响胜于管弦丝竹，乃在于人是万物之灵，有灵气渗入。可见袁枚处处不忘性灵。

但声韵节奏导致的只是一种外在感觉刺激，有余响但算不得"余响较多"。另有一种内在心灵感应出来的余响，才真正值得玩味。为此袁枚在第九句至第十二句中作了进一步的言说。他以"箫来天霜，琴生海波"来言说来自心灵感应的节奏。如注释中已述，此处的"箫"或系"钟"之误，郭璞在《山海经注》中有"霜降则钟鸣"之说，并认为"物有自然感应而不可为"。"琴生海波"典出伯牙学琴于东海蓬莱山，"闻海水洞滑澎湃之声"，不禁心有所感而移情入琴，从而弹出天下至美妙之琴曲。这两则典故共同隐示在艺术创造中还有一种来自于自然感应（实质是心灵与自然交感）的节奏体现，这就是情韵节奏。情韵节奏带引出来的"余响"可是"三日绕梁，我思韩娥"，悠远不绝于心灵了。而这是至高美的余响——性灵在情韵上的表现。刘氏父子的《袁枚续诗品详注》在此"小识"中说:"结响之云响,则重在篇、句暨词之声情,大要在响亮动听、自成音节,而又贵有余响不尽、引人共鸣、令人形神俱驰之情意也。"此说诚然。这表明袁枚又一次以性灵说来论诗。

取径

【题解】

　　此品谈诗的构思谋篇、言说方式等宜曲不宜直。全品所言的意思是这样的:揉直为弯,会显得屈曲有致;叠单使复,才见得层次分明。人们游山独爱武夷,就在于它千峰叠秀,曲径通幽。寻常市井,行人杂沓,车马喧阗,方显人间烟火。若一眼尽览,则令人兴味索然。蜀道崎岖,蚕丛开辟,千秋万代,顶礼膜拜。

　　揉直使曲①,叠单使复。山爱武夷,为游不足②。
　　扰扰阛阓③,纷纷人行。一览而竟,倦心齐生。
　　幽径蚕丛,是谁开创? 千秋过者,犹祀其像④。

【注释】

①揉(róu):使木弯曲。

②山爱武夷,为游不足:袁枚有《游武夷山记》,以山径论写诗取径,有曰:"武夷无直笔,故曲;无平笔,故峭;无复笔,故新;无散笔,故遒紧。不必引灵仙荒渺之事为山称说,而即其超隽之概,自在两戒外别竖一帜。余自念老且衰,势不能他有所往。得到此山,

请叹观止。"

③阛阓（huán huì）：街市，街道，市肆。

④幽径蚕丛，是谁开创？千秋过者，犹祀其像：蚕丛，古时楚王，李
白《蜀道难》以之为蜀道开辟者："噫吁嚱，危乎高哉！蜀道之难，
难于上青天。蚕丛及鱼凫，开国何茫然。尔来四万八千岁，不与
秦塞通人烟。"李白《送友人入蜀》则描述："见说蚕丛路，崎岖不
易行。山从人面起，云傍马头生。芳树笼秦栈，春流绕蜀城。升
沉应已定，不必问君平。"以蜀道崎岖峭拔的特点，喻诗文当所取
径。蚕丛祠，在成都府治（今属四川）西南。

【译文】

像直木须揉成曲曲弯弯，
意象因叠加而情韵回环。
我对武夷山心怀有偏爱，
踏云峦从未曾意兴阑珊。
多么好，市肆的熙熙攘攘，
多么好，行人的接踵摩肩。
如若平面得竟一览无遗，
没点儿余蕴能不生厌倦。
蜀道的蚕丛路崎岖曲折，
是谁开凿出这幽景一片？
百代千秋后还为他立祠，
对美的新探作深深膜拜。

【评析】

《随园诗话》卷四："凡作人贵直，而作诗文贵曲。"这是对"取径"品
最直截了当的言说。诗歌给人品赏的魅力在于一唱三叹、回环往复，这
才可以打动人心。作诗不仅需要明确诗歌路径，更需要有使人看过便觉
回味无穷的意识，那就得在运思、意象组合、语言方式等方面细加考虑，

做到曲径通幽、引人渐入佳境，而不是索然没点儿回味。这正如一座山的美，不在它的一览无余，而在于山径的屈曲盘旋，使登山临眺者历尽千难万险，享受"云深不知处"的幽深静谧之美。"文似看山不喜平"，诗歌创作，取径独特，在追求满足中，给赏诗者一种意犹未尽之感。取径其实何尝不是取境，皎然《诗式》云："诗人之思初发，取境偏高，则一首举体便高。"诗歌无非就是给人创造一种境界，让赏诗者置身其中，体会其美妙。

取径宜曲涉及诗歌创作时应该在哪些方面"揉直使曲"的问题。上面我们已约略提及运思、意象组合和语言方式，这里不妨较具体地谈一谈。这里的运思至少包括灵觉的概括、情感的升华和文本的布局。无灵觉不足以谈生活概括中的新发现，无情感的升华不足以谈把握诗歌真实世界中的奥义，无有机布局不足以谈文本层次的分明、层层深入的融合之美，而这些都要求必须走"揉直使曲"之径。这里的意象组合涉及感兴式的达物、叙事。在诗歌创作中，意象是极为重要的，为的是用意象来抒情，但孤立的单个意象功能性不强、意义不大，重要的是意象组合，这使得达物、叙事具有"叠单使复"的特征，避免单线平面的单调，一览无余的乏味。而这种"叠单使复"的意象组合使所达之物更具象化、所叙之事显得曲折有致。这样做能调动想象联想，激发感兴功能。这里的语言方式涉及反语法修辞规范的"诗家语"使用的问题，这造成了陌生化效应、激活联想、导引生活感应深入腹地等等方面的传达策略。这样的传达策略自然有别于"一览而竟，倦心齐生"，而是曲折有致的。取径宜曲也涉及可能出现的偏至的问题。这方面的偏至往往体现于两个方面：为求曲而曲的矫揉造作，把"真率"也看成直率而予以彻底否定。对这两方面的偏至，况周颐在《蕙风词话》卷一中曾有过一番中肯的议论："诗笔固不宜直率，尤切忌刻意为曲折。以曲折药直率，即已落下乘。昔贤朴厚醇至之作，由性情学养中出，何至蹈直率之失！若错认真率为直率，则尤大不可耳！"可惜袁枚仅以十二句韵文谈"取径"，内中有一些重要的方面无法涉及，我们只得在此补充几句。

知难

【题解】

此品谈作诗不易,应有"知难"的觉悟而以持重之心对待。全品所言大致意思是:小小年纪的赵括,读了几本兵书就以为用兵轻而易举。久经沙场的赵充国,越到晚年,用兵时越迟疑持重。为什么会这样呢?因为除非甘苦备尝,难有切身体会。正如同越是懂得如何调味的人,越不会轻易为人烹饪,越是懂得中医脉理的人,越不会草率给人治病。只有知难而慎作的作品才能传之千秋,令千万读者肃然称赏。诗歌创作重在实践,远不像侃侃空谈那么容易简单。

赵括小儿,兵乃易用^①;充国晚年,愈加迟重^②。
问所由然,知与不知。知味难食^③,知脉难医。
如此千秋,万手齐抗^④。谈何容易,着墨纸上^⑤。

【注释】

①赵括小儿,兵乃易用:赵括,战国时赵人,熟谙兵法,然于用兵之事
　却不甚了了,以为易事。后来代廉颇为将,为秦将白起所败。

②充国晚年,愈加迟重:充国,姓赵,西汉大将,精兵法,善骑射,多谋

略，知夷务。年七十七，犹自请平西羌叛乱。《汉书·赵充国传》称其"常以远斥候为务，行必为战备，止必坚营壁，尤能持重，爱士卒，先计而后战"。迟重，即"持重"。行事谨慎稳重。

③难食（sì）：不轻易烹饪菜肴给别人吃。

④如此千秋，万手齐抗：千秋、万手，极言时间之久、人员之众。抗手，举手合掌而拜，一种恭肃之礼。

⑤谈何容易，着墨纸上：此二句为"着墨纸上，谈何容易"的倒装。

【译文】

赵括读兵书还年纪小小，
误以为兵易用结果了了；
久经沙场者懂谋略之难，
充国到晚年更持重不躁。
问二人为什么思路相左，
关键点是真知还是假冒。
尝百味知味性食难下咽，
诊千人明脉理谨慎用药。
千年来有几人真悟此理，
合掌而齐眉作虔诚仿效。
这境界能进入谈何容易，
着墨于纸上得"知难"勿骄。

【评析】

《随园诗话》卷三有一段话可作"知难"品的补充："夫用兵，危事也；而赵括易言之，此其所以败也。夫诗，难事也；而豁达李老易言之，此其所以陋也。"这也足证作诗是件难事，难就难在毕生写诗必须显示为不断精进的过程。"晚节渐于诗律细"出自杜甫之口，以他这样一个伟大的诗人，到晚年才明白作诗需要刻苦，所以诗也才越写越工。可是大多数诗人作诗却很少能体会到这一点。

　　细品此则，深感写诗"知难"主要表现在两大方面：一方面是对诗与作诗从茫无所知进到知诗和深谙作诗之规律，是个长期地探求、不断地体会的过程，必须抱着活到老、学到老，也写到老的态度去对待。欲达到这样的要求真不容易。不说别的，单就写诗可遇而不可求的灵感，就非得以时刻准备着的态度来对待不可，待到灵感忽儿来袭，又如何抓住这飘忽的一瞬，展开运思，激活想象，构筑意象组合体，选择相应的语言、节奏方式，都不易恰到好处地落实在文本营造中。这场从心物感应到落笔成章的过程所费的良苦用心，亲历者都会知道够难的了。更何况诗为何物，如何把握诗歌创作的内在规律、艺术传达如何创新等等的学理与悟得相交融的认识经验，也非得化去你大半辈子的心思精力去探求不可的。不过，这种从不知到知的历程虽漫长，但对有心人来说倒总有一天会攻破难关的。但另一方面的"知难"却如铁壁铜墙很难攻破，这就是"知味难食，知脉难医"。越知内中奥妙，难题越不易破除，这可是一种心理现实。袁枚看到了，奈何？他也只好以"充国晚年，愈加迟重"来搪塞。其实这不能说是搪塞。老杜尚作"晚节渐于诗律细"，这"诗律细"的追求就是以持重的态度对待诗，却也是排解"知诗难诗"这一心理现实的唯一途径。

　　是的，对诗要有"知难"之心，这对今日诗坛也有现实意义，对某些认为写诗容易、年产千首的多产"诗人"来说，尤要"知难"，尤要持重！

葆真

【题解】

此品谈诗歌创作须去除伪饰，葆其情真意切。总体意思是：容貌不尽人意，就敷粉施朱来弥补；才力有所不足，就引经据典来充数。这些并不是作诗可取的方法。古人写诗作文，多由心有所蕴不得不发。伴欢假悲、忸怩作态，那活像是艺人假面而已。画上的美人很美，却无法让人心生宠爱；画上的兰花形象生动，却难以闻到其幽幽清香。究其缘由，正在于徒有其形，没有生气。

貌有不足，敷粉施朱。才有不足，征典求书①。
古人文章，俱非得已②。伪笑佯哀，吾其优矣③。
画美无宠，绘兰无香。揆厥所由，君形者亡④。

【注释】

① 貌有不足，敷粉施朱。才有不足，征典求书：《随园诗话补遗》卷六有曰："余以为诗文之作意用笔，如美人之发肤巧笑，先天也；诗文之征文用典，如美人之衣裳首饰，后天也。"喻诗文创作当以自然本真为根本，引经据典、润泽涂饰仅其次。

②古人文章，俱非得已：《孟子·滕文公下》："孟子曰：'予岂好辩
哉？予不得已也。'"此谓古人写诗作文，只因有真感情蕴诸心
胸，不得已诉诸笔端，皆自然本真。

③优：从事歌舞戏剧表演的艺人，此指惯于伪饰、不以真面目示人
的人。

④揆厥所由，君形者亡：揣测其中的原因，大概是因为徒有其形而无
生气的缘故。《淮南子·说山训》"画西施之面，美而不可说；规孟
贲之目，大而不可畏，君形者亡焉。"高诱注："生气者，人形之君。
规画人形，无有生气，故曰君形亡。"

【译文】

俗众里总有人其貌不扬，
乃有伪饰者敷朱粉浓妆。
文人中也不乏平庸之辈，
乃有卖弄者以僻典逞强。
自古相传的雅诗和美文，
俱出于不得已不吐不畅。
做作的笑容，无病的呻吟，
我说是优伶在作势装腔。
画里的美人怎能生爱宠，
纸上的幽兰总闻之不香。
且追究这种种怪事缘由，
无非图外形无真实蕴藏。

【评析】

诗歌创作须"葆真"，是袁枚特别关心的事儿。在《随园诗话补遗》
卷六中也有类似的言说："余以为诗文之作意用笔，如美人之发肤巧笑，
先天也；诗文之征文用典，如美人之衣裳首饰，后天也。至于腔调涂泽，
则又是美人之裹足穿耳，其功更后矣。"的确，作诗须保性贵真。古人有

云:"言发于心而冲于口,吐之则逆人,茹之则逆余。以为宁逆人也,故卒吐之。"(苏轼《思堂记》)这样做都是不得已的。放眼当今诗坛作诗却盛行无病呻吟,这必然会导致诗歌失去真实的性情。如同一个国色天香的美女,初见时真是巧笑倩兮,美目盼兮;略施粉黛之后,也还是明艳照人,但一旦过分打扮,浓妆艳抹,则风采尽失,更有甚者,令人觉得来了一个误入歧途的风尘女子。作诗要动人,首先要动心。心亡则生气尽,心亡则情意灭,所以一定要把持诗创作之原心。

葆真,也是对钟嵘《诗品》序中"文多拘忌,伤其真美"之说的一种照应。因拘忌而伤真美,其实是失去自我。《随园诗话》卷三中袁枚说自己最爱周栎园论诗之语:"诗,以言我之情也。故我欲为则为之,我不欲为则不为,原未尝有人勉强之,督责之,而使之必为诗也。"把周栎园之说与"葆真"品联系起来,更可见出袁枚此品的核心内涵其实是强调诗歌创作是一场自我表现,而最具"真"意的自我表现则是性灵表现。刘衍文、刘永翔的《袁枚续诗品详注》在对此品所作的"小识"中说:"夫'葆真'者,非葆其形也,乃葆其性耳;既须葆物之真性,更宜葆人之真性。二真得葆,灵自在也。"这话说到了点子上:"葆真"是通过对自我表现的张扬而来永葆袁枚心目中带有根本性的诗学观念:性灵说。

安雅

【题解】

此品谈率真的情意须出之以典雅之语，切忌粗俗。全品的意思是：诗歌创作如果只求真实不重雅驯，那就会像庸奴吆喝般鄙悖粗野。这正是曾子规诚、孔子批评的言语现象。君子则不然，他们博览书史，含英咀华，言谈间必追慕往圣先贤，引经据典。沈约为博引栗典而自夸，刘禹锡怕"糕"字俗而弃用，先贤这种博雅的诗学追求，正是创作中该奉为准的的。

> 虽真不雅，庸奴叱咤。悖矣曾规①，野哉孔骂②。
> 君子不然，芳花当齿③。言必先王，左图右史④。
> 沈夸征栗⑤，刘怯题糕⑥。想见古人，射古为招⑦。

【注释】

①悖矣曾规：曾子曾给人提出过"远鄙悖"的规诚。《论语·泰伯》有曰："曾子有疾，孟敬子问之。曾子言曰：'鸟之将死，其鸣也哀；人之将死，其言也善。君子所贵乎道者三：动容貌，斯远暴慢矣；正颜色，斯近信矣；出辞气，斯远鄙倍矣。'"倍，通"背"。悖理。

②野哉孔骂：孔子批评子路说话率意，粗野鄙陋。《论语·子路》：
　　"野哉，由也！君子于其所不知，盖阙如也。"

③芳花当齿：指吐属清雅。芳花，又作"芳华"。陆机《文赋》："倾群言
　　之沥液，漱六艺之芳润。"韩愈《进学解》："沉浸酴郁，含英咀华。"

④言必先王，左图右史：言必先王，动辄称引古圣先贤的话。郑玄注
　　《礼记·曲礼上》曰："则古昔，称先王，言必有依据。"左图右史，
　　指积书盈侧，嗜古好学。

⑤沈夸征栗：《梁书·沈约传》载南朝梁武帝与沈约等群臣比赛，看
　　谁征引有关栗子的典故最多。沈约少于梁武帝两条而输。

⑥刘怯题糕：罗大经《鹤林玉露》乙编卷三："刘禹锡作《九日》诗，
　　欲用糕字，以其不经见，迄不敢用。"

⑦射古为招：此指以古为雅，以古雅为准则。招，箭靶。

【译文】

诗虽很真率却并不高雅，
那正像俗众的粗鲁喧哗。
其言词之鄙为曾子所远，
其声气之野如子路遭骂。
谦谦的君子却从不如此，
语吻中流吐出缕缕芳华。
所言者必遵先王的遗训，
所据者必合典籍的史话。
如沈约夸梁武所知渊博，
刘禹锡嫌糕俗诗笔难下。
要追踪古诗人吟咏遗风，
应先去学他们出语高雅。

【评析】

《随园诗话》卷四有云："诗虽贵淡雅，亦不可有乡野气。何也？古

之应、刘、鲍、谢、李、杜、韩、苏，皆有官职，非村野之人。盖士君子读破万卷，又必须登庙堂、览山川，结交海内名流，然后气局见解，自然阔大；良友琢磨，自然精进。否则，鸟啼虫吟，沾沾自喜，虽有佳处，而边幅固已狭矣。"君子在作诗时，需要保持一种温文尔雅的姿态，见于诗文之中又不可有乡野村夫之气。君子或身在高堂华屋，或身在深街陋巷，都要时时不忘先哲的遗训。行处坐卧不离古人，诗歌表达自己高洁的情趣，以古人的高雅为依归。

　　总之"安雅"品是在"葆真"的基础上提出的，诗情的率真在表达时的确难免会流于俚俗，这是作诗者必须避免的，真而不雅，流入平庸，岂不令人惋惜？所以必须提倡"安雅"。但这里也出现了一个问题：诗欲"葆真"而求"雅"，依靠的莫非就是"言必先王，左图右史"吗？按此品之文意，袁枚似乎的确是这样认为的。那么这见解岂不是和《选材》品中嘲笑"金貂满堂，狗来必笑"，即反对掉书袋、堆垛典实以卖弄学问的态度相矛盾了吗？其实正如同《博习》品和《选材》品并不矛盾一样，《安雅》品和《选材》品也并不矛盾。这里不妨把我们在阐析《选材》品时曾经用过的一段《随园诗话》卷一中的话再引用一次："余每作咏古、咏物诗，必将此题之书籍无所不搜；及诗之成也，仍不用一典。尝言：人有典而不用，犹之有权势而不逞也。"这既表明他确实以"左图右史"为荣，十分重视读书、做学问，讲究诗歌中用典以显示其"言必先王"的雅致。不过他又是个胸怀学问、熟悉大量典故却不以此逞能者，他并不泥着于由多读书、做学问得来的典故，而是藉典故和典故化雅语构成的规律去再造非典故化的雅语，并以这类雅语去"芳花当齿"地言说率真的情思意绪。

　　所以从"安雅"品可见出袁枚的诗学观中有一个观念是博学多知有助于诗歌创作，但这又只是策略性的追求，最终目的还是以此为手段，再造一种超越"言必先王"的雅语来传达诗之"真"。而这也反映着他毕竟是个决不肯丢弃自我再造精神的性灵至上的诗美追求者。

空行

　　此品从诗歌的虚实关系出发来谈"虚"在诗歌艺术中的重要性。全品的意思大致是：钟鼓过于厚实，其响必定闷哑；耳朵被堵塞了，难免听而不闻。虚空之道，亘古通今。诗人运笔也是如此，当如列子御风一般，凭虚蹈空，驰骋想象。只有不拘形迹和皮相，遗貌取神，声东击西，才能创设空灵高妙的意境。如同应龙不为尺水所限，空所依傍，振翅翱翔于天际一样。

　　钟厚必哑^①，耳塞必聋。万古不坏，其惟虚空。
　　诗人之笔，列子之风^②。离之愈远，即之弥工^③。
　　仪神黜貌，借西摇东^④。不阶尺水，斯名应龙^⑤。

【注释】

①钟厚必哑：汉刘熙《释名·释乐器》："钟，空也。内空受气多，故
　　声大也。"郑玄注《周礼·考工记·凫氏》曰："（钟）大厚则声不
　　发。"此喻只有行空灵之笔才能给人超妙的艺术感受。
②列子之风：列子，战国郑人，名御寇。《庄子·逍遥游》："夫列子御

风而行,泠然善也。"此喻诗人笔致空灵飘逸,如列子御风空行。

③离之愈远,即之弥工:袁枚《高文良公味和堂诗序》谓:"后世王朗学华子鱼,学之愈肖,而离之愈远。"此喻诗歌创作若太拘泥于形迹,反失神味。袁枚《与稚存论诗书》亦谓:"昔人笑王朗好学华子鱼,惟其即之过近,是以离之愈远。"此反用其意。即,靠近。工,工妙。

④仪神黜貌,借西摇东:指遗貌取神,超以象外,用指东话西的艺术化手法加以表现。黜,摈弃。

⑤不阶尺水,斯名应龙:桓谭《新论·启寤》:"龙无尺水,无以升天;圣人无尺土,无以王天下。"此处反用其意。阶,凭借,依附。尺水,浅水,小股的水。应龙,郭璞注《山海经》谓"龙有翼者也"。

【译文】

钟厚实发声就闷哑乏韵,
两耳堵塞了听觉就失聪。
艺术的万古不变的法则,
必须是让实陈转为虚空。
或者说让诗人生花妙笔,
像列子御风般自由飘动。
若能够与实体拉大距离,
凭虚灵更能显创造奇功。
这一种遗貌取神的追求,
能借西摇东,境旷远溟濛。
像应龙无须与尺水周旋,
凭双翼即可飞行于苍穹。

【评析】

此品所言内容,在《随园诗话》卷十三中也有提及,那是袁枚引严冬友的话:"凡诗文妙处,全在于空……钟不空则哑矣,耳不空则聋矣。""空"也可以释为虚怀若谷的品格，但此处则是对诗歌创作提出要求。诗歌创作中要避免堆砌过多，用典壅滞，要像列子御风而行般飘逸空灵。而要达到这种境界，感受天地之气、宇宙之空灵幻变当然是一条途径，不过在诗歌创作中的体现却是个技巧问题，即要追求意象组合体之间能留下大量空白，让人拥有一片想象的空间，诗人不作一语道破，观者没能一眼看穿，于浮想联翩中去获得更多诗情感受。

袁枚对创作提出"空行"的看法显得很高妙。尽管经过了博习、选材、择韵等一系列的经营活动，诗歌创作艺术的框架大体已经确定，文字也已成竹在胸，昭然若揭。但他进一步告诫我们：要明白一首诗真正的意义在于空灵；通过文字的感染力，让空灵感召读者进行心灵的二度创作。由于体验因人而异，这场二度创作就像是驰骋在一望无际、辽阔无垠的田野，信马由缰，所到之处，是称心的，又是充满遐想的，实在妙不可言。而这片诗人开拓出的广阔空间，则可以让读者凭借自己的理解去感受美。

需要指出的是："空行"的"行"可指诗行，那么"空行"可以理解为诗行与诗行间省略关联词语，造成语言传达中的"留白"效应，让接受者读至空白处不得不激活联想、强化思维，获得对诗思深层的意会，但这是靠语言外力的作用。"空行"的"行"还可理解为运行，那么"空行"就可以理解为意象流动（运行）中的"留白"，即意象与意象组合中常情常理关系的脱节，让接受者读至此不得不把想象激活，"仪神黜貌"，去其形貌而得其神采，这可是促使灵的觉醒的事儿，也就促使接受者灵泉飞涌，有了心灵的二度创作，也有了对诗歌世界更深远的感应。所谓"离之愈远，即之弥工"，正是想象效应的具现。比较而言，此品强调的是后一种"空行"。所谓"万古不坏，其惟虚空"，正是"空行"带来意象大跳跃而引发性灵觉醒的赞词。这里有必要再引用《随园诗话》卷四中对诗的"厚"与"薄"也就是"实"与"虚"的一番议论："今人论诗，动言贵厚而贱薄，此亦耳食之言。不知宜厚宜薄，惟以妙为主。以两物论，狐貉贵厚，鲛绡贵薄；以一物论，刀背贵厚，刀锋贵薄，安见厚者定贵，薄者定贱耶？古人之诗，少陵似厚，太白似薄；义山似厚，飞卿似薄：俱为名家。"对袁枚的这番议论，刘衍文、刘永翔《袁枚续诗品详注》作这样的释读："按此之云'薄'，乃'清''灵''秀''逸'之属，非淡薄、浅薄、薄弱之谓也。其遣辞之语虽同，其内蕴之义实异。"这番话针对的是"虚""实"——也就是此品与下面"固存"品，以明两种风格不存在高下之分，一切"以妙为主"，这"妙"指什么暂且不谈，值得我们注意的是，袁枚认为"薄"的诗——也就是讲究虚空的"空行"风格的诗，凡属淡薄、浅薄、薄弱之类的，可作"贱薄"之议，而凡属"清""灵""秀""逸"之"薄"，则是不能"贱"之的。为什么呢？大概它们"以妙为主"吧。而"清""灵""秀""逸"实属性灵之体现，由此可见，"以妙为主"的"妙"当指性灵，这也意味着虚空风格之值得肯定，在于通性灵，而"空行"品实是一场通灵之道的探求。

固存

【题解】

中国传统诗学讲究虚实。"空行"谈"虚",此品谈实,谓诗当凝重有骨力。全品的意思是:薄酒容易变酸,曲柱容易晃动。人要硬朗地立身于世,有赖于负重的骨力相撑持。诗人不能轻佻,要有王者的沉稳,也要有能扛九鼎的笔力。笔力凝重不意味着笨拙,要重而能行,如同乘平稳的百斛舟一般;若重而不能行,就如同猴子骑上土抟的牛,举止笨拙而了无意趣。

> 酒薄易酸,栋挠易动①。固而存之,骨欲其重②。
> 视民不佻③,沉沉为王④。八十万人,九鼎始扛⑤。
> 重而能行,乘百斛舟⑥。重而不行,猴骑土牛⑦。

【注释】

①酒薄易酸,栋挠易动:酒薄、栋挠,比喻诗之浅薄、纤弱,不够厚重。
  挠,通"桡(náo)"。木头弯曲。

②骨:气骨,风骨。重:厚重,稳重,庄重。

③视民不佻(tiāo):典出《诗经·小雅·鹿鸣》:"德音孔昭,视民不

恍，君子是则是效。"意为先王德教甚明，可以为下民效法，使之不轻佻浮薄，与"酒薄"相呼应。视，通"示"。

④沉沉为王：此以宫室之层叠深邃喻好诗须深沉庄重，与"栋挠"对应。典出《史记·陈涉世家》："陈王出，（客）遮道而呼涉。陈王闻之，乃召见，载与俱归。入宫，见殿屋帷帐，客曰：'夥颐，涉之为王沉沉者。'"

⑤八十万人，九鼎始扛：以扛鼎须有足够的气力，喻诗须笔力敦实厚重，亦与"栋挠易动"句相对应。典出《战国策·东周策》："昔周之伐殷，得九鼎，凡一鼎而九万人挽之，九九八十一万人，士卒师徒，器械被具，所以备者称此。"

⑥百斛舟：可载重百斛之大船。此喻平实稳重。斛，古代容量单位，以十斗为一斛。语出苏轼《书晁说之〈考牧图〉后》："我昔在田间，但知羊与牛。川平牛背稳，如驾百斛舟。舟行无人岸自移，我卧读书牛不知。前有百尾羊，听我鞭声如鼓鼙。我鞭不妄发，视其后者而鞭之。泽中草木长，草长病牛羊。寻山跨坑谷，腾趠筋骨强。烟蓑雨笠长林下，老去而今空见画。世间马耳射东风，悔不长作多牛翁。"

⑦猴骑土牛：此以职务晋升缓慢喻"重而不行"。土牛，泥土抟制的牛。典出《三国志·魏书·邓艾传》裴松之注引《世语》："君，名公之子，少有文采，故守吏职；猕猴骑土牛，又何迟也！"

【译文】

像酒薄了易发酸，让人叫苦，
梁柱若弯曲屋不会牢固。
若要使事物立得定定的，
筋骨须硬朗得千斤能负。
视民不轻薄是高格姿态，
为政讲稳健是王者风度。

聚众八十万把九鼎扛起，

真可谓力拔山气势磅礴。

负重而能行则行必沉稳，

如人乘百斛舟冲浪飞渡。

负重不善行则行必晃悠，

如猴子骑土牛怎生蹑步。

【评析】

此品标题"固存"意指诗要写得沉甸甸富有重量感。它置于"空行"后，颇富心计。"空行"品标举飘逸虚空，"固存"则标举厚重稳实，二品相随，正反映着中国传统诗学中的虚实相生相克之见解。所以欲理解此品前六句必须和"空行"品结合起来看。前则论析了"空行"，强调了那种"列子御风"般的飘逸虚空，从艺术的表现角度看，这类风格确实有利于诗人发挥想象，"仪神黜貌，借西摇东"，也真有其风神自由佳妙之处。不过也不能不看到，这般"借西摇东"如若自由得过分，也会让人感到太飘了，以致虚空的美学追求变得油滑。为力矫此弊，才有对"固存"的标举。所以"固存"品一开头就说"酒薄易酸"，喻示着由虚空追求引来的浮滑浅薄对写诗极不利，随之标举"固而存之"的沉稳骨力，并以"视民不佻，沉沉为王"二句，把欲矫枉轻佻浮滑必须以"沉沉为王"当作一剂猛药，也就是以敦实厚重的王者之风来治。这样提是与"酒薄易酸"完全相对应的，明确表达了袁枚的观点：诗要写得深沉庄重，而这也正是"固存"品的核心内容。于是紧接而来的第七句至第十二句，就集中全力具体来谈深沉庄重的诗风了。"八十万人，九鼎始扛"二句，以夸张的语言来凸显诗歌沉稳厚实所应该达到的"重"的程度，然后又以"重而能行，乘百斛舟"和"重而不行，猴骑土牛"这两组四句，对比着来说此负"重"而行，有佳妙，也有笨拙，要分清。佳妙在于装满百斛重物的船可沉稳地在大江上航行，无惧风浪颠簸；笨拙在于如猴骑土牛呆滞蠢笨的神态。由此可见袁枚对诗歌创作中重"实"的美学追求不是一概称颂的。在袁枚看来，重"实"要想达到佳妙之境而不至于"重而不行"一片笨拙，那得有一个条件：重灵。在《随园诗话补遗》卷二中他说："笔性灵，则写忠孝节义俱有生气；笔性笨，虽咏闺房儿女亦少风情。"真是万变不离其宗，随园老人又祭起了他的法宝：性灵说。

辨微

此品提出一种情况：鉴于审美价值观的不同，品评同一对象，有时高
下、褒贬，持论大相径庭。为此提出有必要兴"辨微"之风。全品的意思
大致是：是新巧而非纤弱，是平淡而非枯瘦，是朴实而非笨拙，是雄健而
非粗笨。对诗来说这些是亟待判别清楚的问题。艺术感觉上的毫厘之
差，有可能使价值高下的判断失之千里。不要混淆淄水和渑水，不要在
朱和紫之间眩晕眼睛，失去了辨别能力。正是这种混淆，这种辨别能力
的丧失，往往会使贤能智慧的人犯下过失。值得警戒！真得警戒！切莫
把老迈的人衰颓疏懒的创作风气看成炉火纯青的表现，也切莫把才人恃
才傲物之作当成大胆创新。

是新非纤，是淡非枯；是朴非拙，是健非粗。
急宜判分，毫厘千里①。勿混淄渑②，勿眩朱紫③。
戒之戒之，贤智之过。老手颓唐，才人胆大④。

【注释】

①毫厘千里：即差之毫厘，谬以千里。

②淄渑（zī miǎn）：二水名，皆在今山东省。相传二水味不相同，混
　　合之后则难以辨别。

③朱紫：两种颜色。《论语·阳货》："恶紫之夺朱也。"何晏《集解》
　　引孔安国曰："朱，正色；紫，间色之好者。恶其邪好而夺正色。"

④老手颓唐，才人胆大：谓素来善于写诗者，往往不复着意经营，故
　　而辞气不振，给人衰颓疲软的拖沓感，所作便无新意；才高气盛的
　　人，往往恃才傲物，率意而为，所作便无精品。

【译文】

总得把新嫩和纤弱分开，
同样别等同淡然与枯萎；
总得把朴素与笨拙划清，
同样别混淆健壮与粗呆。
总得把这等事有所辨微，
失毫厘差千里教训犹在。
淄渑属异流勿品成一味，
朱紫是异色莫眩为一类。
写诗者真值得警戒再三，
要不然贤智者实难担待。
把衰迈颓唐相当作老成，
把胆大妄为腔认为天才。

【评析】

袁枚《随园诗话》卷二有云："为人不可不辨者：柔之与弱也，刚之
与暴也，俭之与啬也，厚之与昏也，明之与刻也，自重之与自大也，自谦之
与自贱也，似是而非。作诗不可不辨者：淡之与枯也，新之与纤也，朴之
与拙也，健之与粗也，华之与浮也，清之与薄也，厚重之与笨滞也，纵横之
与杂乱也，亦似是而非。差之毫厘，失之千里。"这可说是对"辨微"品
的补充。这种"辨微"之举，其实不自袁枚始。钟嵘在《诗品序》中早就

这样说过："淄渑并泛，朱紫相夺。喧议竞起，准的无依。"看来诗歌理论界从来就不讲究"辨微"的，以致"喧议竞起"，并向来"准的无依"——没有个客观标准。南宋姜夔在《白石道人诗说》中也感慨颇深地说："大凡诗自有气象、体面、血脉、韵度。气象欲其浑厚，其失也俗；体面欲其宏大，其失也狂；血脉欲其贯穿，其失也露；韵度欲其飘逸，其失也轻。"真的，一个诗评家，特别是当事者诗人自己，须认真地对诗创作"辨微"一番，否则就会差之毫厘而失之千里矣！同袁枚一样的一些清代诗评家，对诗坛这种不知"辨微"的乱象更其关注。明末清初的黄生在《诗麈》中说得十分严肃："诗欲高华，然不得以浮冒为高华；诗欲沉郁，然不得以晦涩为沉郁；诗欲雄壮，然不得以粗豪为雄壮；诗欲冲淡，然不得以寡薄为冲淡；诗欲奇矫，然不得以诡僻为奇矫；诗欲典则，然不得以庸腐为典则；诗欲苍劲，然不得以老硬为苍劲；诗欲秀润，然不得以嫩弱为秀润；诗欲飘逸，然不得以佻达为飘逸；诗欲质厚，然不得以板滞为质厚；诗欲精采，然不得以雕缋为精采；诗欲清真，然不得以鄙俚为清真。诗家雅俗之辨，略尽于此！"这一番"辨微"不能说是雅俗之辨，因为俗也有俗之可爱的，确切点说是美丑之辨、优劣之辨、纯粹与杂质之辨，其"辨微"之精神，坚决抵制鱼目混珠之乱象之气概，和袁枚是完全一致，却比袁枚要细致、深入，击中时弊更其全面。不过袁枚此品的最后四句却针对性突出，不客气地批评了一些人，更犀利也更大胆，并且矛头所指对象是他人没有说及过的，这就是"戒之戒之，贤智之过。老手颓唐，才人胆大。"他指摘了三类人：智慧的诗评家和诗人中的倚老卖老者和恃才傲物者。他批评不作"辨微"的诗评家的过失还算客气，只向他们提"戒之，戒之"的要求，对后二者，批评的话就相当尖刻了，揭示了一些倚老卖老的诗坛"老手"，直斥之以"颓唐"。不仅在此品中如此，在别处也数次表示不买账。在《人老莫作诗》中他这样写："莺老莫调舌，人老莫作诗；往往精神衰，重复多繁词。香山与放翁，此病均不免。奚况于吾曹，行行当自勉。其奈心感触，不觉口咿哑。譬如一年春，便有一年花。我意欲矫之，言情

不言景。景是众人同，情乃一人领。"在《随园诗话》卷十四中说："诗者，
人之精神也。人老则精神衰蒽，往往多颓唐浮泛之词。"还特别对恃才
傲物者不客气，不仅在此品中斥之为"胆大"妄为，《随园诗话》卷一中
还说："人称才大者，如万里黄河，与泥沙俱下。余以为：此粗才，非大才
也。"由此看来，袁枚之"辨微"反映着他的评诗作诗坚持一条：在审美
标准面前人人平等，有好说好，有坏说坏，不作阿谀奉承的捧场。

澄滓

【题解】

　　此品谈诗人不能以多争胜、以高产为贵，要去除套话连篇、老生常谈的诗歌渣滓。全品的意思大致是：当今依样画瓢的诗人很多，真正用心创新的诗人很少。之所以会有这样的结果，就因为诗歌史长河中沉渣泛滥。沥去酒糟酒才能清醇，去掉肉渣汤汁才显美味。去其糟粕，取其精华，才是价值所在。倘无创新，宁可搁笔，无需勉强凑泊。就像官僚府第设宴，斗靡夸多，满桌杂陈，只令人味蕾麻木。如果写诗总是老一套，喋喋不休而没有新意，就会如同嚼蜡般没有味道。

　　　描诗者多，作诗者少①。其故云何？渣滓不扫②。
　　　糟去酒清，肉去泪馈③。宁可不吟，不可附会④。
　　　大官筵馔⑤，何必横陈⑥！老生常谈，嚼蜡难闻⑦。

【注释】

①描诗者多，作诗者少：描诗，指步趋古人、割裂典籍，不从性情中流
　　出，摹拟他人，纯粹以手代心写诗。作诗，自出心裁地创作诗歌，
　　与"描诗"相对。

②渣滓不扫:杂质没有去除。渣滓,喻诗歌中无甚价值的陈言滥调。

③肉去洎(jì)馈:除去肉渣,以其汤汁进馈。洎,肉汤。馈,以食物
　进献于人。

④附会:原指融会贯通,此指勉强附和。《文心雕龙·附会》:"何谓
　附会?谓总文理,统首尾,定与夺,合涯际,弥纶一篇,使杂而不越
　者也。"叶燮《原诗·内篇下》:"或亦闻古今诗家之诗,所谓体裁、
　格力、声调、兴会等语,不过影响于耳,含糊于心,附会于口。"

⑤大官:即太官,属少府,主膳食。

⑥横陈:指菜肴杂陈,斗靡夸多。

⑦嚼蜡:喻无味。《楞严经》卷八:"我无欲心,应汝行事,于横陈时,
　味如嚼蜡。"

【译文】

诗坛多的是描红的人众,
少见凭性灵作至诚吟咏。
结果变成了怎一方局面?
渣滓在诗篇中满沟满垄。
沥去了酒糟酒才能清醇,
除掉了肉渣汤才会味浓。
诗人啊你宁可不去写诗,
别作应声虫去附和讽颂。
有权者设宴真琳琅满目,
又何必凭酒池肉林逞雄。
老生常谈样平平又仄仄,
真如同嚼蜡般无味含蕴。

【评析】

袁枚《随园诗话》卷二有云:"后之人未有不学古人而能为诗者也。
然而善学者,得鱼忘筌;不善学者,刻舟求剑。"不善学诗的结果是诗歌

创作徒有其形，终乏其味，诗歌中的味外味尽失。这样，与其是一大批粗制滥造的作品，不如一两首足以流传千古的名篇；宁可闭口不吟，也绝不随声附和。大量的渣滓显出了精华的难能可贵，一两道足以压轴的菜肴，可以彰显宴席的品位。"若无新变，不能代雄"。如何才能避免这种渣滓的泛滥呢？袁枚只是让我们自己去体会，得意忘言。姜夔《白石道人诗说》曾说："人所易言，我寡言之，人所难言，我易言之，自不俗。"对同一题材的创作，要别出机杼，切不可墨守成规，反复言说。

此品关键词是"描诗""作诗""附会"，连起来说袁枚所谓"澄汰"的精髓是这么两句：描诗容易作诗难，宁可不吟莫附会。何谓"描诗"？《随园诗话》卷七云："高青丘笑古人作诗，今人描诗。描诗者，像生花之类，所谓优孟衣冠，诗中之乡愿也。譬如学杜而竟如杜，学韩而竟如韩，人何不观真杜、真韩之诗，而肯观伪韩、伪杜之诗乎？"这意思很明白，"描诗"就是描红，按前人之作依样画葫芦而已。何谓"作诗"？同一则所引高启的话中还这样说："唐义山、香山、牧之、昌黎，同学杜者，今其诗集，都是别树一旗。杜所服膺者，庾、鲍两家，而集中亦绝不相似。萧子显云：'若无新变，不能代雄。'"由此说来，"作诗"就是要有在学习前人、继承传统中追求"新变"、超越前人、发展传统的诗歌创作态度。袁枚正是对"描诗"与"作诗"有这样的认识，才使他对这两种诗歌创作态度之间应确立若何关系作了进一步的言说："宁可不吟，不可附会。"并且在《随园诗话补遗》卷四中引浦柳愚山长的话予以发挥云："诗生于心，而成于手；然以心运手则可，以手代心则不可。"这就是"描诗"与"作诗"的正常关系：要从"描诗"发展到自我独立创造的"作诗"，不可丢弃自我独立创造的态度而去"描诗""附会"，如果真那样，须掂量"其故云何"呢！只能是一大堆"老生常谈"的套话、废话而已。这就是此品精髓之语的内在逻辑关系。不过，从这内在逻辑关系推出一个更属精髓的见解，袁枚在此品中没有涉及，但在他的《随园诗话》中还是可以见到的。就在上引浦柳愚山长的话之后还续引了一句："今之描诗者，东拉西扯，

左支右吾,都从故纸堆来,不从性情流出:是以手代心也。"此言极重要:
以手代心,以描诗代作诗,弄得老生常谈的渣滓横陈于诗坛,原来都是不
讲性情的缘故。袁枚之所以青睐浦氏之言,正反映着浦氏对"不从性情
流出"的批评完全合于他的心意。对此,刘衍文、刘永翔的《袁枚续诗品
详注》说得甚好,认为"澄滓"中"所欲澄而去之者,乃其非性、碍性、塞
性者诸滓耳,非徒意之复、词之冗、情之伪而浮泛者已也。其滓澄,则其
性自明,其灵始得不昧耳。"

斋心①

【题解】

　　此品谈写诗要祛除杂念,以单纯、诚挚之心投入生活、拥抱世界,才能写出脱俗感人的好诗。全品大致意思是:写诗如同鼓琴,琴音是心性的流露。心为创作之源泉,诗歌就是把诚于中者形于外。我心清净无尘,诗歌就会超凡脱俗无烟火气;我心情深意长,诗歌就会引人共鸣让人感动落泪。表面参禅念偈,而不能静心参悟的,非真释门;空谈道学性理,而没有真知灼见的,非真儒者。言为心声,内心如果是性灵美好的,那么言语也肯定是和蔼亲切的。

> 诗如鼓琴,声声见心②。心为人籁,诚中形外③。
> 我心清妥④,语无烟火⑤。我心缠绵,读者泫然。
> 禅偈非佛,理障非儒⑥。心之孔嘉,其言蔼如⑦。

【注释】

①斋心:斋戒其心,祛除杂念,使心神凝寂,一意为诗。

②诗如鼓琴,声声见心:袁枚《龚旭开诗序》:"作诗如鼓琴然,心虚
　　则声和,心窒则声滞。"

③心为人籁，诚中形外：指心为人籁之源泉，倘能内诚其意，必能外
　见于诗。人籁，人吹箫发出的音响。此泛指人发出的声音。籁，
　古代一种管乐器。

④清妥：清净不烦。

⑤烟火：指世俗欲念。

⑥禅偈（jì）非佛，理障非儒：意指奢语色空禅机者，非真释门；爱谈
　道学性理者，非真儒家。禅偈，禅门之偈颂语，常用诗句形式，表
　达佛理、禅机。理障，指好谈道学而为理所束缚，障碍真知灼见。

⑦心之孔嘉，其言蔼如：韩愈《答李翊书》："仁义之人，其言蔼如
　也。"孔嘉，非常美好。蔼如，和气可亲貌。

【译文】

诗人的吟咏如鼓瑟奏琴，
一声声抒唱着真实心境。
心乃是人籁汩汩的泉源，
挚情在内里诗则是外形。
诗人如果能清灵而淡荡，
诗篇就不受烟火气浸淫。
诗心若也能缠绵而悱恻，
读者就沁一串珠泪晶莹。
佛理未参悟莫奢谈禅缘，
道学未参透则难入儒门。
只要心儿里已一片佳妙，
言说也必定能和蔼可亲。

【评析】

"斋心"一则是为力扫渣滓而做出的努力，行有不得，反求诸己。当
诗歌失去了味道，是不是因内心有了太多的纷扰？如果心是澄明的，那
么语言也是波澜不惊的。这种逻辑推理的言说，袁枚分四层来展开。

首先一层是第一句至第四句,说诗之咏唱,须是心灵之声。而"心为人籁"。籁,箫也;人籁者,人口所吹之乐声,自然地出之于心灵,故能显现为"诚中形外",即能内诚其意而外形于诗。这诚如宋李衡《乐庵语录》所云:作诗"老便说老,贫便说贫,若未老说老,不贫说贫,便不是诚意。"而"苟不出于诚意,便是乱道"了。这就见出"声声见心"的重要了。第二层是第五句至第八句,强调"心"——这诗人的内在修养越深,则诗的境界越能脱俗,"语无烟火";情感的抒发越能缠绵感人,令"读者泫然"。第三层次是第九句至第十句,这里的"禅偈非佛,理障非儒",是对说禅论道的抽象议论的斥责。袁枚针对的正是奢语禅机、好谈道学者并未真正入禅门儒学而有出自真情的悟得。沈德潜在《说诗晬语》卷下中云:"人谓诗主性情,不主议论。似也,而亦不尽然。"他举出不少例子来证实"纯乎议论"也颇有好诗,却也需要一个前提:"议论须带情韵以行,勿近伧父面目耳。"此言初看似乎与袁枚的话相左,其实是一致的:议论要带情韵而出才不会是"理障"的空谈,而情韵则来自于性情。所以袁枚又把这些归结于性灵说,也唯其如此,才使他又推出此品的第四层——第十一句和第十二句:"心之孔嘉,其言霭如。"有诚挚的性情,才能使人品尝到亲切的意味。总之,此品所言"斋心",实系诗人须提高内在修养之论。修养提高了,内心必然清明,才不会被俗念所累。不以空谈高论惑人,全凭诚恳的性情见形于外,只有这样,才能使偈语理障般的议论也会"带情韵而行",而言语之传达也必因"心之孔嘉"——有美好的性灵存在而显得亲切动人了。

矜严

此品谈诗歌创作必须严于筛选淘洗,简约精炼,做到浓中出淡,厚积薄发,要语不烦。全品总体意思大致是:贵人咳珠唾玉,化人至深的,也不过只言片语;昙花灵光一现,虽然短暂,却璀璨夺目,美艳动人。仙掌甘露,啜饮成仙,不必千钟万盏;沙场斗勇,精兵寸铁,岂非更显英雄!作诗在于博而能约,蕴淡于浓。烦言交杂,错语穿插,都有失真仙的洒脱风度。

> 贵人举止,咳唾生风^①。优昙花开^②,半刻而终。
> 我饮仙露^③,何必千钟^④! 寸铁杀人^⑤,宁非英雄!
> 博极而约^⑥,淡蕴于浓^⑦。若徒棻缪^⑧,非浮邱翁^⑨。

【注释】

①贵人举止,咳唾生风:指贵人举止不凡,咳唾成珠,语言精妙。咳唾,咳嗽吐唾液,多用以称美他人的精言妙语等。李白《妾薄命》:"咳唾落九天,随风生珠玉。"

②优昙花:即优昙钵花,如莲花十二瓣,一开即敛。喻虽仅灵光乍

现,但美艳足以夺目惊心。

③仙露:甘露,饮之可得长生。汉武帝建有承露仙人盘。

④钟:器名,古代用以盛酒、盛浆等的圆形壶。

⑤寸铁:犹短兵。此以兵贵精不贵多,喻诗文强弱在乎精神气骨而
不在形貌。

⑥博极而约:广泛阅读,抠要选取,精炼表达。苏轼《稼说(送张
琥)》:"博观而约取,厚积而薄发,吾告子止于此矣。"

⑦淡蕴于浓:苏轼《与二郎侄一首》云:"凡文字,少小时须令气象峥
嵘,采色绚烂,渐老渐熟,乃造平淡。其实不是平淡,绚烂之极也。"

⑧棽猇(xué xiāo):指言语错杂,喋喋不休。左思《吴都赋》:"儸囂
棽猇。"李善注:"棽猇,众相交错之貌。"

⑨浮邱翁:即浮丘公,传说中黄帝时的仙人,一谓汉儒。赵翼《陔馀
丛考·安期生浮丘伯》:"世以安期生、浮丘伯皆为列仙之徒……
《汉书·儒林传》:'申公少与楚元王交,俱事齐人浮丘伯……'则
浮丘伯实儒者也。"

【译文】

贵人的举止与庸众不同,

咳唾能显精彩,谈吐生风。

像莲花十二瓣,昙花开了,

光彩照人啊,纵半刻而终。

我有幸饮甘露一杯足矣,

又何必贪多再饮上千钟。

沙场上寸铁精兵的拼杀,

岂能不称颂这样的英雄!

既追求渊博又讲究简约,

既显得恬淡又内涵深浓。

烦言的交叠与思绪纷乱,

就不像浮邱翁洒脱行踪。

【评析】

不斤斤计较于辞藻的纷呈、典章的堆垛、事象的铺陈，而是使诗歌有一种语约情深的境界。《随园诗话》卷五云："诗宜淡不宜浓，然必须浓后之淡。"这是此品的核心内涵。诗歌的确要在简约的表现中显示意境的深远，而这可就要对诗人提出要求：一方面力避长篇大论，做到"片言可以明百意"；另一方面在抱积学、蕴瑰材的基础上，面对浩如烟海的人生内容和汗牛充栋的典籍，要学会取舍，懂得典型化。

通览《矜严》，此品当可分为两大块，前八句一块，后四句一块。

前八句是谈立意和取材的浓缩。八句各两两组合，共四组。首组"贵人举止，咳唾生风"喻妙论并不需要铺排众多材料实证，如同小小一声咳嗽即可生风，表明精粹胜于繁杂。第二组"优昙花开，半刻而终"，喻所述事象虽少，呈现时间虽短，却能于瞬间灿烂中获永恒之美，亦显示为以精粹胜繁杂。第三组"我饮仙露，何必千钟"，喻欲得至美，无需用繁多的意象感兴，也以精胜繁。第四组说"寸铁杀人，宁非英雄"，以兵贵精不贵多，喻诗思的把握在于选粹而不在于铺陈，也是以精胜繁。

后四句是谈用语的简约，也两两组合，共两组。第九句和第十句直言"博极而约，淡蕴于浓"，这是对诗家语中辞藻的采用而言的。事情往往是这样：辞藻极丰富的拥有者往往会使用最简约的辞藻，辞藻极浓艳的拥有者往往会选用最淡雅的辞藻，这诚如苏轼《与二郎侄一首》中所言："凡文字，少小时须令气象峥嵘，采色绚烂，渐老渐熟，乃造平淡。其实不是平淡，绚烂之极也。"这是厚积薄发。第二组"若徒荥㶑，非浮邱翁"，这是对诗家语中句法的采用而言的。事情往往是这样：句子斜插倒装，以为是自由洒脱，其实是丧失了自由洒脱，诚如袁枚《小仓山房尺牍》卷十《答祝芷塘太史》中所说："语多生烦，韵多必凑，此一定之势也。据鄙见，宜加烹炼，直者曲之，来者拒之，易者难之，浅者深之，亢爽者蕴藉之。如陈年之酒，一石仅存数升；百炼之钢，千炉才铸一剑。自然神光照耀,意味深长。"这也是厚积薄发吧,可不是吗?"百炼之钢,千炉才铸一剑"!

　　这些都表明,题材如何典型化也好,诗家语如何选择也好,都得以"矜严"——提倡、重视精炼、谨严的态度对待。

藏拙

【题解】

　　人有所长，必有所短，扬长避短乃为人之常理。此品就据此而言及诗人在创作中也须懂得藏拙而发扬其优势，不可无视自身弱点而逞强显能。全品所言的总体意思大致是：昼长夜必短，昼短夜方长，天体运行尚且不能两全其美。身手柔弱的人怎能不自量力勉弯强弓呢？口吃须缓言，腿跛当慢走。一个善于藏拙的人，方能凸显其所擅长。以己所短，攻人所长，逞英雄，充好汉，必自取灭亡。人无所短，必无所长，四平八稳，半斤八两，也无从露巧显强。

　　昼赢宵缩，天不两隆[①]。如何弱手，好弯强弓[②]！
　　因謇徐言[③]，因跛缓步。善藏其拙，巧乃益露。
　　右师取败，敌必当王[④]。霍王无短，是以无长[⑤]。

【注释】

①昼赢宵缩，天不两隆：《后汉书·张衡传》录其《应闲》文云："官
　　无二业，事不并济。昼长则宵短，日南则景北。天且不堪兼，况以
　　人该之。"赢，长。缩，短。隆，多。

②如何弱手，好弯强弓：《随园诗话》卷五："予尝试武童，见有开弓

至十石而色变手战者，晓之曰：'汝务十石之名，而丑态尽露，何若用五石、六石之从容大方乎？'"

③謇（jiǎn）：口吃。徐言：慢慢地说。

④右师取败，敌必当王：典出《左传·桓公八年》："楚子伐随……随侯御之，望楚师。季梁曰：'楚人上左，君必左。无与王遇，且攻其右。右无良焉，必败。偏败，众乃携矣。'少师曰：'不当王，非敌也。'弗从。战于速杞，随师败绩，随侯逸，斗丹获其戎车与其戎右少师。"此以随师的自不量力逞能败绩，喻诗歌创作当藏己之拙，用己之长，方能无失。

⑤霍王无短，是以无长：霍王为唐高祖第十四子，才高艺广，文武精通，修身洁己，淡泊守志，内外如一。《新唐书·霍王元轨传》："（霍王）数引见处士刘玄平，为布衣交。或问王所长于玄平，答曰：'无长。'问者不解。玄平曰：'人有短，所以见长。若王无所不备，吾何以称之。'"这里反其意而用，喻指诗若通首平正，无可指摘，也未必招人赏爱。

【译文】

昼短夜长后又夜短昼长，
日子难同时共两类景象。
力弱者何必去硬拉强弓，
弄得来涨红脸出尽洋相！
因为是口吃话就拉长点，
因为是跛足得缓步慢逛。
为掩饰自己身上的弱点，
有必要发挥机巧的能量。
不以出右师而自取失败，
是不懂藏己拙用己所长。
霍王无所短也就无精彩，

四平八稳者有几人欣赏。

【评析】

袁枚此品显然把人的生存辩证法用到了诗人的创作活动中。的确，人的能力总有短有长，学会扬长避短应该是一门艺术。在诗歌创作中，诗人也须深谙此点，充满远见卓识，对于自己所擅长的诗歌体裁、抒情方式等，可以不断演绎，从而至臻妙境。而自己一知半解或者知之甚少的领域，应悟及这是自己的弱势之处，须适当避免。这是"藏拙"的第一个要点。

袁枚还以"霍王无短，是以无长"的典故来申言：一首好诗，有精彩动人的音节，也会有平平无奇之处，这是正常现象，但是整篇四平八稳，没有高低起伏，诗歌肯定是黯淡的，难以感召人心。诚如《随园诗话补遗》卷八中所言："诗有通首平正，无可指摘，而绝不招人爱。"因此，这也得"藏"起四平八稳之"拙"，宁可好坏并存，在优点盖过弱势中来显示自己创作的能耐岂不更好！当然，藏拙一则，需要有拙可藏，才能有巧可露。关键是要明白自己拙在何处，才能尽量表现自己的长处。所谓创作辩证法，也正在此。这是"藏拙"的第二个要点。

还值得一提的是：此品中欲藏之拙袁枚究竟指的是什么？《随园诗话》卷五有一段话可作参证："杭州布衣吴颖芳，字西林，博学多闻，尝自序其诗曰：'古人读书，不专务词章，偶尔流露讴吟，仅抒所蓄之一二，其胸中所贮，渊乎其莫测也。递降而下，倾泻渐多。逮至元、明，以十分之学作十分之诗，无余蕴矣。次焉者，或溢其量以出。故其经营之处，时露不足。如举重械，虽同一运用，而劳逸之态各殊。古人胜于近代，可准是以观。'予尝试武童，见有开弓至十石而色变手战者，晓之曰：'汝务十石之名，而丑态尽露，何若用五石、六石之从容大方乎？'颇与吴言相合。"这段话一方面表明所言同此品中"如何弱手，好弯强弓"实出于同一喻示：须懂得"藏拙"。另一方面从吴颖芳所言中可见出："拙"指的实是"胸中所贮"的，亦即"抒所蓄"的内在性情不足。所以说明白一点，袁枚提出的"藏拙"，指的是藏起非出于性情、难达灵觉的那些老生常谈、套话、废话，那些见不到性灵的诗中渣滓。这是"藏拙"的第三个要点，也是最重要的一点。

神悟^①

【题解】

　　此品谈诗人感物而生灵觉、妙悟宇宙生态的一种创作心境。全品意思大致是：鸟的啼鸣、花的开落等自然现象都与人息息相关、心意相通。人如果不能体悟到这一点，这些现象就会如过眼烟云随风飘逝。而诗人是天性敏感有神悟的，能够在征兆出现之际，在心底泛起涟漪。诗人脱口能吟，所吟但见性情，无关文字，无关学识。孔子行于大道，偶然间听到童子怡然而唱《沧浪歌》，便欣喜地感悟到，诗歌创作是以生活为触媒，自取自予的。

　　鸟啼花落，皆与神通。人不能悟，付之飘风^②。
　　惟我诗人，众妙扶智。但见性情，不著文字^③。
　　宣尼偶过，童歌沧浪^④。闻之欣然，示我周行^⑤。

【注释】

①神悟：原指慧根宿性，超乎寻常。《南史·任昉传》："（昉）幼而聪敏，早称神悟。"此指触物兴感，情以物迁，辞以情发，形诸声诗。此悟关乎天性，亦赖机缘。

②鸟啼花落，皆与神通。人不能悟，付之飘风：意为日常生活、寻常
  景物，能悟，都是绝妙诗境；若不能悟，随风飘逝而已。

③惟我诗人，众妙扶智。但见性情，不著文字：意为诗人若能神悟，
  则万类供其驱使，成其诗材。其诗皆性情之流露，而不必执着于
  文字。扶，培养。

④宣尼偶过，童歌沧浪：典出《孟子·离娄上》："有孺子歌曰：'沧浪
  之水清兮，可以濯我缨；沧浪之水浊兮，可以濯我足。'孔子曰：
  '小子听之，清斯濯缨，浊斯濯足矣，自取之也。'"

⑤周行：康庄大道。《诗经·小雅·鹿鸣》："呦呦鹿鸣，食野之苹。
  我有嘉宾，鼓瑟吹笙。吹笙鼓簧，承筐是将。人之好我，示我周
  行。"

【译文】

花儿开花儿落鸟儿啼鸣，
自然界这种种都能通神。
世俗人太现实难有所悟，
对此风一吹吹走了灵境。
只有诗人是十分敏感者，
能凭借修养启众妙之门。
心底里起涟漪脱口能吟，
不见诸文字也感人至深。
孔子偶听童子唱《沧浪歌》，
歌唱物所适必须分属性。
生活中受启迪使他欣慰，
这条康庄道能让人畅行。

【评析】

根据此品所言的总体意思，我们可以见出袁枚对"神悟"强调三点：
首先，袁枚本能地具有一种宇宙同在性的潜在意识。这是通向"神

悟"的必然途径。此品首提"鸟啼花落,皆与神通",这其实与刘勰在《文心雕龙·物色篇》中所说的"春秋代序,阴阳惨舒。物色之动,心亦摇焉"是同理的,是出于宇宙万类之同在性而引发的"神通"之悟。却也不能不看到,这种同在性不是任何人都会具有的,"人不能悟"者可说是占了极大多数。对于他们,"春秋代序""鸟啼花落",根本不能令之"心亦摇焉",更无"皆与神通"之可能,那只不过是一些地球人眼中的现实存在,可以一风吹逝的。所以袁枚此品的前四句,实在说出了和马克思同样的悟得:没有音乐的耳朵是无法欣赏音乐的。

那么谁最能于"春秋代序"之际、"鸟啼花落"之时出现"心亦摇焉"之状,获得宇宙同在性而能与"神通"呢? 袁枚宣告:"唯我诗人!"这可颇有点振聋发聩,大大地抬举了诗人。在袁枚看来,真正的诗人必然是在冥冥中受过了"众妙扶智"的、具有宇宙万类同在的本能觉识、因而能有"神通"感应之禀赋的人。因此,真正的诗人是性情中人,他们在创作中无须心劳,而自能写出好作品。这诚如皎然在《诗式》卷一中所说的:"但见性情,不睹文字,盖诣道之极也。"这"道",就是宇宙同在性的觉识,就是"神通"感应的禀赋,而以此写成的作品是怎样的作品呢? 钟嵘在《诗品·序》中曾这样说过:"灵祇待之以致飨,幽微藉之以昭告。动天地、感鬼神,莫近于诗。"是的,是诗,至高格的诗。但这种"觉识",这种"禀赋",又从何而来? 袁枚《小仓山房文集》卷二十八《赵云松瓯北集序》中说过"非人与之,天与之也"的话,又在同卷《何南园诗序》中说:"诗不成于人,而成于其人之天。其人之天有诗,脱口能吟;其人之天无诗,虽吟而不如其无吟。"这些话当然可归结为天授禀赋。但果真只凭天授禀赋就一定能写出"神悟"的高格诗吗?

于是此品的最后四句又提出了"神悟"的一个新见解。孔子在路上听"孺子"怡然作《沧浪歌》,而欣欣然悟得诗歌创作的康庄大道:既要有天授的禀赋,还须存后天的生活的机遇、环境的触点。也就是说诗人灵觉的发生,不是闭坐室中冥思而得,或苦读书本而得,而是对世间万物的观照与体察,而这是要依赖环境提供的触发点也就是生活的。这诚如清席佩兰《长真阁诗集》卷四《论诗绝句》四首之二所云:"沉思冥索苦吟哦,忽听儿童踏臂歌。字字入人心坎里,原来好景眼前多。"

　　看来,天籁与人籁是要结合起来的,这才是"神悟"的辩证法。

即景

　　此品言外在的景对诗歌创作的作用与意义。全品意思大致是:自然万物,流动不居。人的灵思也飘忽若此。欲找寻它,却总迎迓不来;欲挽留它,则已消逝远去。诗歌创作其实是一场化工活动,眼前景一旦触动灵觉,即景生情,情景交融,也就涉笔成趣。随着时间的流走,情景交融的事儿也总会时过境迁。所以就"即景"而言,必须有随物赋形、移步换景、时时更新的觉识,不能胶柱鼓瑟,一成不变。

　　混元运物①,流而不住②。迎之未来,揽之已去。
　　诗如化工,即景成趣。逝者如斯,有新无故③。
　　因物赋形,随影换步。彼胶柱者④,将朝认暮。

【注释】

①混元:天地形成之初的混沌状态,这里泛指天地。

②住:或作"注",停滞。

③诗如化工,即景成趣。逝者如斯,有新无故:意指造化有神工,可
　　以取用不竭,光景常新,涉笔成趣。化工,自然创造、运行万物的

功能。

④胶柱：鼓瑟时胶住瑟上的弦柱，就不能调节音的高低，发声单一。
　比喻固执拘泥，不知变通。语出《史记·廉颇蔺相如列传》中蔺
　相如说："王以名使括，若胶柱而鼓瑟耳。括徒能读其父书传，不
　知合变也。"

【译文】

天地的运行会运行万物，
万物就流呀流从未驻足。
灵思也如此，寻它总不来，
想挽留却不知已在何处。
诗因此就成化工的活儿，
景触情情托景扭成一股。
但时过境迁啊即景会旧，
情所托也得去另求新路。
因物而赋形是连锁反应，
随景异也得换抒情风度。
若不求变通唯故步自封，
那定会把晨曦认作日暮。

【评析】

《随园诗话》卷一有云："自古文章所以流传至今者，皆即情即景，如
化工肖物，着手成春，故能取不尽而用不竭。"诗歌创作贵一时兴到，高
山仰止，景行行止，山川景物随时可感，随时可变，重要的是诗人在移景
换步中触手成春。一切景语皆情语，所有的风貌都在诗人笔下流转漾
动、熠熠生辉，诗歌也才会如同天上的日月星辰，终古常见而光景常新。
这大概是此品的基本内容。不过"即景"也为我们提供了几点思考：

首先一点是强调情景交融。宇宙间的各种事物总是随宇宙运行律
而自在地流动不止的，绝不可能凭谁的理性意志为转移。而人的灵思也

一样，来不可待，去不能挽，飘飘忽忽。要想抓住它，只有一个办法：让灵思和眼前之景进行化合。这里的景，也就是隶属于具体化感觉的意象，它具体，抓得住。既能如此，飘忽的灵思也能迎候，可挽留了。由此说来，情景交融指的是意象抒情，是写诗的最佳策略，即景而行，灵思得以就范，诗也成了。所以此品表明袁枚对"景"在诗中的作用是极其重视的，并不是如有的学者所认为的他"过于重情轻景"。虽然他在《随园诗话补遗》卷十中说过这类的话："诗家两题，不过'写景、言情'四字。我道：景虽好，一过目而已忘；情果真时，往来于心而不释。"但这只不过是具体效果上的比较，对"景"却是从诗歌创作战略高度上来肯定的。可不是吗？无景灵思不能就范，也就难以成诗了——这是对意象抒情的高度重视，怎么能说随园老人不重视"景"呢？

其次一点是强调时过境迁。情景交融的这一场"化工"活动也需要求变，要做到"有新无故"。而这变化得从景变开始，这是因为诗必须"因物赋形"，所以必须"随影换步"。这可以见出袁枚十分重视诗歌意象抒情中意象流动的艺术策略。

第三点是强调诗不能写得"景语"一成不变。这其实也就是旗帜鲜明地提出：如果意象重复、堵塞而不见流动，也就会胶柱鼓瑟，"将朝认暮"，使诗思不得顺应内在感兴逻辑而顺畅地进展，其整体风貌不能充分显现，从而出现诗歌世界感性把握的一片模糊。

所以从现代诗学看，此品实是对意象抒情作深入考察。

勇改

【题解】

　　此品谈诗写成后诗人须冷静对待自己的作品，以自知之明勇作修改。全品意思是：诗写成后不惬于心，苦思冥想，改易不得，但有时仓促之间灵感降临，又会豁然开朗。曾经视若珍贝的作品，突然间会感到不值一提，那就果断舍弃。人贵知足，学而不厌。若无人力的精心，巧夺天工也是不可能的。所以要在学习中提高，只有不断地否定一重错误，才能不断地进入新一重境界。当然创作中也有例外的情况，就像一块自然金，无需经过人工的冶炼，就浑然天成的了。

　　　　千招不来，仓猝忽至①。十年矜宠，一朝捐弃②。

　　　　人贵知足，惟学不然。人功不竭，天巧不传③。

　　　　知一重非，进一重境。亦有生金④，一铸而定。

【注释】

①千招不来，仓猝忽至：此言改诗苦思冥想的艰难以及灵感霎至的偶然。《随园诗话》卷二谈改诗之难，有曰："有一二字于心不安，千力万气，求易不得，竟有隔一两月，于无意中得之者。"

②十年矜宠，一朝捐弃：此言哪怕是得意之作，反复修改也是势所
　必然。

③人功不竭，天巧不传：《随园诗话》卷五引叶书山语曰："然人功未
　极，则天籁亦无因而至；虽云天籁，亦须从人功求之。"

④生金：无需冶炼的自然金。此喻浑然天成、无需修改的诗作。

【译文】

灵感啊，总千呼万唤不来，

却蓦然会出现，如此仓猝。

终于写成了诗，得意十年，

可一朝竟又要把它弃舍。

人生得知足，算是美德吧，

学习不知足却更是珍贵。

后天的努力若未到极致，

天籁的创造也不会存在。

不断地去否定一重错误，

才能够进到新一层平台。

当然也会有某种自然金，

就一次锻铸也即能成材。

【评析】

袁枚《随园诗话》卷三有云："唐子西云：'诗初成时，未见可訾处，姑
置之，明日取读，则瑕疵百出，乃反复改正之。隔数日取阅，疵累又出，又
改正之。如此数四，方敢示人。'此数言，可谓知其难而深造之者也。"这
段话可作为"勇改"品的补充。从这段话中可理悟到"勇改"这个话题
不可弃而不谈。的确，当诗歌仓促中完成，难免会囿于自见，敝帚自珍。
然而随着时间的推移，学问的增广，会发现之前的某些作品言语可厌、面
目可憎，有众多不足之处。于是，在经历了多次修改后，才使所作渐趋完
美。而这也启示我们，反复修改是必要的，这可是一场通过否定自己进

而肯定自己的过程。

　　玩味此品当会发现袁枚主要不在"勇改"上做文章,而是在凭何种推力才促使诗人"勇改"上做文章。那么这促成"勇改"的推力是什么呢? 有两股。一股来自于创作心境。袁枚在此品一开头就说"千招不来,仓猝忽至",这句话出自唐代诗人释贯休的"尽日竟不得,有时还自来"。这是讲肯定性质的天机莫测而来,使他因而改成了好诗。但随即他又说"十年矜宠,一朝捐弃",这意思是诗人自认为天机已临而写成了诗,且宠爱多年,忽一日又有天机袭来,否定了以前宠爱之作。这可是否定性质的天机莫测而来,使他因而否定了一直认为的好诗,从而投入修改中。由此表明袁枚是从正反两个方面强调改诗的冲动——或者动念来自于灵思天机——这一股属于奇特的天性之内力。另一股则来自于学养提高。袁枚在此品第五句和第六句中提出加强学习的问题:"人贵知足,惟学不然。"人的生活要知足,学习却不可知足,为什么呢? 为的是巧夺天工的艺术创造凭性灵固然重要,"人功"也同样重要,可不是吗?"人功不竭,天巧不传"呢! 这诚如《礼记·学记》所言:"是故学然后知不足,""然后能自反也"。由此表明袁枚是从提倡多读书出发来谈"勇改"的,这可是一股属于人功之外力。《随园诗话》卷五中有言:"然人功未极,则天籁亦无因而至;虽云天籁,亦须从人功求之。"正是在强调两大推力辩证统一的作用下,袁枚提出了作诗应该"勇改",并且必须反复修改。

　　当然,袁枚也并非不在"改"的具体问题上做文章。第九句和第十句"知一重非,进一重境",就从诗写好后非修改不可的话题转向反复修改的好处这个话题了。说不断去否定一重错误才能进入一重又一重的新境界,立足点就是反复修改。这可真是件艰难的事儿。《随园诗话》卷二就说:"改诗难于作诗,何也? 作诗,兴会所致,容易成篇;改诗,则兴会已过,大局已定,有一二字于心不安,千力万气,求易不得,竟有隔一两月,于无意中得之者。刘彦和所谓:'富于万篇,窘于一字。'真甘苦之言。"这样反复修改,自然会使文本获得一重又一重的新境。不过袁枚是清醒的,这样做也可能改坏了。《随园诗话》卷三云:"诗不可不改,不可多改。不改,则心浮;多改,则机窒。"此话不假。上面我们曾提及他引唐子西不断修改甘苦自知的一番话后,袁枚自己表赞同地说:"此数言,可谓知其难而深造之者也。"但随即他又补了一句:"然有天机一到,断不可改者。"这就意味着修改若不出于天机顿开的内在推力,往往会改坏。他还在《随园诗话》中多次举出改坏的例子。正由于警惕到这一点,所以他在此品最后两句中猛然别开生面地说:"亦有生金,一铸而定。"是的,天机顿开而浑然天成之作,改不得! 要改,只会把一片性灵涂抹殆尽。

袁枚真是个痴情人,一面高呼"勇改",一面又要维护性灵,不能在兴会已过时被改掉! 真是矛盾得可爱。

著我

【题解】

此品从强调诗中须有我在出发,探讨继承与发展、传统与创新的关系。全品的意思大致是:不学古人,就无法弄懂作诗的法则。全似古人,又将置自己于何地呢? 作诗就是要每个字看起来都像古人已用过,而每一句却都与古人大不相同。能吐故纳新、推陈出新,这才差不多。孟子学孔子,孔子学周公,但是他们三人的文章,却各有特色,很不相同。

> 不学古人,法无一可。竟似古人,何处著我?
> 字字古有,言言古无。吐故吸新,其庶几乎!
> 孟学孔子,孔学周公①。三人文章,颇不相同。

【注释】

①孟学孔子,孔学周公:《史记·孟子荀卿列传》以孟子为"受业子思之门人",《论语·述而》记孔子语有"甚矣吾衰也,久矣吾不复梦见周公"之句。

【译文】

要是不学习古人的吟咏,

就没标准了，谁还肯认同。
要是学古人竟一丝不苟，
那自我是不是没了影踪？
看来只好让字字古人有，
句句都出于自我的心胸。
这样做方能够吐故纳新，
大概就希望有这种作风！
像孟子认真地学着孔子，
孔子也虔诚地学着周公。
但三位贤人所写的文章，
却全属于自己，颇不相同。

【评析】

作诗要学古人，否则举步维艰；但又不能故步自封，恪守古则。《随园诗话》卷七中云："作诗，不可以无我，无我，则剿袭敷衍之弊大。韩昌黎所以'惟古于词必己出'也。"诗歌创作难免学习古人，但是这种学习绝不是依葫芦画瓢，照本宣科，而是"唯陈言之务去""师其意不师其辞"，学习古人的艺术思路，同时又不失自己的审美风貌。

此品在《续诗品》中是处于极重要地位的。袁枚在这短短的十二个句子中，从张扬自我推向了吐故纳新的创造，从吐故纳新的创造推向了一场要成就大诗人就必须超越传统、发展传统的思想。这些不仅在袁枚从事诗歌活动的时代是热门话题，在今天也具有极强的现实意义，值得展开来探讨一下。

本品首先在前面四句中旗帜鲜明地提出：在继承传统中必须有自我的位置。既说"不学古人，法无一可"，又说"竟似古人，何处著我"，内中自有其逻辑推演关系，其终极目的就是在继承传统中必须保持自我的独立性。这几句的意思实脱胎于顾炎武的《日知录》。《日知录》卷二十一中顾炎武就这样说过："诗文之所以代变，有不得不变者。一代之文，沿袭已久,不容人人皆道此语。今且千数百年矣,而犹取古人之陈言一一而摹仿之,以是为诗,可乎?故不似则失其所以为诗,似则失其所以为我。李、杜之诗所以独高于唐人者,以其未尝不似而未尝似也。知此者可与言诗也已矣。"需要注意的是,顾炎武这段话仅限在继承传统中不能失去"为我"的目的,而未推向一种精神境界。袁枚可不同了,"竟似古人,何处著我",语气极重,意谓我所从事的事业,必须有我在。因此,在《随园诗话》卷七中他还说了一句响亮的口号:"有人无我,是傀儡也。"这意味着有创造性的诗人,是不甘心受人使唤做应声虫的。袁枚在《小仓山房尺牍》卷十《答祝芷塘太史》中他也说:"古作家,最忌寄人篱下。"这意思不就是说写诗决不可依赖他人!在此基础上,袁枚进一步把不做傀儡、不寄人篱下作了提纯,《随园诗话》卷十中这样说:"人闲居时,不可一刻无古人;落笔时,不可一刻有古人。平居有古人,而学力方深;落笔无古人,而精神始出。"这"精神"指什么呢?自我至尊!可见这是种自我精神的张扬,是为求取创新而作的铺垫,或者说为创新开辟了通道。

于是在第五句至第八句中,袁枚就从张扬自我精神,推向了在传统问题上继承与超越之关系的思考。作为这二者关系的中介是"我"的创新。"字字古有,言言古无",是对继承传统与超越传统的关系作了巧妙的描述。在《随园诗话》卷二中袁枚说:"后之人未有不学古人而能为诗者也。"这大概就是指"字字古有";而后面又说"然而善学者,得鱼忘筌",这该隐示"言言古无"了。这里的"言言古无"可不是随便什么人都可以做到的,正像"得鱼忘筌"者只能出现在"善学者"身上。那么这里的"善学者"是谁呢?可以说是在继承传统中超越传统的创新者。那么又如何超越而创新呢?这就使袁枚又推出了"吐故吸新,其庶几乎"两句。这"吐故吸新"的说法是很可注意的。叶燮在《原诗·内篇上》中有一段话值得一引:"夫作诗者,要见古人之自命处、着眼处、作意处、命辞处、出手处,无一可苟,而痛其去自己本来面目;如医者之治结疾,先尽荡其宿垢,以理其清虚,而徐以古人之学识神理充之。久之,而又能去古人之面目,然后匠心而出。我未尝摹拟古人,而古人且为我役。"这倒真是一场"吐故吸新":传统的学养化为我的血液,这新鲜的血液催生出了我那诗歌生命的创造力,而此力又创造我的诗歌生命更其新鲜的血液,以致更换了传统学养所造的血液,并激发起我的性灵,使我的诗歌生命超越了传统,充分显现出属于自我创新之质素。这就是"吐故吸新"的全部内涵。是的,"其庶几乎"! 由于自我精神的高扬,也就使得人拥有独立的尊严,展现出超越传统的诗歌创新风采。

这种创新风采何处能见得呢? 去品味一下此品最后四句吧! 孟子学孔子,孔子学周公,但他们的佳妙之作却都是超越所学对象的传统的,有高扬自我精神的吐故吸新风采。

由此看来,袁枚这"著我"一品为中国诗歌的个性解放时代拉开了序幕。

戒偏

【题解】

此品对诗坛壁垒森严的门户之见提出批评,主张各种风格一视同仁、兼收并蓄。全品的意思大致是:作诗取法杜(甫)韩(愈),以阳刚为尚,自以为依傍了权威之门可以凌驾于人;或者效法陶(渊明)韦(应物),以阴柔为美,自以为伪装成贫贱之态可以骄傲于人。学习古人时,这类步趋古人的门户之见都是狭隘的,势必会影响诗歌艺术的发展。真该霹雳般来一声棒喝,制止诗坛的邹鲁相哄、唐宋派分的门户之争,相互取长补短。江海广阔浩荡,值得欣赏,但也应该容纳潇湘之水,别样景象。一座大厦需要有深幽的后堂,也需要有敞亮的前殿,功能才算完善。

抱杜尊韩,托足权门。苦守陶韦,贫贱骄人①。

偏则成魔②,分唐界宋③。霹雳一声,邹鲁不哄④。

江海虽大,岂无潇湘⑤?突厦自幽⑥,亦须庙堂⑦。

【注释】

①抱杜尊韩,托足权门。苦守陶韦,贫贱骄人:《随园诗话》卷五曰:

"抱韩、杜以凌人,而粗脚笨手者,谓之权门托足;仿王、孟以矜高,而半吞半吐者,谓之贫贱骄人;开口言盛唐及好用古人韵者,谓之木偶演戏;故意走宋人冷径者,谓之乞儿搬家。好叠韵、次韵,刺刺不休者,谓之村婆絮谈;一字一句,自注来历者,谓之骨董开店。"凡此种种,都是学习古人有所偏私造成的弊端,非诗之正者。杜,诗圣杜甫。韩,唐宋八大家之首的韩愈。托足,栖止,立足,依傍。权门,此指诗坛文苑的权威。陶韦,指陶渊明和韦应物,与王维、孟浩然同属山水田园诗派。贫贱骄人,以自己的贫贱为骄傲。

②魔:佛教称妨碍修行的心理活动,此指不利于诗歌创作的方法、观念。

③分唐界宋:《随园诗话》卷七:"论诗区别唐、宋,判分中、晚,余雅不喜。"卷十六引徐嵩语曰:"须知论诗只论工拙,不论朝代。譬如金玉,出于今之土中,不可谓非宝也。败石瓦砾,传自洪荒,不可谓之宝也。"

④霹雳一声,邹鲁不哄:哄,原作"閧",吵闹。《孟子·梁惠王》:"邹与鲁閧。"此反用其意,喻应当给分唐界宋者当头棒喝,以警醒之,使之免争息讼。霹雳,疾雷声。

⑤潇湘:水清且深的湘江。一说为湘江与潇水的并称,都在湖南。

⑥突(yào)厦:结构深邃的大屋。宋玉《招魂》:"冬有突厦,夏室寒些。"

⑦庙堂:人君接受朝见、议论朝政的殿堂。

【译文】

宗杜甫尊韩愈颇不乏人,
粗脚笨手地立足于权门。
学陶韦守田园也有人在,
以贫贱为高洁一片骄矜。
自立山头者走火入魔了,

分唐界宋不讲诗质真醇。
真该对此习气当头棒喝，
莫再闹邹鲁起讧的笑柄。
江海浩瀚地奔腾得壮美，
又岂能无视于潇湘胜景。
大厦需要设幽深的后院，
也还得有前厅，接待来宾。

【评析】

《随园诗话》卷五对此品有所补充云："抱韩、杜以凌人，而粗脚笨手者，谓之权门托足；仿王、孟以矜高，而半吞半吐者，谓之贫贱骄人。"的确，学诗独尊门户，只看到一两家，而排斥其他风格流派，于己无益。必须有海纳百川的气魄和胸怀，博采众长。《随园诗话》卷八也说："文尊韩，诗尊杜，犹登山者必上泰山，泛水者必朝东海也。""而此外不知有天台、武夷之奇，潇湘、镜湖之胜"，可真有点儿像"泰山上之一樵夫，海船上之舵工而已矣"，坐井观天，鼠目寸光，学诗可不能有这样浅陋的眼界。登山采玉，入海探珠，各有其宝。不同风格、类型的诗人群体流派，应该有和衷共济之心。

此品主旨除以上所言外，还有一个说法很有击中门户之见陋习的普遍意义，这就是"偏则成魔，分唐界宋"。各划圈子，自立山头，以托足权门而自矜，这容易"偏则成魔"。袁枚在《小仓山房尺牍》卷十《答祝芷塘太史》中这样批评这位太史："有托足权门、自负在太师门下之意，则身分似峻而反卑，门户似高而反仄矣。"这话很犀利，对"戒偏"大有击中要害的痛快，使人不仅完全会认同"偏则成魔"的说法，并且让人想得更深，"偏"不只是"成魔"，还可以说是成奴才，成小丑，直至为人的人格异化。至于人为地作"分唐界宋"之举，更令人进入到何谓诗的沉思。袁枚在《小仓山房文集》卷十七《答施兰垞论诗书》中，袁枚说："夫诗，无所谓唐、宋也。唐、宋者，一代之国号耳，与诗无与也。诗者，各人之性情耳，与唐、宋无与也。若拘拘焉持唐、宋以相敌，是子之胸中有已亡之国号，而无自得之性情，于诗之本旨已失矣。"这实在是在告诫他人，诗就是诗，诗有各种风格，只与性灵有关，与国号无关。这种着眼于诗的内质——或者质的规定性的品诗功夫，确是"戒偏"之良方。

　　所以此品其实是提出了一个诗的本体规范与秩序建设的问题。

割忍^①

【题解】

此品谈诗作的表达,须去繁求简、避熟除生、精挑细选而获得达常性而悟灵性的艺术境界。全品意思大致是:叶子多了花的美丽就被障蔽了,言辞多了就显得说话冗杂琐碎了。作诗也必须忍痛割爱,就好像明珠万颗,却只有骊龙颌下那一颗最为明丽,为此不辞辛劳,不惜在深夜潜入九重渊里,取一弃万地去寻求。熟悉的典故要避免,生僻的故实也要避开,这样才能使性灵之语既能化为常性进驻人心,又能超越常性而给人以灵悟。

　　叶多花蔽,词多语费^②。割之为佳,非忍不济。
　　骊龙选珠,颗颗明丽。深夜九渊,一取万弃^③。
　　知熟必避,知生必避^④。入人意中,出人头地^⑤。

【注释】

①割忍:指对诗作中素材和语言的割舍和节制。
②语费:语言繁杂。
③骊龙选珠,颗颗明丽。深夜九渊,一取万弃:典出《庄子·列御

寇》："夫千金之珠，必在九重之渊，而骊龙颔下。"又何光远《鉴诫录》卷七《四公会》条云："长庆中，元微之、刘梦得、韦楚客同会白乐天之居，论南朝兴废之事，乐天曰：'……请各赋《金陵怀古》一篇，韵则任意择用。'……刘骋其俊才，略无逊让，满斟一大杯，请为首唱。饮讫，不劳思忖，一笔而成。白公览诗曰：'四人探骊，吾子先获其珠，所余鳞甲何用！'"此谓对诗歌素材严加拣选，去其芜杂。骊龙，黑色的龙。

④知熟必避，知生必避：谓作诗既应杜绝陈熟，也当避免生硬。

⑤入人意中，出人头地：意谓能言人所欲言，而高出人一头地。

【译文】

叶多则花儿稀，美被遮蔽，
辞多则话儿杂，言多浪费。
若要去烦琐得无情删削，
欲求能精致须忍痛舍弃。
正如同骊龙颔下去选珠，
并不在乎多而只求明丽。
沉沉的夜海，九重深渊处，
采珠者所选只万中取一。
熟套的比喻就必须抛却，
生僻的典故尽可能回避。
性灵之悟啊，要深入人心，
直觉之识啊，要超越人意。

【评析】

诗歌创作有取有舍，一方面言语用事要为意思服务，另一方面要懂得择善而从，择优而取。因此对长篇大论、喋喋不休之作风示以"割忍"之警棒。《随园诗话》卷十四云："若必以多为贵，则须知米豆千甔，不若明珠一粒也。刀枪杂弄，不如老僧之寸铁杀人也。"此言诚然，的确，作诗对于素材、典故，贵少不贵多。重在各当其分，各称其能。生疏的、熟悉的，一概不用。弱水三千，只取一瓢饮。

"割忍"较之"选材"又进一层。"选材"是在创作之前对材料的精华与糟粕进行选择，而"割忍"是在诗歌初成之际，在深思熟虑之后，对那些可用而不那么重要的部分进行一次艰难取舍，为求超脱凡俗，一鸣惊人。

综观此品，最为精彩的，当是最后四句。就这四句而言，"知熟必避，知生必避"，针对的是择词用典中的问题，熟知者须免用，为的是不让见多生厌的感受麻木症出现；生僻者须避开，为的是不让艰涩难解的感受茫昧症来临，对过"熟"与过"生"连在一起下达皆免的通令，是显示着艺术辩证法的。当然这还只是谈论诗艺的常见之说，还算不得特别能醒人耳目，特醒人耳目的是在最后两句："入人意中，出人头地。"这里的"入人意中"，说的是以上种种艺术表达经"割忍"后须达到：世人所共有而出之于情性却不一定能说得出来的常性内容，诗人说了出来，也就有了诗美的普泛价值。这里的"出人头地"须达到的是：世人所难达而出之于灵觉又难以理悟的超常性内容，诗人说了出来，也就有了诗美的超越性价值。这两句如果割裂开来看，那就不对了。有"入人意中"而无"出人头地"者，虽穷尽常态的表达而灵悟之精髓不见；有"出人头地"而无"入人意中"者，纵炫奇灵境毕现而广识之深蕴难觅，这都是残缺的性灵表现。偏于一方虽也可以称为佳作，但称不得高格。袁枚的智慧在于能把"入人意中"和"出人头地"紧紧地联系起来，辩证地统一起来，入性出灵，在常性中悟及灵性，让灵性从常性中体现出来，这才是性灵艺术地传达的至高境界。《随园诗话》卷六中说："得之虽苦，出之须甘；出人意外者，仍须在人意中：古名家皆然。"也正是此品末二句辩证地结合的补充吧！

于此也可见，袁枚的性灵说有其内在的辩证思路。

求友

【题解】

此品言诗人当有"圣求童蒙，而况于我"的虚心，求友为师，以是正自己的作品。全品的意思大致是：游山先问路，能避免走弯路；学佛参禅，重在心心相印。闭门觅句、自以为是的人，未见得有多高明。圣人尚且不耻下问，何况我们这些凡夫俗子！愚者千虑必有一得，棋艺低者偶尔也会有高着，同样有值得学习之处。对着池水可以正衣冠，对着镜子可以贴花黄，创作中也不妨以人为镜，切磋琢磨，以知得失、求精进。

游山先问，参禅贵印①。闭门自高②，吾斯未信。

圣求童蒙③，而况于我！低棋偶然，一着颇可④。

临池正领，倚镜装花⑤。笑倩傍人⑦，是耶非耶？

【注释】

①参禅贵印：佛教徒为求开悟，注重向各处禅师参学，参禅不用语言
    文字，而直接在心性上领会，心心相印，以期顿悟。此喻借人诗
    心，切磋琢磨，助己感悟。印，彼此符合。

②闭门自高：黄庭坚《病起荆江亭即事十首》之八有"闭门觅句陈

无已"之句,元好问《论诗三十首》之二十九有"传语闭门陈正字,可怜无补费精神"之句。此指自以为是,不能虚心受教。

③圣求童蒙:意指孔圣尚且不耻下问。袁枚《小仓山房尺牍》卷十《答祝芷塘太史》:"师岂有一定哉?尧问路于牧童,则牧童即尧之师;孔子爱童子《沧浪》之歌,则童子即孔子之师。此圣人之所以为大也。"

④低棋偶然,一着颇可:棋艺不高者,偶然也有高招。意为愚者千虑,亦有一得,诗人不妨转益多师、不耻下问。

⑤临池正领,倚镜装花:(或署南朝梁简文帝)《七召》:"临池正领,拂镜看花。"此亦喻以人为镜,以正得失。领,衣领。

⑦笑倩傍人:用杜甫《九日蓝田崔氏庄》"羞将短发还吹帽,笑倩旁人为正冠"句意,喻请人指教,帮助纠正不当之处。

【译文】

游山总得先问一问路径,
参禅也非得讲心心相印。
闭门造车而自认高明者,
我可是从来也不敢相信。
圣贤人还要向童儿请教,
更何况凡夫俗子的我们!
别小看那些棋艺低下的,
偶然出高招也完全可能。
临池而整一整衣领之际,
对镜而插一插头花时分。
你不妨笑眯眯问问朋友:
这样的装扮是不是可人?

【评析】

袁枚对闭门觅句、自以为高的创作态度颇不以为然,认为由此而成的诗作肯定缺乏艺术感染力。《随园诗话补遗》卷四中引方正学《赠俞子严溪喻》中的话说："学者之病，最忌自高与自狭。自高者，如峭壁巍然，时雨过之，须臾溜散，不能自润。自狭者，如瓮盎受水，容担容斗，过其量则溢矣。善学者，其如海乎？旱九年而不枯，受八州水而不满。无他，善为之下而已矣。"讲的就是善于学习的人，会向他人虚心求教：以铜为镜，可以正衣冠，以人为镜，可以知得失。古圣先贤的话还回荡在耳边："友直，友谅，友多闻，益矣。""人涉卬否，卬须我友"。作诗更是如此，在与朋友的酬唱、赠答中，和而不同，能力得到锻炼和提高。

　　总体而言，此品所述，乃人生与创作中欲求至高境界所取态度的常理，但有两点颇能触发我们的新鲜意趣。一点新鲜意趣是袁枚以《六祖坛经》中"吾传佛心印，安敢违于佛经"这句话为出典，提出"求友"要重在"参禅贵印"，说到了点子上。《祖庭事苑》卷八云："心印者，达摩西来，不立文字，单传心印，直指人心，见性成佛。"这意思就是以心为印，以心印心，达到心心相印的友情关系才是弥足珍贵的，用之于诗人间友情的交流，贵在性灵的交流，应该说，这是此品倡导求友之主要内容。唯其是性灵的交流，求友而转益多师，其实也正是性灵方面的启迪、点拨。这也就使我们和此品的另两句——"低棋偶然，一着颇可"联系了起来，获得了另一点新鲜的意趣。这两句我们在上面的解释是：棋艺低者偶尔也会有高着，同样有值得学习之处。这喻示的确可取，在袁枚的生活中也碰到过。《随园诗话》卷二中袁枚说："少陵云'多师是我师'，非止可师之人而师之也。村童牧竖，一言一笑，皆吾之师，善取之皆成佳句。随园担粪者，十月中，在梅树下喜报云：'有一身花矣！'余因有句云：'月映竹成千个字，霜高梅孕一身花。'余二月出门，有野僧送行，曰：'可惜园中梅花盛开，公带不去！'余因有句云：'只怜香雪梅千树，不得随身带上船。'"这就是一场性灵的交流，事出寻常，却能触物而兴，获得灵感的点拨，性灵之境全出矣！这正是求友之良策所得。却也不能不指出：求友之道，目的原是能得到旁观之清以点拨我之灵思，工拙之推敲乃在其次，故不可不认真对待,若不知道诗人兴会时之意而乱点拨,那是要坏事的。求友,须慎!

拔萃

【题解】

　　此品言诗有庸常与拔萃之别,拔萃之作乃灵觉感兴激活想象的产物。全品的意思大致是:同是玉佩锵鸣的男子,宋朝尤其夭娇不群。同唱《苕花》这一首歌,孟姚所唱尤其宛转动听。出乎其类拔乎其萃,自然法则就是优胜劣汰。布帛菽粟太过寻常,哪里比得上珍玉美馔。《折杨》《皇华》类的俗调,怎能和钧《韶》大曲相比?要想出类拔萃,就给诗歌披上想象的霓裳彩衣,飘飘飞入云霄天际。

同锵玉佩①,独姣宋朝②。同歌《苕花》,独美孟姚③。

拔乎其萃,神理超超④。布帛菽粟,终逊琼瑶。

《折杨》《皇华》⑤,敢望钧《韶》⑥?请披彩衣,飞入丹霄!

【注释】

①同锵玉佩:《礼记·玉藻》:"古之君子必佩玉,右徵、角,左宫、羽;趋以《采齐》,行以《肆夏》;周还中规,折还中矩;进则揖之,退则扬之,然后玉锵鸣也。"锵,形容金玉相击之声。

②宋朝:春秋时宋之美公子。《论语·雍也》:"不有祝鲔之佞,而有

宋朝之美，难乎免于今之世矣。"

③同歌《苕花》，独美孟姚：《苕花》，古俗曲名。孟姚，赵武灵王后、
　　吴广女。《史记·赵世家》："（武灵王）十六年，秦惠王卒。王游大
　　陵。他日，王梦见处女鼓琴而歌诗曰：'美人荧荧兮，颜若苕之荣。
　　命乎命乎，曾无我嬴！'异日，王饮酒乐，数言所梦，想见其状。吴
　　广闻之，因夫人而内其女娃嬴，孟姚也。孟姚甚有宠于王，是为惠
　　后。"

④拔乎其萃，神理超超：意指出类拔萃、优胜劣汰，是自然法则。《孟
　　子·公孙丑上》曰："宰我、子贡、有若，智足以知圣人，污不至阿
　　其所好。宰我曰：'以予观于夫子，贤于尧、舜远矣。'子贡曰：'见
　　其礼而知其政，闻其乐而知其德，由百世之后，等百世之王，莫之
　　能违也。自生民以来，未有夫子也。'有若曰：'岂惟民哉！麒麟
　　之于走兽，凤凰之于飞鸟，泰山之于丘垤，河海之于行潦，类也。
　　圣人之于民，亦类也。出于其类，拔乎其萃，自生民以来，未有盛
　　于孔子也。'"拔萃，超出一般，出众。神理，自然规律。

⑤《折杨》《皇华》：古俗曲名。《庄子·天地》："大声不入于里耳，
　　《折杨》《皇华》，则嗑然而笑。"《折杨》《皇华》，皆古歌曲。

⑥钧《韶》：钧天广乐和《韶》乐。《韶》，传说中舜时大曲，为和平中
　　正之音。

【译文】

君子们戴玉佩铿锵于道，
其中以宋朝者最显出挑。
女孩儿唱《苕花》余音袅袅，
其中以孟姚者最是姣好。
这全是出类拔萃的事儿，
既气韵生动又神理高超。
穿麻衣当然远逊于绫罗，

吃粗粮也不及琼浆美妙。

《折杨》和《皇华》这些俗曲子，

又怎敢相提并论于钧《韶》。

想出众就插上想象彩羽，

直飞上神异的九天云霄。

【评析】

"拔萃"指风格上的出类拔萃，它和庸常相对应。就十二句品词而言，此品不过是用了两两相对的十个句子，分别举实例来作拔萃与平庸的比较，这种写法从字面上看难见有多少理论性言说。不过，由于所举的实例基本上是典故，背后都隐藏着相当丰富的历史文化内涵，以致使这一番比较，成了一场以历史文化内涵的对比来对出类拔萃者与平庸者之所以相对立作实质性探讨的喻示活动。因此，要深入理解此品的理论新颖性，非得对所举的那些两两相对的典故作出考察不可。应该说"同锵玉珮，独姣宋朝"的对比和"布帛菽粟，终逊琼瑶"的对比，只是对比，提纯不出多少诗学理性的喻示。但"同歌《苕花》，独美孟姚"的对比和"《折杨》《皇华》，敢望钧《韶》"的对比，却大有奥妙。为什么大家都唱《苕花》，独独孟姚唱得特别动听呢？原来有一个传说：赵武灵王游大陵后，梦见一少女鼓琴而歌《苕花》，竟使武灵王就梦境求索到吴广之女孟姚为后。梦中之事当系幻想所致，故孟姚歌《苕花》出类拔萃，是由于她的歌声是幻想的产物，所以和别人唱此歌不同。为什么《折杨》《皇华》的乐曲比不上钧《韶》的乐曲呢？原来钧是钧天广乐，是天上的音乐；《韶》是《箫韶》，是虞舜之乐，《尚书》中有"《箫韶》九成，凤凰来仪"的记载，是神话中的音乐，可见这两种出类拔萃的乐曲系非人间所制，是属于幻想的产物，所以和《折杨》《皇华》来自市井里巷的俗曲不同。总之这些实例表明，它们之所以能出类拔萃，究其根本的原因乃在于它们全是蒙着一层想象的色彩的。唯其如此，才使袁枚在此品的最后两句这样写："请披彩衣，飞入丹霄。"这"彩衣"，无疑是幻想的衣裳；"请披彩衣"用现代语言来表达则可以是"插上想象的翅膀",藉此而遨游天国,则所获得的歌也好、诗也好,也都会是出类拔萃的——因为有想象。

中国传统诗学中,说写诗要重视想象不是没有过。不过,把想象看成是成为出类拔萃的诗歌杰作的决定性条件,恐怕袁枚是第一人。

袁枚如此抬高想象在诗歌中的地位,是有特殊原因的。众所周知,想象是灵觉的产物,因此出类拔萃之作说到底是一场对性灵的追求。赵翼在《瓯北诗钞·闲居读书作》六首之五中,谈到同题之作有的平庸、有的拔萃的原因时写道:"力欲争上游,性灵乃其要。"这就点出:高度的想象活动来自于性灵。怪不得刘衍文、刘永翔的《袁枚续诗品详注》在对此品所作的"小识"中,就"拔萃"的表现而言,认为是"著其灵妙也","亦即欲以我之灵写物之灵也"。

可憾的是,无论袁枚本人,还是赵翼,或者刘氏父子,都只黏着在"性灵"二字上,而没有提及性灵是通过想象显示出来的。

灭迹

【题解】

　　此品谈诗歌创作应该入之精深而出以平易，了无雕琢之迹象。全品所言大致意思是：织锦诗雕琢有痕，岂能算巧妇蕙娘？斫月桂不留创伤，才可称仙人吴刚。白太傅诗成改易，有时竟面目全非。改完后看似平常，其实是词浅意深、思苦言甘。可是千百年来谁又能了解创作中这种言近旨远、无斧凿痕的"灭迹"之妙呢？

　　织锦有迹，岂曰蕙娘①？修月无痕，乃号吴刚②。
　　白傅改诗，不留一字。今读其诗，平平无异③。
　　意深词浅，思苦言甘④。寥寥千年⑤，此妙谁探！

【注释】

①蕙娘：姓苏名蕙，苻坚时秦川刺史窦滔妻，《晋书》有传，谓蕙善织锦，创为回文诗。时滔被徙流沙，蕙织锦为《回文旋图诗》以赠，凡八百四十字，可宛转循环读之，词甚凄婉。织锦，此指织锦为回文诗。

②修月无痕，乃号吴刚：段成式《酉阳杂俎·天咫》："旧言月中有

桂,有蟾蜍,故异书言月桂高五百丈,下有一人常斫之,树创随合。人姓吴名刚,西河人,学仙,有过,谪令伐树。"修月无痕,指吴刚月中伐桂,树创随合之事。

③白傅改诗,不留一字。今读其诗,平平无异:《随园诗话》卷六引周敦颐语曰:"白香山诗似平易,间观所存遗稿,涂改甚多,竟有终篇不留一字者。"白傅,白居易,字乐天,号香山居士,曾任太子少傅。

④思苦言甘:意指构思布局很辛苦,而语言表达很甘甜。

⑤寥寥:指宇宙时空广大清虚貌。

【译文】

苏蕙的回文诗循环宛转,
谁说没痕迹在内中贯串。
吴刚砍月桂树随创随合,
倒真的没伤疤光滑溜圆。
白居易的诗总一改再改,
原写的涂抹得不留丁点。
如今来欣赏他那些吟咏,
无异喝白开水平平淡淡。
谁料得这可是词浅意深,
苦涩的精思却出语味甘。
千百年以来这一片用心,
内中的苦乐有谁能理解!

【评析】

一首诗歌虽看起来极平浅,但其间意味却丰厚真淳,内中不断润色以求泯灭人工痕迹的甘苦,的确只有自己知道。《随园诗话》卷八提出了一个诗歌艺术境界的标准:"朱竹君学士曰:'诗以道性情。性情有厚薄,诗境有浅深。性情厚者,词浅而意深;性情薄者,词深而意浅。'"这就是袁枚追求"灭迹"风格的源头。这里的"灭迹",可以从两种角度来理解:

一方面,作诗不需要有过多雕琢的痕迹,即使有,也要让人难以察觉,绚烂至极归于平淡。另一方面,诗歌虽然平淡,但绝不应该流于粗浅,让人读完后应该有余音绕梁、耐人寻味的感觉。

此品之倡导很有价值,它牵涉一条艺术创作思路的确立。作为这条思路的起点,是品词中的如下两句:"意深词浅,思苦言甘。"这是对诗用意要精深、下语要平淡提出的更细致周全的要求。袁枚自己为此以身作则,在《随园诗话》卷八中就说自己"每作一诗,往往改至三五日,或过时而又改,何也?求其精深,是一半工夫;求其平淡,又是一半工夫。"那么这样提的目的是什么呢?他又说:"非精深不能超超独先,非平淡不能人人领解。"这样讲从一般意义上看还是对的。其实在他潜意识中还藏着另一个目的,只不过他自己还没有明确意识到。倒是另一个人意识到了,这就是明末清初的黄生。在其《诗麈》卷二中,黄生也谈到了"意贵深,语贵浅"的问题,只不过他这样提的目的却是:"意不深则薄,语不浅则晦。宁失之薄,不失之晦。今人所谓深者,非深也,晦也,此不知匠意之过也。"这意思是说要实现用意精深、下语平淡,首先集中在以下语平淡来扫除语言表达的障碍。这方面的目的达到了,深意才有可能排除堵塞而充分地显现。那么这精深的用意又是什么呢?其实对袁枚来说,即便是最精深的用意,也还是来自于性灵,扫除了堵塞,精深的用意也畅达了,而随之意念不会窒息,灵觉得以周全,性灵表现也畅达了。这一来,由于扫除用语的晦涩,那么用意的畅达、性灵的自由,也就能使诗歌的创作艺术思路连接成一个圆,于是因用语圆转而通畅,性灵圆转而通畅,一条圆美流转式艺术表现思路也形成了。

由此看来,"灭迹"一品,是为诗歌审美定出了一个大格局,成了《续诗品》的压轴戏。

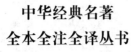

中华经典名著
全本全注全译丛书
（已出书目）